Ken Kalfus

Né à New York, Ken Kalfus a vécu à Paris, Dublin, Belgrade et Moscou. Auteur de nouvelles très remarquées et d'un premier roman, *Un désordre américain* (Plon, 2006), il écrit également pour des revues littéraires. Il vit aujourd'hui à Philadelphie avec sa femme et sa fille.

UN DÉSORDRE AMÉRICAIN

KEN KALFUS

UN DÉSORDRE AMÉRICAIN

Traduit de l'anglais (États-Unis)
par Marie-Hélène Dumas

PLON

Titre original :
A DISORDER PECULIAR TO THE COUNTRY
Publié par Harper Collins Publishers, NY

ISBN-978-2-266-17306-3

Pour Bobby
et pour Lauren

«... il existe un désordre particulier à chaque pays, où chaque saison provoque des ravages étranges...»

Olivier Goldsmith,
The Citizen of the World, 1760.

Septembre

Dans le taxi qui l'emmenait à l'aéroport de Newark, Joyce reçut un coup de téléphone : les pourparlers de Berkeley avaient échoué, définitivement échoué. Elle ferma les yeux quelques instants et demanda au chauffeur de faire demi-tour et de reprendre le tunnel. Il était encore tôt. Elle se rendit directement à son bureau de Hudson Street afin d'étudier les répercussions de ce fiasco – et mettre au point une stratégie qui lui éviterait d'en porter la responsabilité. Quand ils arrivèrent, environ une heure plus tard, elle vit ses collègues passer un à un devant sa porte, qu'elle avait laissée ouverte, et crut entendre quelqu'un dire qu'un avion avait heurté le World Trade Center. Le World Trade Center : ces mots firent jaillir dans son esprit une pensée qui, comme un petit animal, sort de son terrier dans la lumière du jour et file immédiatement se remettre à l'abri. Elle n'était pas certaine d'avoir bien entendu ce qui s'était passé, peut-être l'avait-elle simplement imaginé, ou, ayant dormi à peine cinq heures la nuit dernière, peut-être s'était-elle assoupie et avait-elle rêvé. Elle s'efforça de se concentrer sur son rapport, décida qu'elle n'avait pas à être sur la défensive.

Mais ne put s'empêcher de revenir sur ce qui était peut-être arrivé et de se demander si cela allait faire la une des nouvelles pendant des mois, jusqu'à ce que tout le monde en ait assez. Dans ce cas, elle aurait tout le temps d'en savoir plus. Ce n'était sans doute qu'un petit avion qui n'avait pas provoqué beaucoup de dégâts, si vraiment il y avait eu un avion, et si vraiment le World Trade Center était concerné par l'accident. De sa fenêtre, on ne voyait pas les tours, cependant elle aperçut quelques tire-au-flanc de sa compagnie qui fumaient sur la terrasse et regardaient dans leur direction. Elle travailla encore quelques minutes, puis des cris, des hurlements jaillirent. Elle pensa que quelqu'un était tombé du toit.

Joyce, pourtant, ne se précipita pas, elle sauvegarda d'abord soigneusement ce qui était sur son écran. Si quelqu'un était tombé, elle saurait assez vite de qui il s'agissait et si cela pouvait avoir ou non des conséquences pour elle. Mais quand elle arriva sur la terrasse, ses collègues continuaient de hurler et elle comprit pourquoi : un second avion avait heurté le World Trade Center. L'incrédulité et la peur déformaient les visages, absolument tous, hommes et femmes confondus, même celui de leur directeur, un être taciturne, impitoyable, que personne n'avait jamais vu exprimer la moindre émotion, et dont la bouche pendait à présent, béante, le sang affluant sous sa peau, comme si on l'avait étranglé. Les larmes commençaient à couler sur les joues. Des femmes se réfugiaient dans les bras d'autres employés avec qui elles n'étaient pas forcément amies. « Non, non, non », murmura quelqu'un.

Joyce se tourna et vit les deux piliers, le premier balafré de flammes rouges en son milieu, le second noyé à son sommet dans une épaisse fumée. En bas, les sirènes chantaient leur mélopée. Elle entendit les craquements et les sifflements de l'incendie, pourtant à plus d'un kilomètre et demi.

Presque tout ceux qui travaillaient dans sa compagnie étaient maintenant sur le toit, agglutinés les uns aux autres. Figée, paralysée, engourdie au milieu d'eux, Joyce était en même temps vivement consciente de l'ironique clarté du ciel d'été au-dessus de la ville. Quelqu'un apporta un transistor. Des voix haletantes échafaudaient des hypothèses sur la taille des avions, se demandaient comment il se pouvait que deux accidents similaires aient lieu au même moment au même endroit. Leurs mots étaient emportés dans le flot brûlant et confus de terreur que la radio déversait.

Un moment plus tard, celle des deux tours qui se trouvait le plus au sud sembla exhaler des vapeurs de combustion dans un immense soupir. Elles tourbillonnèrent, et la partie supérieure de l'immeuble, environ cinquante ou soixante étages, se pencha, pivota le long d'un nouvel axe. Puis le bâtiment s'effondra sur lui-même d'un seul coup, dans un mouvement gracieux, comme si sa solide structure n'avait été qu'un mirage, comme s'il n'avait jamais formé qu'une masse liquide. Fumée et débris de toutes les nuances imaginables de noir, de gris et de blanc se soulevèrent en vagues, submergèrent les immeubles environnants. Penser que des milliers de personnes étaient en train de perdre la vie à cet instant précis demandait un effort.

Partout autour d'eux, les gens étaient sortis sur les terrasses. C'étaient pour la plupart des employés de bureau. Ils se tenaient les tempes, ou les joues, mais ne cachaient pas leurs yeux. Ils étaient incapables de se détourner. Joyce entendit des hoquets, des gémissements et des appels à l'absente miséricorde divine. Une femme, à côté d'elle, sanglotait sans aucune retenue. Mais Joyce sentit quelque chose monter en elle, quelque chose de chaud et de très proche, oui, très proche d'un élancement de plaisir, aussi intense que l'instant où s'apaise la faim. Un vertige, une ivresse. Le grondement bas et profond de la tour qui s'écroulait finit par l'atteindre et lui parut résonner de longues minutes, suivi par une bouffée d'air anormalement chaud qui repoussa ses cheveux en arrière et souleva son chemisier. La tour se transforma en un champignon de fumée, de poussière et de vie perdue qui s'élevait dans le ciel, et elle ressentit un grand contentement.

« Joyce ! Oh ! mon Dieu ! cria un de ses collègues. Je viens juste de me rappeler... Ton mari travaille là-bas, non ? »

Elle hocha la tête, lentement. Le bureau de Marshall était au 86e étage de la tour sud qui venait de totalement disparaître de la surface du monde. Et elle couvrit le bas de son visage, afin de dissimuler la lutte qu'elle menait pour s'empêcher de sourire.

On leur avait dit de ne communiquer l'un avec l'autre que par l'intermédiaire de leurs avocats, une injonction impossible à suivre, puisqu'ils vivaient toujours dans le même appartement, un trois pièces qu'ils partageaient aussi avec leurs deux enfants et un épagneul en manque d'affection que Marshall avait (à la grande joie des enfants) récemment ramené chez eux sans même consulter son avocat, une bête qui jappait continuellement, et dont les griffes étaient acérées comme des lames de rasoir. Depuis qu'ils avaient décidé de divorcer, un an plus tôt, Marshall et Joyce avaient organisé leur vie quotidienne de façon à ne jamais devoir se parler, ayant défini à l'avance qui déposait les enfants à l'école maternelle (généralement Joyce), qui allait les chercher (généralement Marshall), qui préparait leur déjeuner, qui avertissait les responsables de l'école en cas de problème, qui faisait les courses, la lessive, le dîner des enfants, qui les gardait le week-end, et ainsi de suite. Si quelque chose venait enrayer le bon fonctionnement de ce système, ce qui arrivait plusieurs fois par jour – une fièvre inquiétante, un rendez-vous de travail le soir, une rechute dans l'apprentissage de la propreté, ou l'incroyable disparition des deux litres de lait achetés la veille –, Joyce et Marshall étaient obligés de se parler, et cet échange a priori banal avait de fortes chances de se transformer en une dispute éreintante où seraient évoquées toutes les raisons qui les avaient amenés à vouloir divorcer.

Joyce avait l'impression qu'il y avait de ça dix ans, ou même un siècle, et que tout avait commencé de façon fort civile, quand ils avaient reconnu ensemble, lors d'une conversation presque affectueuse, que leur mariage n'était pas très heureux. Pendant les six mois de thérapie au cours desquels ils furent invités à briser les barrières qui les empêchaient de se parler franchement, Joyce et Marshall découvrirent qu'ils se détestaient. Dans le bureau du conseiller conjugal, des questions qu'ils n'avaient jusque-là jamais abordées – l'argent, le sexe, les enfants, les destinations de vacances, les kilos que Joyce avait pris, leurs évaluations très différentes de la participation de Marshall aux tâches éducatives – embrumaient le bleu de l'air déjà vicié par les désaccords du couple qui les avait précédés. Le conseiller leur recommanda le divorce par consentement mutuel et les orienta vers une procédure d'arbitrage. Tous les points litigieux étaient maintenant réglés ou dépendaient de leur unique sujet de désaccord : l'argent. Le salaire de Marshall était substantiellement supérieur à celui de Joyce, qui avait changé de situation deux fois et interrompu ses deux carrières successives afin de donner la vie. Elle exigeait de garder l'appartement, tandis que Marshall continuerait à payer la moitié du crédit et des dépenses entraînées par l'éducation des enfants, et qu'il lui verserait une pension dont le montant restait à déterminer. Après s'être retrouvés dans l'impasse, face au mur chaque semaine pendant des mois, ils renoncèrent à l'arbitrage et engagèrent des avocats, Joyce une femme, Marshall un homme. Les deux avocats se connaissaient : dès qu'ils se virent, ils s'embrassèrent.

Avant que Joyce et Marshall s'engagent sur le chemin de la séparation, déjà leurs deux salaires ne leur suffisaient pas. Les deux tiers de leurs revenus disparaissaient dans le crédit et les charges de copropriété d'un immeuble follement éclairé et entretenu en dépit du bon sens mais merveilleusement situé dans Brooklyn Heights. Ils adoraient tous les deux l'appartement et les rues environnantes, première prise, difficilement gagnée, sur la vie à New York. Leurs fenêtres donnaient peut-être sur un autre immeuble, mais Manhattan s'étendait juste derrière, et les derniers étages du World Trade Center se découpaient contre leur ciel. Marshall ne pouvait en aucun cas continuer à payer une partie du crédit et louer en même temps quelque chose dans le quartier, ou dans n'importe quel autre quartier à peu près tranquille de la ville – un casse-tête dont Joyce se délectait comme d'une merveilleuse énigme philosophique. Elle voulait anéantir Marshall, pas seulement sur le plan financier, mais personnel, et pas seulement à ce moment-là, mais pour toujours.

Il la haïssait. Il aurait pu écrire des sonnets entiers sur sa haine, prononcer des serments de haine, exécuter d'incroyables prouesses physiques pour prouver cette haine. Tard le soir, il jetait parfois un coup d'œil à la forme assoupie sur le canapé du salon – il avait refusé de renoncer à la chambre, et Viola, leur fille de quatre ans, s'entêtait à croire que sa mère s'endormait tous les soirs devant la télévision –, et il se sentait alors envahi d'une détestation si intense qu'il restait ensuite allongé éveillé, serrant et desserrant les poings pendant des heures. Peut-être valait-il d'ailleurs mieux qu'il ne dorme pas, car il grinçait des dents dans son sommeil – son dentiste lui avait dit avoir deviné qu'il était en train de divorcer aux marques que les grincements creusaient dans leur émail. Il lui avait conseillé des soins qu'il ne pouvait s'offrir. Que ce fût dans son lit, ou dans le fauteuil du dentiste, avec sa bouche abîmée grande ouverte, il repensait encore et encore à ce que Joyce lui avait fait. Sa mesquinerie et son irrationalité avaient mis leur monde sens dessus dessous. Leur monde et celui de leurs enfants. Et il était incapable d'oublier qu'il l'avait aimée avec la même force passionnée qu'il la détestait maintenant, et cela l'humiliait.

Il complotait, elle le savait. Marshall fomentait, trouvait des alliés parmi leurs relations, dans leur famille, faisait courir sans en avoir l'air des ragots malfaisants, sapait la détermination de Joyce en retournant contre elle les accusations qu'elle portait contre lui, ce qui les vidait de leur substance. Rien, dans la vie de Joyce, n'était hors de sa portée : même le père de la jeune femme l'avait critiquée, l'air de rien, laissant supposer qu'il avait eu des échos défavorables à son sujet, mais le reproche présumé était trop vague pour qu'elle puisse réagir. Quand un collègue de Joyce l'appelait en son absence, Marshall répondait d'un ton brusque et ne transmettait jamais les messages, même les plus importants. Il avait décidé de toujours laisser la lunette des toilettes relevée, d'abandonner son rasoir plein de mousse sur le rebord du lavabo et ses caleçons sur le sol de la salle de bains : tout ce contre quoi elle avait lutté avec succès des années plus tôt. Il faisait des remarques devant les enfants ; elle s'en rendit compte aux questions qu'ils lui posaient le soir en allant se coucher : Pourquoi tu as l'air plus vieille que ton âge ? Pourquoi tu aimes pas Snuffles ? Snuffles était le chien, un instrument mou, puant et baveux utilisé par Marshall dans la campagne qu'il menait contre elle, une guerre conduite parmi les ombres.

Le divorce se déroulait dans un univers où le temps était devenu une quantité évanescente et imprécise. Joyce avait juré de le mettre dehors avant la fin de l'année, sans préciser de quelle année elle parlait. Marshall avait relevé le défi. Il riposta en exigeant une demande officielle. L'avocat de Marshall lança ensuite une contre-proposition. Cela prit tout l'hiver. Les vacances arrivèrent. L'appartement devait être estimé, autre illustration du calendrier de plaisanteries quotidiennes qui trônait sur le bureau de Joyce ; ils firent appel à des agences immobilières rivales, peuplées de djinns et de sorciers qui changeaient l'or en plomb, et vice versa. Bien que ne lui servant à rien dans sa carrière, le diplôme d'histoire de l'art de Marshall, qu'il avait passé quand ils vivaient ensemble et donnait à Joyce une raison supplémentaire de prétendre toucher une partie de ses futurs salaires, dut lui aussi faire l'objet d'une estimation, et deux fois de suite. Les frais de procédure vinrent rapidement à bout de leurs économies, qui étaient non seulement placées sur des comptes séparés, mais dans des banques elles aussi rivales et situées dans des quartiers éloignés l'un de l'autre. Les sentiments qui existaient désormais entre Joyce et Marshall atteignaient l'intensité d'un événement historique, tribal, ethnique, et quand ils voyaient dans les journaux télévisés des reportages de guerres dans les Balkans ou au Moyen-Orient, ils pensaient oui, oui, oui, c'est exactement ce que je ressens.

Produits de leur amour passé, complications désastreuses de leur mariage, dommages collatéraux de leur divorce, leurs deux enfants avaient, pendant ce temps, besoin qu'on s'occupe d'eux. Marshall et Joyce se relayaient, un week-end sur deux, mais Marshall pensait que, s'il voulait garder son droit de résidence, il devait rester dans l'appartement même les samedis et dimanches où c'était Joyce qui gardait les enfants. Il passait alors la plupart de son temps dans la chambre, tenant la porte fermée de façon provocante, menaçante, bloquant jusqu'au chuchotement de sa télévision. Il n'en sortait que pour nourrir et promener Snuffles, ce que Joyce refusait de faire, même en l'absence de Marshall, même quand la pauvre bête ne pouvait plus se retenir. Marshall devait régulièrement s'adresser à un service de garde pour chiens.

Un dimanche après-midi de la fin du mois d'août, quelque chose sembla alourdir, plisser, faire glisser ces deux plaques continentales l'une contre l'autre. Joyce venait d'arriver au square avec les enfants ; assis sur l'asphalte près du banc, Victor, qui avait alors deux ans, examinait attentivement un morceau de papier d'aluminium tandis que Viola escaladait les constructions installées à cet effet dans le jardin. La petite fille se précipita soudain vers sa mère en riant. Elle avait un sourire très doux et se montrait souvent tendre, affectueuse ; ses parents plongeaient parfois leur regard dans ses yeux bruns brillants et ils oubliaient alors qu'ils étaient malheureux. Caca ! annonça-t-elle. Ça coulait le long de ses jambes. Elle avait quatre ans. Joyce jura, exaspérée. Viola lui répondit par un rire. Heureusement, Joyce avait emporté avec elle des vêtements de rechange. Elle sortit des lingettes de son sac et tenta d'essuyer les jambes de la petite fille, mais la salopette débordait ; Viola continuait de faire sous elle. « Arrête ! lui dit Joyce. Arrête immédiatement ! » Elle aurait voulu lâcher les lingettes, se coucher à plat ventre sur le banc, le visage dans les bras, et pleurer jusqu'à ce que le sommeil vienne, voguer loin de cette vie sur une rivière de larmes. Les autres mères et les nounous – personne qu'elle connût – la regardaient d'un air glacial ; même les enfants qui jouaient au basket, et pour qui, d'habitude, rien n'existait sauf le ballon, étaient en train de l'observer. Elle attrapa Viola sous le bras et la porta de l'autre côté des toilettes, qui étaient occupées, la souleva au-dessus d'une poubelle, le plus loin possible d'elle, défit les bretelles et laissa tomber la salopette souillée dans le réceptacle. De toute façon elle aurait bientôt été trop petite pour elle. Tenant sa fille d'une main au-dessus de la poubelle, Joyce l'essuya de l'autre. Cela lui prit une minute, peut-être deux. Ça collait. Joyce enfila les habits propres sur le petit derrière nu, puis sur le petit torse toujours secoué de rire, quand elle vit que quelque chose d'horrible était en train de se passer sur le banc à côté de la poussette. Son estomac se noua. Vic hurlait, hurlait furieusement dans les bras d'un fou qui postillonnait et gesticulait, les yeux exorbités, échevelé : son mari. Il était avec le chien.

« Où... Marshall pouvait à peine parler, tremblait, vibrait, fusée humaine prête à se lancer dans l'espace, hoquetait entre chaque mot. Où... Etais...-tu ?

— Viola a fait dans sa culotte.

— Tu as abandonné Victor !

— Va te faire foutre ! Je changeais Viola. »

Snuffles dut penser qu'ils parlaient de son dîner. Il aboya, agita la queue, bondit vers Joyce et lui griffa joyeusement les jambes. Joyce vacilla en arrière, elle sentit Viola s'écraser contre elle, humide, et vit qui tenait la laisse : Roger, très bon ami de Marshall et époux de Linda, qui avait été l'amie de Joyce. Et même, à une époque, sa meilleure amie. Un an plus tôt, avant qu'ils aient décidé ensemble d'annoncer leurs difficultés conjugales à leurs amis, Marshall s'était, pendant une nuit de larmes, d'embrassades et de promesses d'amitié éternelle, confié à Roger et Linda. Et maintenant, Roger détournait les yeux, gêné de la revoir.

« Et il t'a fallu tout ce temps ? cria Marshall. Il y avait déjà cinq minutes que nous étions arrivés quand tu es revenue ! Nous avons regardé nos montres. Un kidnappeur serait déjà de l'autre côté du pont ! C'est fini, Joyce ! Tu es foutue ! Mon avocat va plaider l'incapacité parentale ! »

Marshall tint sa promesse. L'incident fut évoqué quand ils se retrouvèrent avec leurs avocats le vendredi suivant. Roger était d'accord pour témoigner, si cela s'avérait nécessaire. L'avocate de Joyce lui dit de ne pas s'inquiéter, une mère devait faire bien pire pour qu'on lui enlève ses enfants, Marshall n'avait rien contre elle, rien, et cette question n'avait encore jamais été soulevée. Marshall ne voulait absolument pas avoir la garde de Victor et Viola, Joyce le savait, mais elle savait aussi qu'il allait se servir d'eux pour que, finalement détruite, impuissante, en larmes, lamentable, elle renonce en partie ou totalement à ses exigences financières – et elle ne pourrait jamais payer toute seule l'appartement. Elle était battue, écrasée, étouffée, abandonnée. La force de la haine que Marshall éprouvait suffisait à le justifier : comment un homme faisant preuve d'une telle ferveur pouvait-il avoir tort ? Comment avait-elle pu abandonner Victor ? Sa vie était une catastrophe : elle avait pris un kilo et demi, et les négociations de Berkeley étaient bloquées, alors qu'approchait la date de son évaluation annuelle.

Elle alla se réfugier dans le Connecticut, chez ses parents, qui ne cachèrent pas leur déception de la voir arriver sans les enfants, alors qu'ils savaient très bien que ce n'était pas à son tour de les avoir. À Brooklyn, la paix régnait. Joyce partie, Marshall se sentit soudain optimiste, libre, vivant. Il leur chanta des airs de music-hall. Joua à la bataille avec eux. Les emmena manger une pizza. Ils promenèrent Snuffles le long du port, et Viola indiqua à Vic les noms des principaux gratte-ciel de Manhattan. Le samedi soir, Vic s'endormit sur la poitrine de Marshall. Le poids de l'enfant contre lui rassura l'homme, qui commençait à se sentir vide, immatériel. La masse de son fils était réelle, vraie, et aimante. Pour la première fois depuis qu'ils avaient mis la fusée divorce à feu, Marshall eut l'impression qu'il pourrait faire un père célibataire tout à fait acceptable.

Le week-end parfait de Marshall dura jusqu'au lundi soir. En rentrant de chez ses parents, Joyce alla directement au bureau et dîna dehors. Ravi, Marshall ramena les enfants de la garderie, leur donna à manger et les installa devant la télévision pour se plonger dans la lecture de rapports importants. Le téléphone sonna deux fois, chaque fois pour Joyce. Il y eut d'abord un petit con qui appelait de Californie après avoir essayé sans succès de la joindre sur son portable. Le souffle court, très agité, et ignorant apparemment tout de leur situation familiale, il raconta longuement à Marshall que les négociations semblaient pouvoir reprendre mais à la condition que Joyce y participe. Puis ce fut une femme de l'agence de voyages qu'employait la compagnie de Joyce. À la demande du petit con, elle avait réservé une place sur un vol qui partait de Newark le lendemain matin et s'était occupée de tout ce qui concernait le séjour de Joyce.

La Guardia aurait été plus commode, mais Marshall ne dit rien. Il refusait par principe d'aider Joyce en quoi que ce soit. Il griffonna l'information dans son carnet en se demandant s'il allait ou non la transmettre – faire passer un message pouvait être considéré comme une faiblesse, et même signifier qu'il lui accordait son pardon pour tous les messages qu'elle, elle n'avait pas transmis. D'un autre côté, c'était une occasion de se débarrasser d'elle jusqu'à la fin de la semaine. Il pesa le pour et le contre. Toujours perplexe, il recopia finalement le numéro du vol et le nom de l'hôtel sur une feuille de papier, sans un mot de plus, à peine lisiblement, puis il plaça la feuille sur le comptoir de la cuisine, sous le micro-ondes, où elle ne la verrait probablement pas.

Mais, ce soir-là, Joyce avait faim. Elle eut beau se raisonner, elle ne put résister à l'envie de décongeler une pâtisserie, et trouva le message. Elle se sentit soulagée de voir que la porte de Marshall était fermée. Elle aurait pu, autrement, laisser échapper un mot de remerciement. Elle rechargea son portable, fit sa valise. Le lendemain matin, le taxi vint la prendre si tôt que Marshall dut emmener les enfants à la garderie du matin, ce qui provoqua une violente dispute. Les visages se congestionnèrent, les portes claquèrent, puis Joyce s'en alla.

Marshall habilla les enfants endormis.

« Où est Maman ? murmura Viola.

— Elle est partie à Berkeley. C'est à côté de San Francisco, en Californie.

— Avant le petit déjeuner ? »

Comme il n'avait pas le temps de promener Snuffles, Marshall se promit de penser à appeler le service de garde. Ils arrivèrent à temps à l'école, où il se laissa entraîner dans une conversation vague et interminable mais totalement charmante avec l'institutrice de Viola, jeune femme aux cheveux frisés et aux formes rebondies. Avec ses joues aussi rouges que celles des enfants dont elle s'occupait, elle semblait à peine sortie de l'université. Elle plaisait à Marshall, et – ce n'était pas totalement certain, peut-être prenait-il ses désirs pour des réalités, comme lorsqu'il se voyait déjà en père célibataire parfait, ce dont il avait probablement besoin pour contrebalancer son malaise actuel, cette sensation qu'il avait d'être inutile, moche, raté, mortel – cela semblait lui plaire. Mais il s'était mis en retard.

Une heure plus tard, Marshall était étendu dans le noir au milieu de décombres, en un lieu qu'il ne pouvait précisément identifier, après avoir vécu une série d'événements dont il ne pouvait ni rétablir la chronologie ni saisir le sens. Il y avait eu une panique énorme dans le hall des ascenseurs, des explosions, des ordres contradictoires, la ruée dans la cage d'escalier. Il n'était jamais arrivé à son bureau. Se retrouvait dans la fumée et la pénombre chargée de poussière, où des hommes et des femmes gémissaient, pleuraient, suppliaient qu'on vienne à leur secours. Respirer était difficile. On entendait couler de l'eau, un clapotis au son clair de ruisseau montagneux. Les murs et le plafond s'étaient en partie effondrés, quelque chose lui était tombé dessus, à moins qu'il n'ait foncé dedans. Des gens s'étaient bousculés autour de lui pour monter les marches de l'escalator paralysé, peut-être même l'y avaient-ils suivi. Monter ne lui avait pas semblé une bonne idée, mais c'était, il croyait s'en rappeler, ce que l'agent de police placé en bas de la cage d'escalier leur avait indiqué. Et ils s'étaient perdus.

Il se releva, porta la main à sa tête. Sa tempe était humide, probablement ensanglantée, mais cela ne devait pas être grave, il avait les idées claires, insupportablement claires. Rien de ce qui était arrivé ce matin-là – la dispute avec Joyce, le flirt avec Miss Naomi – n'avait disparu de sa mémoire ni perdu de netteté. Il crut vivre ses derniers instants, ne plus jamais revoir Viola et Vic, ne même plus jamais pouvoir penser à eux. Pourtant, il se dit aussi qu'il devait absolument appeler le service de garde, sinon le chien pisserait sur le tapis de l'entrée. Il avait déjà abîmé leur kilim, ça suffisait comme ça. Le visage couvert de poussière de plâtre, Marshall sentit inexplicablement flotter autour de lui la même puissante odeur de kérosène que sur une piste d'aéroport.

« Au secours ! Au secours ! Nous sommes coincés ! » L'écho répétait les cris. Personne ne répondait, pourtant il entendit des sirènes qui hurlaient dans la rue. Apparemment tout près.

Il passa les mains sur des gravats et les retira quand il toucha la pointe saillante d'un cadre de fenêtre dont le bois était brisé. Il s'aperçut que l'épaisseur de l'ombre allait en s'amenuisant vers le haut et avança en direction de cette faible lueur, les mains devant le visage, au cas où il tomberait à nouveau sur du verre. Il comprit qu'il était en train de sortir par une fenêtre. Ses mains l'entraînèrent autour d'un pilier.

Il se retourna et appela :

« Je vois la lumière du jour ! »

Il heurta d'autres gravats, les contourna, et se retrouva soudain au bord de la plazza entre les deux tours – sur une autre planète à l'atmosphère chargée d'éclairs, baignée d'une lumière corrosive, hostile. Il recula. Les cendres tombaient en flocons, formant un épais tapis, recouvrant les traces de pas de ceux qui s'étaient déjà enfuis. Il y avait des feux, où brûlaient des éléments métalliques qui ressemblaient à des pièces de machines industrielles, mais aussi du béton ayant appartenu aux tours, et d'autres choses qu'il eut du mal à identifier. C'étaient des morceaux de corps humains, oui, et des corps entiers, éparpillés sur les pavés d'ardoise. Agendas, dossiers, feuilles imprimées, bilans et Post-it calcinés tourbillonnaient comme des fantômes en fuite. Des hommes et des femmes sortaient en courant, certains criaient, leur attaché-case sur la tête, quand tout ce qui tombait du ciel était beaucoup plus gros qu'un simple attaché-case. Des caramels d'acier fondu dégoulinaient des étages supérieurs et explosaient en magnifiques étincelles de métal brûlant au contact du sol.

« Nous y sommes ! cria Marshall en se retournant vers l'intérieur du bâtiment, face à un nuage de fumée grise. Venez, allons-y ! » Il eut envie de plaisanter. « Mesdames et messieurs, par ici la sortie ! »

Mais les gens avaient déjà commencé à sortir, conduits par une femme d'une cinquantaine d'années, tremblante, en chemisier blanc maculé de larmes mélangées à la suie. Elle n'avait pas de chaussures. Elle cligna des yeux à la lumière, puis de nouveau à la vue de ce qui se passait sur la plazza, et elle recula, exactement comme Marshall l'avait fait.

Les débris tombaient en pluie serrée. Pour échapper à l'avalanche, Marshall se serra contre le mur de la tour. La femme d'une cinquantaine d'années se précipita vers une file de chariots à sandwichs abandonnés de l'autre côté de la plazza, couverts de cendre, courut en collants, évitant gracieusement les amas les plus visibles de décombres qu'elle rencontrait sur son passage. Des hommes et des femmes tombaient encore des étages supérieurs, peut-être même du bureau qui avait été celui de Marshall, des collègues, des amis.

Des ombres émergeaient les unes après les autres en bas de la tour, se matérialisaient presque à contrecœur, toussaient et s'essuyaient les yeux. Bouleversés par le carnage qu'ils découvraient sur la plazza, les survivants ne voyaient pas Marshall. Ils partaient en courant. Un couple s'enfuit, main dans la main. Les sirènes hurlaient de plus en plus fort, emplissant le ciel de leurs cris lancinants. Il fallait fuir, il le savait, pourtant il restait là. Il se demanda ce qui l'empêchait de bouger, d'où lui venait la perte soudaine de son instinct de conservation. C'était à cause du divorce, de ce putain de divorce – il avait pris trop de coups. Il se tourna vers l'intérieur du bâtiment, cria :

« Il y a quelqu'un, là-dedans ? »

Pas de réponse. Il recula de quelques pas sous un cadre de fenêtre qui pendait, se fraya un passage dans le noir, au milieu des gravats. La fumée et la poussière lui piquaient les yeux. Il crut sentir l'immeuble frémir. Il aurait dû s'arrêter, pourtant il continua. Il y avait quelque chose sur le côté, une présence. Il entendait sa respiration, sentait sa peur, à peine distincte de la sienne.

« Venez, dit Marshall. Venez, allons-nous-en. »

Il trouva une manche et s'y accrocha, étonné de sa réalité. La créature à laquelle il était attaché bougea sans un mot. Marshall la conduisit en sens inverse, sur une distance qui ne dépassait probablement pas une trentaine de mètres, mais cette fois la sortie lui sembla beaucoup plus loin et le trajet prit des allures de voyage au long cours, de transition vers un autre monde. Une sensation de confiance l'enveloppait, humide et fraîche. Ce qu'il était en train de faire était bien, exactement l'inverse de tout ce qui s'était passé entre Joyce et lui depuis deux ans. Au cours de cet horrible combat contre Joyce, même quand il avait défendu ses intérêts les plus élémentaires, il avait douté du bien et du mal – n'avait agi que par nécessité. Et maintenant... face au danger, aux décisions à prendre, à l'action à mener... quelque chose lui était révélé. Il arrivait à discerner l'espoir. Il entrevit, en cet instant, l'homme qu'il pouvait encore être.

Quand ils atteignirent le bord de la plazza, Marshall se retourna pour jeter un coup d'œil à son prisonnier. C'était un homme aux tempes grisonnantes, plus vieux que lui. Son épaisse moustache semblait imbibée de sang. Devant ses yeux rouges et l'expression absente de son visage, Marshall se demanda s'il y voyait encore. Il dit :

« OK, nous y sommes presque. »

L'homme s'accroupit contre le flanc de la tour. Il regarda un instant la plazza dévastée, puis il baissa la tête. On aurait dit qu'il priait. Marshall se mordit la lèvre pensivement et sentit un goût de plâtre. Il dit encore :

« Salut, je m'appelle Marshall. Et vous ? »

L'homme ne broncha pas.

« Comment vous appelez-vous ? » demanda de nouveau Marshall. Le calme était revenu sur la plazza, il ne tombait plus personne des fenêtres, qu'une bruine de particules grises. Il effleura l'épaule de l'homme et, devant son absence de réaction, le secoua brutalement. Il s'était souvenu qu'en cas d'urgence les règles habituelles de bienséance interdisant tout contact physique ne s'appliquaient pas. La tête de l'homme rebondit comme si elle avait été montée sur un ressort. « Dites-moi votre nom. »

Stupéfait, l'homme releva la tête et murmura :

« Lloyd. »

« Lloyd, répéta Marshall. Je m'appelle Marshall. Écoutez, ce n'est pas l'endroit idéal pour se reposer. On va se prendre quelque chose sur la tête. Si on se tirait d'ici, hein ? Bon, partez devant, je vous suis, et peut-être bien qu'on va pouvoir se boire un café. Allez, il faut vous lever, Lloyd. Debout, venez avec moi. Là, maintenant. Tout de suite. Sinon nous allons être blessés. Vous avez des enfants ? J'en ai deux, Victor et Viola, une sacrée gamine. Comment s'appellent les vôtres ? »

Lloyd regarda Marshall pour la première fois. Ses paupières étaient bordées de croûtes, le blanc de ses yeux rouge et strié de veines. Marshall n'avait pas envie de les voir, pas envie de comprendre ce qui était arrivé, mais il savait qu'il devait soutenir le regard de l'homme.

« Sarah, balbutia Lloyd.

— Très joli prénom. Quel âge a-t-elle ?

— Six ans.

— Ça doit être super. La mienne en a quatre, et il lui arrive encore d'oublier de nous demander d'aller aux toilettes. Ça nous rend fous ! Allez, venez. »

Ce « nous » sonnait faux, alors qu'il était grammaticalement correct, puisque l'incontinence de Viola accablait aussi bien Joyce que Marshall, mais chacun de son côté, et non en tant que couple. Marshall tenait Lloyd par le bras. L'empêchait de s'écrouler. Il se demanda si Lloyd était marié et, dans ce cas, s'il était heureux en ménage ; peut-être aurait-il pu l'aider à comprendre l'ambivalence qu'il ressentait par rapport à ce « nous ». Il essaya d'entraîner Lloyd en direction de Church Street. Lloyd tituba comme un homme ivre. Alors qu'ils se mettaient en route, un objet qu'on pouvait identifier comme étant une femme vêtue d'un tailleur bleu marine, dont quelqu'un qui s'y connaissait aurait pu décrire la coupe et l'étoffe et peut-être même définir la provenance, atterrit à environ cinquante mètres d'eux, rebondit, explosa. Elle avait perdu ses chaussures à mi-parcours, et, un instant plus tard, elles claquèrent sur les dalles. « Ne regardez pas, dit Marshall. Pour l'amour de Dieu, ne regardez pas. » Il le poussa devant lui sur la plazza. Aussi fou que cela puisse paraître, ni l'un ni l'autre n'avait perdu son attaché-case. Marshall le portait en bandoulière, mais Lloyd tenait le sien à deux mains, comme si cet exode matinal faisait partie de son trajet quotidien. La cendre durcissait et le sang s'étalait en plaques noires autour des corps. D'écœurantes vapeurs de gaz enfumaient l'atmosphère. Tandis qu'ils traversaient la plazza à pas pesants, leurs pieds soulevaient des nuages gris. Des fragments de bâtiment continuaient à tomber, et quelque chose heurta l'épaule de Marshall. Ce qui venait d'arriver, quoi que ce fût, était terrible et resterait dans l'histoire. Les yeux fixés vers le lointain, il se demanda quel jour on était. Un mardi, ça il le savait, comme il savait que vendredi on serait le 14 septembre, date prévue d'une réunion qu'il avait jusque-là considérée comme importante, mais ces données ne lui servaient à rien, il n'arrivait pas à calculer plus loin.

Un phénomène inouï se déroula alors devant eux, dans lequel quelque chose de la taille d'une voiture entrait en jeu. Marshall se couvrit le visage et il sentit passer à travers lui le souffle d'une explosion, ses flammes et son bruit infernal. Il se jeta sur la droite en poussant Lloyd, qui échappa à son emprise. Il resserra ses doigts sur sa manche et le tissu se déchira.

« Nous y sommes presque », commença-t-il, puis il vit que Lloyd n'écoutait pas, qu'il avait la moitié de la tête – Marshall n'aurait pu dire laquelle – arrachée.

L'attaché-case de Lloyd tomba, déversa son contenu devenu inutile, papiers, rapports, et un sandwich enveloppé dans du film plastique. Marshall savait ce qui lui restait à faire. Il devait allonger l'homme dans la cendre, avec douceur, mais rapidement. Il devait essayer de ne pas regarder son visage et devrait ensuite se forcer à oublier ce qu'il venait de voir. Quand Marshall s'éloigna, de la fumée s'éleva autour du corps.

Il passa de la plazza dans une rue remplie de voitures abandonnées, dont certaines flambaient. Des gens couraient entre les flammes. Plus rien de tout cela ne lui paraissait surprenant : le monde n'était alors pour lui qu'un lieu où tous, hommes et femmes, fuyaient un cataclysme local. *Les enfants*... Il ne pouvait pas y penser. Arrivé dans Chambers Street, il entendit derrière lui une explosion et un bruit de lent effondrement : une des deux tours tombait. La foule sursauta tout entière, et des cris s'élevèrent. Un peu plus loin, des policiers faisaient signe d'avancer. Leurs bras tournaient comme des moulins. Les grondements du bâtiment qui s'écroulait ressemblaient à ceux d'une vague qui se brise, et il eut l'impression d'être soulevé au-dessus de l'asphalte. Des débris pleuvaient sur son dos, de la poussière crayeuse emplissait sa bouche et ses narines. Il accéléra, sans ressentir la moindre tension ni aucune fatigue, léger, son attaché-case rebondissant contre sa hanche. Lorsqu'il ralentit enfin et se retourna, des silhouettes d'hommes et de femmes, semblables à des nymphes et à des séraphins, émergeaient d'un énorme nuage blanc sale qui, en cette encore lumineuse fin d'été, obscurcit le sud entier de Manhattan.

Il fallait qu'il retourne à Brooklyn, qu'il aille à l'école, mais il se joignit à la grande marche vers le nord, au sein de bataillons presque totalement muets. Près de Canal Street, un agent des services d'urgence vint le chercher au milieu de la rue, le prit doucement par le bras et le conduisit à un point de triage à côté d'une ambulance où son front fut nettoyé et pansé. Les infirmiers avaient une petite radio qui diffusait les informations. Une voix racontait que des pirates de l'air s'étaient emparés de deux avions de ligne venant de Boston et les avaient précipités contre les tours du World Trade Center – bouleversé, Marshall releva brusquement la tête et regarda en direction du sud, comme pour obtenir confirmation –, puis la voix ajouta que le Pentagone avait aussi été attaqué.

Marshall ne connaissait pas le nom de famille de Lloyd ni celui de la société pour laquelle il travaillait. L'absence de cet homme dans son avenir lui parut soudain comme un trou énorme dans le ciel, alors qu'il avait oublié entre-temps comment s'appelait l'enfant de Lloyd. Le sentiment qui s'était emparé de lui sur la plazza et qui lui avait paru plein de promesses disparaissait, le laissant dans un état de désespoir qui ne lui était pas étranger. L'ampleur de la tragédie devenait évidente. Des êtres humains gisaient sous les décombres, des hommes et des femmes avec qui il avait travaillé ou pris l'ascenseur, jour après jour, année après année.

Lorsque la tour nord s'écroula, les survivants se remirent à courir, et Marshall dut s'éloigner. Avec beaucoup d'autres, il tenta d'atteindre un des ponts de l'East River, mais les agents de police en combinaisons de Kevlar, qui étaient placés à toutes les grandes intersections, leur crièrent de remonter vers le centre afin d'échapper à d'éventuelles bombes et aux retombées de poussière d'amiante. Son portable ne marchait pas, et de longues files d'attente s'étiraient devant les cabines téléphoniques. Il se fraya un chemin par les petites rues. Un peu plus tard, épuisé, les idées confuses, il s'arrêta devant une pâtisserie de Chinatown qu'avait prise d'assaut une petite foule rivée à l'écran de télévision suspendu au-dessus de la caisse.

Des spectateurs sortirent de la salle, prêts à partager les dernières nouvelles. Plus aucun avion n'avait le droit de décoller du territoire américain, mais certains volaient encore, et de nouvelles attaques étaient à craindre. Il y en avait au moins un autre qui s'était écrasé quelque part en Pennsylvanie. Le Président avait été emmené en lieu sûr et secret.

Marshall se tourna vers un jeune homme qui portait un tee-shirt CNN. « Est-ce que c'est la guerre ? Est-ce qu'il y en a un qui s'est écrasé sur le Pentagone ? »

Le jeune homme, lui non plus, n'avait pas vu les nouvelles, mais il répondit d'un ton assuré :

« Le bâtiment a été à moitié détruit. Vol American Airlines 77, en provenance de Dulles. Et celui qui s'est écrasé en Pennsylvanie était parti de Newark. Personne ne sait ce qu'ils voulaient. Vous étiez là-bas ? »

Il fit un geste en direction des tours.

« Et vous savez où allait l'avion de Newark ? demanda Marshall. Vous connaissez le numéro de vol ? »

Le type haussa les épaules, mais il posa la question à ceux qui étaient devant lui qui la posèrent à ceux qui étaient devant eux et ainsi de suite jusqu'à l'intérieur de la pâtisserie. Il fallut un moment avant que la réponse parcoure le chemin inverse. Marshall s'assit sur le trottoir et ouvrit son attaché-case qui appartenait maintenant à l'histoire au même titre qu'un coffre rempli de documents anciens. Il en ressortit son carnet. Le feuilleta jusqu'à ce qu'il tombe sur ce qu'il était en train de noter la veille quand le téléphone avait sonné.

« Quatre-vingt-treize, annonça le jeune homme. United Airlines à destination de San Francisco. »

Marshall hocha la tête d'un air sombre, referma son carnet. Puis il le remit dans son attaché-case et il se leva. Épousseta tranquillement son pantalon, comme s'il n'avait pas déjà été totalement fichu. Il toucha le pansement qu'il avait sur la tête. Il était humide. Les infirmiers avaient dit qu'il aurait besoin de points de suture. Dans les rues environnantes, les trottoirs débordaient de fugitifs : sales, hébétés, malheureux, dépossédés. Beaucoup portaient des masques qui leur couvraient le nez et la bouche. Des femmes boitaient, pieds nus. Des gens se soutenaient les uns les autres. Beaucoup pleuraient, mais les visages étaient pour la plupart devenus aussi vides que le ciel indifférent. Marshall s'avança au milieu des autres, se dirigea vers le pont, gambadant presque.

Octobre

Joyce avait toujours trouvé les flics et les pompiers de New York plus séduisants que les autres. Cela tenait probablement à leurs cheveux courts, leurs origines exotiques, leur correction et leur dynamisme. Et ils étaient maintenant parés des grâces des héros classiques, œil clair et épaules larges, humanité et gentillesse. Quand ils descendaient à grands pas les avenues, ou qu'ils entraient dans une boutique pour s'acheter à manger, la tragédie gravée dans leurs traits, on les applaudissait. Mais leurs visages restaient empreints de beauté et d'innocence. Les pompiers présidèrent au deuil de l'après-11 septembre à New York. Ils avouaient leurs insomnies et leur manque d'appétit. Ils n'avaient que dédain pour la clarté dont le ciel continuait de faire preuve malgré l'automne. Qu'il soit de Manhattan, du Bronx, de Brooklyn, du Queens ou de Staten Island, chacun d'entre eux avait perdu au moins un copain de caserne ou un ami appartenant à une autre brigade, et quelques-uns pleuraient un frère, un père ou bien un fils. À chaque instant, n'importe où dans la ville, lorsqu'un pompier apparaissait, les civils s'écartaient sur son passage, tandis que ce corps d'homme courageux entièrement recouvert de toile noire s'avançait, articulé comme les rouages d'une machinerie antique. Chaque pas que faisaient ses jambes gainées de cuissardes en caoutchouc, noires elles aussi, semblait avoir un but précis.

Deux jeunes collègues de Joyce travaillaient le soir comme bénévoles dans une cuisine près de Ground Zero, nourrissaient les sauveteurs après le service. Dora et Alicia arrivaient en retard au bureau, fatiguées, vidées, mais aussi rayonnantes qu'on le dit généralement des femmes enceintes. Elles parlaient de Ground Zero toute la journée à ceux qui s'attroupaient par petits groupes autour de leur box. Aller au bureau semblait alors dénué de sens. Alicia avait été conduite tôt un matin dans la fosse d'excavation, coiffée d'un casque et vêtue d'un ciré jaune vif de pompier beaucoup trop grand pour elle – probablement follement attirante sous les deux mille watts de lumière halogène. Elle avait une aventure avec un des pompiers, un Italien de Bay Ridge – la moitié de sa brigade avait péri dans la tour numéro deux –, un homme marié que le chagrin anéantissait, disait-elle, et dont elle prenait sur elle un peu de la douleur. La descente dans la fosse l'avait étrangement rapprochée de tous ceux qui travaillaient là-bas – et lui avait aussi permis de mieux se comprendre elle-même. Et faire l'amour avec ce pompier ne ressemblait à rien qu'elle eût connu : « Il est si fort, et il a tellement besoin de moi. Je ne sais pas où cela va me mener. Mais là, maintenant, en ce moment, je dois être avec lui. J'ai, moi aussi, besoin de lui. »

Les collègues de Joyce, dont beaucoup étaient célibataires et plus jeunes qu'elle, savaient exactement ce qu'Alicia voulait dire. L'horreur des attaques terroristes avait semé le désespoir dans toutes les existences. Les enjeux étaient devenus énormes ou se révélaient ineptes. La semaine précédente, Dora s'était retrouvée en train de faire furieusement l'amour avec un garçon pour qui elle avait de l'amitié depuis des années, et seulement de l'amitié. À voix basse, pour que les hommes du bureau n'entendent pas, elle raconta la série de nuits sans suite qu'une de ses copines venait de vivre. Elle ne se protégeait pas ; ses partenaires étaient des types qu'elle rencontrait dans des bars, et, une fois, elle avait couché avec un homme qu'elle venait de croiser sur les marches du métro à Spring Street. Cette fille n'avait encore jamais fait ça. Elle était sortie de la station, racontait Dora, et avait sans réfléchir cherché les tours afin de s'orienter, mais elles n'étaient pas là, et l'homme, lui, était là, et il avait immédiatement reconnu son malaise. Les autres femmes hochaient la tête d'un air sombre. On disait que sous le règne de la terreur les gens se réfugiaient dans le sexe. Ils avaient tous besoin de se défouler, de prendre leur revanche ou simplement de s'avouer que leur vie avait changé. Joyce se détourna vers la fenêtre et fixa un regard vide sur la ligne mutilée des gratte-ciel. Elle avait beau avoir échappé de peu à la destruction et vu les tours s'écrouler, elle ne s'était, malgré la terreur, jamais réfugiée dans le sexe, seulement dans les sucreries.

Joyce n'avait pas fait l'amour depuis deux ans, ou à peu près : elle ne pouvait déterminer la date exacte à laquelle elle avait cessé toute relation sexuelle avec Marshall. Les dernières fois où ils avaient essayé, ou même seulement voulu retrouver un simple contact physique, une forme de tendresse qui aurait pu les aider à se rapprocher l'un de l'autre, ils n'avaient fait qu'accroître leur colère – une colère liée au sexe, mais aussi aux problèmes de lessive, de bébés brailleurs, de découverts bancaires et de lait renversé. Ils avaient inutilement lutté sur les draps. Ces combats se terminaient généralement dans les larmes et les portes claquées, et avant que toute pénétration eût été accomplie. Joyce ne se rappelait pas quand ils avaient, avec plus ou moins de bonne volonté, fait une dernière tentative avant de décider qu'entre eux le sexe n'en valait plus la peine – un consensus atteint sans que cela ne soit jamais dit. Deux ans, donc. Alors qu'elle en avait trente-cinq. Après avoir entendu Alicia et Dora raconter leurs histoires, Joyce comprit qu'elle aussi elle voulait quelque chose : elle voulait qu'un de ces hommes dont elles avaient parlé la jette sur un lit et baise avec elle comme s'il n'y avait pas de lendemain. Elle voulait oublier dans le sexe le règne de la terreur. Après tout ce qui était arrivé à sa ville et à sa vie conjugale, elle le méritait bien.

Et peut-être n'y aurait-il pas de lendemain. Alors qu'en revenant des toilettes Joyce traversait l'espace ouvert où étaient installés les secrétaires et les jeunes cadres, une des intérimaires, une femme d'une quarantaine d'années qui s'appelait Anne-Marie, se mit à hurler. Elle tenait à la main une enveloppe blanche de grand format qui avait été ouverte. Avant même d'avoir vu ce qui était tombé sur son bureau, tout le monde sut pourquoi elle criait, et ce que cela devait être.

Depuis quelques jours, des enveloppes similaires contenant des bacilles d'anthrax étaient arrivées dans divers points de la côte est. Cela avait commencé avec une mort mystérieuse en Floride au sein de l'équipe du *National Enquirer*, puis on avait trouvé d'autres bacilles mortels au Sénat et dans les quartiers généraux de médias new-yorkais. Plusieurs personnes étaient mortes, y compris des gens qui n'étaient pas dans ces bureaux mais avaient été en contact avec des lettres qui pouvaient avoir été en contact avec d'autres lettres, qui pouvaient avoir été en contact avec de l'anthrax. Le courrier était devenu une nouvelle sorte de relation à risque. Tout le monde voulait se faire prescrire du Cipro. Ancienne chômeuse embauchée comme stagiaire, Anne-Marie n'avait ouvert les lettres que parce que la responsable attitrée avait tout à coup décidé de prendre ses jours de congés cette semaine-là, tous ses jours de congé de l'année en cours et de la suivante. Anne-Marie portait des gants de caoutchouc et un masque de chirurgie, mais elle savait que contre les innombrables méchants grains blancs qui venaient de s'échapper de l'enveloppe, cela ne servait à rien. Les bacilles flottaient déjà dans l'air. Elle et tous ceux qui l'entouraient avaient été exposés à l'anthrax.

Joyce fit demi-tour, s'engouffra dans l'ascenseur et quitta immédiatement l'immeuble, sans même prendre son sac. Elle avait deux enfants à élever. En vivant à New York et en voulant divorcer elle avait déjà suffisamment joué avec leur bien-être. Elle retint sa respiration jusqu'à la rue. Marcha vers le nord, loin de son bureau et de la concentration de forces maléfiques qui s'étaient déchaînées à Ground

Zero en septembre et continuaient de hanter les lieux du désastre et la ville tout entière. Elle se sentait ridicule. Il était dix heures et demie, elle attendait un coup de fil décisif d'un de ses clients et portait des sandales Dolce & Gabana qui la rehaussaient de douze centimètres mais sur lesquelles elle tenait à peine debout. Un achat compulsif. Et les micro-organismes meurtriers foraient peut-être déjà leur chemin dans ses poumons. Une flotte entière de voitures de police passa dans l'avenue, sirènes hurlant.

Quatre rues plus loin, elle se rendit compte qu'elle n'avait ni argent, ni carte de métro, ni même les clés de chez elle. Qu'était-elle censée faire ? Comment rentrer ? Pourquoi est-ce que rien ne marchait plus dans sa vie ? Devait-elle appeler Marshall ? Elle n'avait même pas essayé de le joindre un mois plus tôt alors qu'il y avait de grandes chances pour qu'un bâtiment de six cent mille tonnes lui soit tombé dessus. Il était arrivé à l'appartement cet après-midi-là le front recousu et le costume déchiré, et elle lui avait dit : « Tu t'en es sorti ? » Il avait regardé ailleurs, en l'air, et répondu : « Tu n'as pas pris l'avion ? » Puis il avait ajouté d'un ton pesant : « Nous sommes vraiment vernis. » Arrivée au coin de Charles Street, elle se sentit incapable de faire un pas de plus ni de prendre la moindre décision. Dure comme de la glace, refermée, morte : toute son existence d'alors. Les piétons l'évitaient comme ils auraient contourné un dépôt de journaux. Il fallait qu'elle retourne chercher son sac, il n'y avait pas d'autre solution.

Quand elle arriva devant le bâtiment où se trouvait son bureau, il avait déjà été presque totalement évacué. L'entrée était bloquée par la police et les badauds qui s'étaient attroupés. Dépitée, Joyce remarqua que les autres avaient pensé à prendre leur sac et leur veste. En dehors d'Anne-Marie qui continuait à hurler de façon ininterrompue et qu'un infirmier poussait dans une ambulance, ses collègues avaient gardé leur calme. Ils bavardaient, fumaient des cigarettes. Les policiers entraient et sortaient de l'immeuble. Aucun d'entre eux ne portait de masque. Joyce était partie trop vite. Elle resta à l'écart, observa la scène. Elle avait besoin de son sac. Elle ne pouvait rien faire sans lui. Retenant sa respiration, elle suivit un des agents à l'intérieur, puis dans l'ascenseur. Il ne fit pas attention à elle, mais lorsque la porte s'ouvrit devant eux au quatrième étage, un autre policier l'arrêta.

« Retournez d'où vous venez, m'dame », lui dit-il. Il était jeune, avait la peau sombre, un beau garçon dont la pomme d'Adam s'agitait. Il la regarda à peine. « Nous sommes là à cause d'un paquet suspect, ajouta-t-il.

— Ce n'était pas un paquet, lança-t-elle d'un ton sec. C'était une lettre. Je travaille ici. J'ai besoin de mon sac. » Sa voix était tendue et haletante car elle faisait très attention à inhaler un minimum d'air contaminé.

L'agent secoua la tête et se retourna. Il expliqua à celui avec qui elle était montée qu'ils ne pouvaient obturer tous les bureaux car la bande adhésive qu'ils avaient apportée n'était pas assez large pour recouvrir les cadres des portes. L'ascenseur était resté ouvert, faisant preuve d'une patience inhabituelle, qui semblait inviter Joyce à redescendre. Ses yeux piquaient. Les larmes allaient monter. Une perspective qui la désespéra : à peine une semaine plus tôt, à la suite d'une nouvelle dispute (dont elle ne savait même plus comment elle avait commencé), devant la peur des enfants, après les cris, les pleurs, l'humiliation, elle s'était juré de ne plus jamais pleurer devant un homme.

« J'ai besoin de mes clés ! insista-t-elle. Je dois rentrer chez moi ! J'ai des enfants ! » Les larmes arrivaient. Non, pas ça. Elles ne déborderaient pas, elle lutterait jusqu'au bout pour les en empêcher. En même temps, elle retenait sa respiration. Elle devait avoir une expression très étrange, car les policiers interrompirent leur conversation pour la regarder. Mais elle ne pleurerait pas.

Le plus jeune lui dit : « Écoutez, m'dame, nous ne savons pas ce qu'il y a ici. Peut-être de l'anthrax, peut-être du talc. Mais nous devons vous évacuer. Ce sont les ordres. » L'autre, conscient de l'erreur qu'il avait commise en la laissant monter avec lui, la fixait d'un air menaçant.

« Messieurs ! » Quelqu'un d'autre était en colère. Un homme à la silhouette trapue, vêtu d'un costume, déboula dans le couloir. « Où vous croyez-vous ? Dans un cocktail mondain ? Nous devons évacuer l'immeuble.

— C'est ce que nous lui avons dit », bougonna le second policier.

Sans même la regarder, celui qui venait d'arriver prit Joyce par l'épaule et l'entraîna vers l'ascenseur. Ce geste fit jaillir les larmes dans les yeux de Joyce, elles faillirent déborder. Joyce se dégagea.

« Qui êtes-vous ?

— FBI. »

Il l'avait dit d'un ton lugubre – mais comme tout ce qu'il avait déjà dit. Et il avait de bonnes raisons pour ça. Le Bureau s'était couvert de honte. Ils n'avaient tenu aucun compte des indices annonçant les attaques terroristes du 11 septembre. Ils savaient que certains individus étaient entrés aux États-Unis et que des partisans d'Oussama Ben Laden suivaient des cours de pilotage. Ils avaient perdu toute trace des milliers de fondamentalistes musulmans qui avaient violé les règles d'immigration. Et maintenant tout le monde se moquait de la façon dont le FBI gérait la crise de l'anthrax, et dont ses agents couraient d'un endroit à l'autre sans équipement approprié ni procédures bien établies. Le Bureau avait d'abord mis du temps à identifier les dangereux bacilles, et ses annonces publiques étaient restées vagues et contradictoires. Et cet homme qui disait le représenter ne semblait pas très rassurant. Il était petit, il avait le corps avachi, les joues tombantes, les sourcils épais, et il transpirait beaucoup, alors qu'il faisait frais. La climatisation marchait encore, dispersant les bacilles. Mais personne ne portait de masque.

L'agent du FBI ajouta avec quelque chose de désagréablement suppliant dans la voix : « Je vous en prie, ne nous faites pas de difficultés. Nous pourrions vous arrêter si vous refusiez de coopérer.

— J'ai besoin de mes clés ! répéta-t-elle. Vous allez fermer les bureaux toute la journée, peut-être même pendant un mois. Il faut que j'aille chercher mes enfants. Et comment vais-je les ramener à la maison sans clés ?

— Votre mari ne les a pas ?

— Nous sommes séparés », dit-elle. L'agent la regarda, les mâchoires serrées et les yeux froids. Il l'écoutait, analysait ses paroles aussi soigneusement qu'il aurait évalué celles d'un éventuel terroriste. Elle eut l'impression que quelque chose la traversait, comme ce qu'elle s'imaginait sentir lorsqu'elle passait au détecteur de métal. Elle remarqua qu'il avait les cheveux fins, mais une très bonne coupe qui cachait en partie ce défaut. À New York, même un vieux flic minable du FBI pouvait trouver un bon coiffeur. Elle précisa sa déclaration : « Nous sommes en train de divorcer, bien qu'aux termes de la loi nous ne soyons pas encore séparés car nous vivons toujours dans le même appartement, mais nous avons pris des avocats et fixé une date au tribunal. J'ai entamé une action pour qu'il parte. Il refuse. Je ne sais jamais où il est, tout ce que je sais, c'est que je dois aller chercher les enfants à l'école. Je n'ai rien le droit de lui demander, vous comprenez ? »

Les policiers échangèrent des regards sceptiques. Elle sentit qu'elle rougissait, que les larmes s'amoncelaient de nouveau comme des nuages d'orage et qu'elle emplissait totalement ses poumons d'air létal. Les explications qu'elle venait de donner n'étaient même pas totalement exactes, elle avait passé sous silence certains détails, insinuations, mises en garde, allégations. L'agent du FBI ne répondit pas tout de suite. Il réfléchissait. Elle regretta de ne pas avoir mis de rouge à lèvres quand elle était allée aux toilettes, mais alors elle aurait eu son sac.

Toujours du même ton lugubre, il finit par demander :

« Où sont ces clés ?

— Dans mon sac, dit-elle, soulagée. Dans mon bureau, troisième porte à droite. Il y a mon nom sur la porte : Joyce Harriman. Je l'ai posé sur le rebord de la fenêtre. »

L'agent du FBI souffla aux policiers : « Ce n'est pas comme si tout était sous scellés. Ils ne sont même pas foutus d'apporter la bonne bande adhésive. » Et dit à Joyce : « Attendez là. »

Joyce retint de nouveau sa respiration, tandis qu'il disparaissait dans le couloir. Aucun des deux policiers ne lui prêtait attention. L'un d'eux s'en alla. L'autre se retourna et parla de façon inintelligible à sa radio qui lui répondit de façon inintelligible. Un nouveau flic débarqua et jeta à Joyce un regard soupçonneux. Il repartit sans un mot. Un autre arriva enfin avec des masques. Il n'en proposa pas à Joyce. La climatisation continuait à marcher, ils avaient probablement fait sortir la seule personne qui sût comment l'arrêter. Joyce baignait au milieu de bactéries mortelles. Après tout ce qui s'était passé, après toutes les souffrances, toutes les humiliations qu'elle avait subies depuis un an, ce serait une fin parfaite à sa vie de femme, d'épouse et de mère.

« C'est celui-ci, m'dame ? Montrez-moi une pièce d'identité. »

L'homme du FBI revenait. Il portait le sac de Joyce sur l'épaule, la main posée sur le fermoir. C'était un sac baguette Fendi avec une lanière de cuir beige et une grosse boucle. L'agent du FBI tenait dans son autre main les chaussures basses que Joyce mettait pour ses trajets. Un des deux policiers gloussa. Voir un homme avec des accessoires de femme n'amusait généralement pas Joyce, mais elle fut prise d'une réaction nerveuse qui n'était pas sans points communs avec le rire. Et là, ce fut fini : les larmes rompirent tous les barrages qu'elle avait érigés. Elle ruisselait, le mascara laissant probablement ses traces noires sur son visage, et en même temps elle riait de tous les rires dont elle avait appris à rire les uns après les autres : d'abord un hoquet, puis un piaillement innocent et cristallin, puis ce son étouffé qu'elle savait désagréable à entendre et qu'elle avait banni de son mode d'expression bien avant d'avoir quitté le lycée, puis un méchant ricanement, un énorme gloussement et, enfin apaisée, un adulte ah-ah-ah. Son nez coulait, le mascara allait faire des taches indélébiles sur son chemisier, et elle n'avait même pas de mouchoirs : ils étaient dans son sac. Les policiers et l'agent du FBI étaient stupéfaits. Ils la fixaient, sans se rendre compte qu'elle venait de rire.

Quand elle rentra enfin, Marshall n'était pas là. Malgré la destruction des bureaux de sa compagnie dans l'attentat du World Trade Center, il partait tous les matins comme s'il allait travailler, et revenait tous les soirs. Elle pensait qu'il avait trouvé un nouveau job. De toute façon, son avocate finirait par savoir ce qu'il en était. Snuffles se précipita vers elle. Elle l'attrapa par le cou et le repoussa dans la chambre des enfants. Ferma la porte violemment. L'animal gratta et gémit. Joyce durcit son cœur : c'était le chien de Marshall, pas le sien. Et maintenant, si elle arrivait à ignorer les appels désespérés de Snuffles, elle avait l'appartement pour elle toute seule jusqu'à ce qu'il soit l'heure d'aller chercher les enfants à l'école. Elle alluma la télévision au moment où était diffusé un flash d'information consacré à l'enveloppe suspecte. Le journaliste hurlait quasiment la nouvelle, debout au milieu de Hudson Street qui avait été fermée à la circulation, et derrière lui l'accès au bâtiment était bloqué par des véhicules de police et des rubans de plastique jaune. Dans le reportage qui suivit, elle vit les infirmiers embarquer Anne-Marie presque de force dans l'ambulance. Quand les images revinrent sur le direct, Joyce chercha des collègues dans la foule de badauds, mais ils étaient partis. Elle fut déçue de ne reconnaître parmi ceux qui entraient et sortaient de l'immeuble ni l'agent du FBI, ni les policiers qu'elle avait croisés.

Comme si cela pouvait la débarrasser des spores de l'anthrax, elle prit une douche très chaude, et extrêmement longue. Elle se lava les cheveux pour la deuxième fois de la journée, se massa puissamment le cuir chevelu. Elle laissa son visage sous le jet jusqu'à ce que sa peau soit à vif, boursouflée. Elle voulait s'oublier elle-même, que l'eau emporte le souvenir de sa triste petite vie quotidienne.

Elle s'habillait en général dans la salle de bains, loin de Marshall, mais cet après-midi-là elle célébra sa solitude en allant dans le salon la tête enturbannée et son corps rose et rond drapé d'une autre serviette. La chaleur de la douche l'avait rendue languide, mal à l'aise. D'humeur à s'envoyer en l'air. Elle repensa au pompier d'Alicia. Cela ne l'excita pas, mais elle se dit qu'avec un petit effort elle pourrait y arriver. Depuis des années, elle n'avait jamais ressenti le moindre désir de jouir, ne s'était pas masturbée une seule fois. C'était peut-être une bonne idée. Ça ou autre chose, tout ce qui pouvait mettre un peu de piment dans son existence était bon à tenter.

Elle étala la serviette sur le canapé et s'allongea à plat ventre. Tout en se demandant si elle en avait vraiment envie, elle glissa sa main entre ses jambes, tâtonna et se surprit à frissonner quand elle trouva. La télévision était, malheureusement, toujours allumée, le flash d'information avait fait place à un soap opera – *On ne vit qu'une fois* –, et le chien poussait de petits cris plaintifs, le museau au ras de la porte. Elle essaya de chasser ces sons de sa conscience. Fit aller et venir sa main, et, comme si une mystérieuse théorie scientifique se voyait démontrée par la pratique, une vague de chaleur autrefois familière envahit ses cuisses, ses jambes. Ses fesses étaient nues et encore humides de la douche, mais cette sensation de fraîcheur avait quelque chose d'agréable, elle rendait d'autant plus intense ce qui se passait maintenant tout en haut de ses cuisses. Vas-y, murmura-t-elle, vas-y, et tandis qu'elle se pénétrait plus profondément, sa bouche se serra. Ses tétons durcirent contre le tissu éponge. Elle se rappela quelle splendide poitrine elle avait. Elle s'était enrobée, mais après avoir nourri deux enfants, elle avait toujours des seins magnifiques, délicieusement galbés et hauts, probablement plus beaux que ceux d'Alicia. Des seins qu'un homme aimerait toucher. Elle essaya de penser à un pompier qu'elle aurait pu voir dans la rue, à la télévision ou dans un journal. Il était blond et jeune, son torse musclé douillettement enveloppé dans son tee-shirt de base-ball blanc et bleu... Elle se frotta plus fort contre son doigt, enfonçant son bassin dans le canapé. Les ressorts grincèrent, elle s'entendit gémir, et Snuffles lança une série d'aboiements suraigus. Elle continua et eut l'impression que quelque chose allait se produire. Se produire, *se produire*. Peut-être le pompier avait-il une moustache. Non, pas de moustache. Si, une moustache. Elle l'avait vu au coin de Charles Street quand elle s'était enfuie du bureau. Il s'était rendu compte qu'elle était perdue, et terrifiée. Il avait de grands bras. Des mains douces. Elle était tombée contre lui, contre sa poitrine, et il avait refermé sur elle ses grands bras, ses mains douces. Il l'avait ramenée chez elle (sans les clés, aucune importance), l'avait allongée sur ce canapé, ils ne s'étaient presque rien dit. Il avait autant besoin d'elle qu'elle avait besoin de lui. Malheureusement, l'image se brouilla. Pas de moustache. Si, une moustache. Oublie le visage, regarde ailleurs. Mais elle regarda et le pompier avait les traits de Marshall. Les yeux de Marshall, les lèvres de Marshall. Regarde ailleurs, se répéta-t-elle en frottant plus fort, en essayant de faire en sorte que la chose se produise, en allant plus loin, en allant et venant plus vite, alors que ça lui échappait. Un pompier avec une moustache. Sans moustache. Elle grogna. Elle y était presque, pas tout à fait, seulement presque. Et elle ne pouvait plus voir autre chose que le visage renfrogné de Marshall.

Et merde !

Elle avait un problème. Un gros problème. Elle était complètement foutue.

L'envie était passée. Elle n'avait d'ailleurs probablement jamais vraiment été là. Elle s'était joué la comédie, s'était inventé un personnage et des désirs. Elle, faire l'amour avec un pompier ? Elle se sentait idiote et regretta de ne pas avoir le temps de prendre une autre douche. Elle s'habilla, sortit et ramena Vic et Viola de l'école. Pendant qu'elle leur préparait à dîner, son patron appela pour dire que la mystérieuse poudre blanche contenue dans l'enveloppe qu'avait ouverte Anne-Marie avait été analysée. C'était du talc : une mauvaise plaisanterie. Il avait la voix d'un homme qui vient de traverser de terribles moments d'angoisse et se retrouve profondément soulagé, et même surexcité. Il lui dit que le bureau serait fermé pendant quelques jours car le FBI allait y poursuivre des analyses. Tous les employés de la firme devaient se présenter au quartier général du Bureau, à Foley Square, le lendemain matin. Le FBI était à la recherche du moindre indice pouvant conduire à la source du véritable anthrax.

Mais Joyce n'était pas soulagée. S'il ne s'était pas agi ce jour-là de véritable anthrax, cela le serait la prochaine fois. Elle était furieuse d'avoir cru un jour que vivre aux États-Unis la mettait à l'abri du danger. On leur avait menti aussi impunément qu'un époux pouvait le faire. Partout sur la planète des gens voulaient tuer des Américains. Et ici comme ailleurs n'importe quel barjot pouvait se procurer des armes automatiques, des bacilles, des virus meurtriers, des engins nucléaires, des explosifs. Comment avait-elle osé donner la vie à ses enfants dans un monde plus désespérant encore que la vie avec Marshall ? Leur avenir était plombé par une ombre létale, indélébile.

Marshall arriva alors que les enfants finissaient de dîner. Comme toujours il leur sourit chaleureusement, les embrassa tendrement. Il leur demanda d'un ton concerné, la voix chantante, s'ils avaient passé une bonne journée, et leur offrit de parfaits petits cadeaux qu'il avait trouvés sur la route du retour. Il ne jeta pas un seul coup d'œil en direction de Joyce.

Il était passé maître dans l'art de l'ignorer. Joyce, elle non plus, ne le regarda pas, mais cela, pensait-elle, lui demandait plus d'efforts qu'à lui. Il posa son attaché-case par terre dans la chambre puis sortit promener le chien.

La porte claqua, et, à l'instant même où le journal télévisé commençait, Viola renversa son lait, un verre plein dont elle n'avait pas bu une seule gorgée. Le liquide s'avança à travers la table vers le sac de Joyce à la vitesse d'un tsunami. La petite fille se mit à rire. En se penchant pour sauver son sac, Joyce faillit trébucher. Le lait coula sur une chaise, éclaboussa le sol. Elle s'aperçut alors que Peter Jennings était en train de parler de ce qui s'était passé au bureau et qu'il mentionnait le nom de sa compagnie. Elle se dépêcha de détacher un morceau d'essuie-tout sur le comptoir de la cuisine, puis revint prendre le rouleau entier et vit sur l'écran à l'autre bout de la pièce les images qui avaient été prises devant leur immeuble. D'un geste, elle épongea la flaque. Alicia était interviewée, on ne voyait que le haut de son corps, à partir de sa taille, qui n'était plus très fine. Elle souriait gravement et remercia la police new-yorkaise du courage et du professionnalisme dont ses hommes avaient fait preuve quand il avait fallu évacuer l'immeuble. Puis un porte-parole du FBI à Washington, debout sur une estrade devant un bouquet de micros, expliqua que la substance incriminée n'était que du talc. Il tendit vers la caméra une photo de la fameuse enveloppe dont l'adresse avait été écrite à la main.

Joyce laissa le lait qui tombait maintenant goutte à goutte sur le sol et se précipita devant la télévision, avec à la main un amas d'essuie-tout dégoulinant.

« Maman ! Elle m'a frappé ! » annonça Victor triomphalement.

L'enveloppe fut à l'écran pendant peut-être quinze secondes – suffisamment longtemps pour que Joyce voie et comprenne, voie encore et découvre une fois de plus que la vie pouvait basculer à chaque instant. Même quand le journaliste ne parla plus d'elle, l'enveloppe resta visible. Anne-Marie l'avait ouverte avec une précision chirurgicale à l'aide d'un coupe-papier. Elle portait un timbre en forme de cœur, et, d'après le FBI, ce qu'on pouvait lire de son pâle tampon délavé semblait indiquer qu'elle avait été postée près de Trenton, dans le New Jersey, comme plusieurs des lettres qui contenaient vraiment de l'anthrax. L'écriture maladroite, qui remontait en fin de ligne, ressemblait à celle d'un petit enfant, d'un retardé mental ou bien d'un fou. Et elle était aussi immédiatement reconnaissable. Bien que chaque caractère fût différent, les deux g du nom de la firme de Joyce trahirent leur auteur. Des g étirés et anguleux dont la boucle inférieure formait un triangle isocèle. Des putains de g qui ressemblaient à un trombone tronqué. Personne au monde ne faisait de tels g, personne sauf son mari, Marshall.

Son écriture n'avait pas plus de secret pour elle que sa bite. Lorsqu'il avait commencé à lui faire la cour, il y avait très longtemps, à l'ère précambrienne, Marshall lui avait envoyé une longue série de lettres importunes et passionnées écrites à la main sur des feuilles de bloc. Même sur du papier quadrillé, ses lignes remontaient toujours à droite. Au cours des années, l'inimitable trait de plume de Marshall s'était étalé sur d'innombrables cartes postales, listes de courses et messages téléphoniques.

Et, ces derniers temps, lorsqu'ils ne communiquaient pas par avocats interposés, la majeure partie de leurs échanges, quand ils ne hurlaient pas, se déroulait sur papier, afin que des copies puissent en être conservées et utilisées en cas de litige. Elle savait exactement comment l'écriture de Marshall pouvait se déformer sous l'effet de la fatigue, de la colère, ou lorsqu'il devait faire très attention à ce qu'il allait noter ou qu'il voulait être illisible. Elle reconnaissait même, grâce au passage rapide de l'enveloppe sur l'écran, l'effort qu'il avait accompli pour déguiser son écriture.

Joyce était surexcitée. Cette fois, elle le tenait. La justice enquêtait aussi sérieusement sur les mauvaises plaisanteries que sur les véritables envois d'anthrax et avait promis de poursuivre leurs auteurs pour actes de terrorisme. Après des années de manœuvres prudentes, mais perverses et continuelles, tant sur le plan juridique que personnel, Marshall venait de foirer dans les grandes largeurs. Joyce pouvait oublier son insipide avocate en twin-set et collier de perles toujours prête à se montrer raisonnable : c'était maintenant avec John Ashcroft que Marshall allait avoir affaire. Qu'on le mette en prison. Qu'on l'envoie à Guantanamo. Et elle garderait l'appartement.

Quand Marshall rentra avec le chien, elle lui lança un regard furtif. Marshall se détourna, le visage rouge, une mèche rebelle lui tombant sur les yeux. Il alla dans sa chambre et ferma la porte. Joyce faillit sourire, mais elle préféra se raisonner : était-il vraiment possible que son mari ait fait une chose pareille ? Était-il capable d'un tel acte, d'un geste aussi nuisible et aussi criminel ? Oui, se dit-elle, appelant à la barre toutes les actions malveillantes qu'il avait commises depuis qu'ils avaient décidé de divorcer, les combats meurtriers, les mensonges et les faux bruits qu'il avait fait courir sur elle, mais cela ne suffisait pas à la persuader de sa culpabilité. Elle avait beau le haïr de toute son âme, elle ne pensait pas qu'il fût un mauvais homme, pas vraiment. Elle l'avait aimé autrefois, et ce souvenir agissait comme un traître, sabotant les efforts qu'elle faisait pour survivre à ce divorce. Quand elle avait eu sa méningite, avant leur mariage, Marshall l'avait soignée pendant un mois, lui apportant tous les soirs, après sa journée de travail, une soupe aux raviolis chinois accompagnée d'une rose rouge. Lorsque Viola était née, il avait tout doucement soulevé la petite fille au-dessus des linges pleins de sang et l'avait reposée sur la poitrine de Joyce. Mais elle devait en revenir aux g. Vivait-elle avec un psychopathe ? Il avait toujours aimé les farces – le FBI allait découvrir qu'il avait été arrêté pour bizutage à l'université –, mais il n'avait encore jamais fait quelque chose d'aussi grave, ou d'aussi fou. Souffrait-il d'un syndrome post-traumatique ? Que lui était-il arrivé le 11 septembre ? Il ne lui en avait jamais parlé, ni à elle ni à personne qu'elle connût. Il n'avait jamais expliqué comment il était ressorti du World Trade Center, alors qu'il ne restait plus rien des bureaux de sa firme. Il avait perdu des amis et des collègues. Mais il n'avait rien dit. Son histoire était enfouie en lui, avec toutes les tensions dues à la guerre qu'ils se menaient, et il avait tout simplement perdu la tête. S'il était capable (mais peut-être ne l'était-il pas) d'envoyer une enveloppe pleine de talc à son bureau et de trouver ça drôle, qu'est-ce qu'il allait encore bien pouvoir leur faire, à elle et aux enfants, enfermés avec lui dans cet appartement ?

Aucun bruit ne passait sous la porte de la chambre. Que faisait-il, heure après heure, dans cette pièce sombre ? Était-il en train de remplir d'autres enveloppes de talc, ou pire ? Elle devait éloigner les enfants, immédiatement. Elle ne pouvait prendre le risque de les laisser là – mais avait-elle le droit de les emmener sans l'accord du juge ? Les avocats bataillaient encore sur les conditions de garde. Toute action précipitée pourrait être utilisée contre elle. Elle se sentit profondément blessée de cette énorme injustice. Elle voulait protéger ses enfants, rien de plus. Pour la deuxième fois de la journée elle se retrouvait dans une position impossible. Que faire ?

Joyce alla se coucher sur le canapé, rongée d'angoisse et de frustration. Elle irait voir le FBI dès le lendemain matin. Elle se demanda si elle devait leur parler de l'enveloppe. Croire qu'on pouvait reconnaître l'écriture de quelqu'un en quelques secondes sur un écran de télévision paraîtrait insensé. Peut-être que c'était elle, finalement, qui, après le 11 septembre, avait perdu la raison et tout sens de la réalité. Ou peut-être que non. Elle tendit l'oreille, à l'affût d'un bruit de pas ou d'objets déplacés, du sifflement d'un gaz mortel. Se demanda quelles formes la folie de Marshall avait pu prendre.

Oui, Marshall fut perturbé cet automne-là. Et même, il le reconnaissait, légèrement dérangé. Des milliers de photos avaient été prises autour de Ground Zero le 11 septembre, et il n'apparaissait sur aucune d'elles. Dans la totale solitude de sa chambre à coucher, il avait épluché les journaux, les magazines et les numéros spéciaux publiés au cours du dernier mois. Il avait cherché une image de lui ou de quelqu'un qu'il aurait pu rencontrer pendant l'évacuation. Lentement passé ces photos à la loupe, surtout celles où l'on voyait ceux qui s'étaient enfuis après l'effondrement de la tour sud. Rien ne prouvait qu'il se trouvait au World Trade Center ce matin-là, et avait survécu.

Il essaya aussi de trouver Lloyd sur les photos qui avaient été prises avant que les immeubles s'écroulent, mais elles semblaient montrer d'autres parties de la plazza, ou alors c'est qu'il était incapable de reconnaître le corps. Il se souvenait à peine du visage de cet homme qu'il n'avait vu que masqué de poussière, de suie et d'hébétement. Il y avait plusieurs Lloyd sur la liste des victimes. Tous les matins, Marshall vérifiait dans le *Times* les « Portraits des disparus ». Certains noms étaient accompagnés de photos d'identité. Il n'y avait pas reconnu Lloyd, et aucun de ceux dont la notice nécrologique avait été publiée ne mentionnait l'existence d'une petite fille appelée Sarah, Sofia, ou quelque chose de ce genre.

Marshall avait déjà cherché Lloyd sur les affiches des disparus qui étaient restées collées aux lampadaires et panneaux publicitaires de la ville des jours après l'attaque. Il avait espéré entrer en contact avec sa veuve et sa fille, pour leur offrir quelques paroles de réconfort, sans savoir exactement ce qu'il pourrait leur dire. Il aurait été incapable d'expliquer l'attachement profond qu'il ressentait pour Lloyd. Il n'y avait eu entre eux que ces quelques instants ambigus, étranges, sur la plazza. Comment expliquer ce qui s'était passé ? On aurait pu dire – Joyce aurait pu dire – que Marshall était indirectement responsable de la mort de Lloyd. S'il l'avait sorti de l'immeuble à un autre moment, ou peut-être même s'il l'avait laissé sortir tout seul, Lloyd n'aurait pas été tué. Marshall s'imaginait répondre : non, quoi qu'il soit arrivé ensuite, et qui n'était pas de ma faute, quand j'ai trouvé Lloyd à l'intérieur, j'ai agi en héros. *Et tu n'es pas capable de t'en rendre compte! Bon sang, tu ne peux pas t'en rendre compte, non?*

Il fixait le plafond de la chambre dans la douce lumière du soir, cherchant à déchiffrer les pâles dessins laissés par les rouleaux de peinture des années plus tôt : élégantes spirales et anneaux concentriques, labyrinthe de vrilles et de tortillons, céleste océan de tourbillons. Il pensait y apprendre quelque chose, comme il avait failli le faire lorsque les tours étaient tombées, y repérer les lignes et les schémas exacts qui le reliaient en secret à tous les inconnus de la terre.

Joyce ne somnola que quelques heures, avant l'aube, mais elle se leva tôt pour préparer les enfants et s'habiller. Elle sortit les vêtements du placard de l'entrée avec des gestes précis, une détermination alerte, comme si elle avait déjà bu plusieurs tasses de café. Elle essaya différentes tenues, s'arrêta sur la troisième, un tailleur gris anthracite qu'elle mettait souvent pour aller au bureau. Un peu sévère, peut-être, mais les temps l'étaient aussi : dans l'après-11 septembre, disaient les journaux, les nouvelles collections devraient attendre. Pas de mise en scène, pas d'ironie. Marshall était dans sa chambre, à moins qu'il soit déjà parti et qu'il ait fui le pays. Elle emmena les enfants à l'école, prit le métro jusqu'à Manhattan, descendit à City Hall.

Quand elle sortit de la station, tout en suivant les panneaux vers Foley Square, Joyce remarqua que, même à cette heure de pointe, le quartier restait étrangement silencieux. Elle n'était qu'à quelques pâtés de maisons de Ground Zero. En dehors des véhicules prioritaires, la circulation semblait toujours interrompue. Il y avait une voiture de police garée à l'intersection, le gyrophare en marche. Derrière, l'accès était bloqué par des véhicules utilitaires et un char gris. Des barrières de béton s'élevaient le long des rues, des sacs de sable s'empilaient en certains points mystérieusement stratégiques. Les policiers dirigeaient sèchement les civils vers les trottoirs ou au contraire vers la chaussée, tandis que les soldats veillaient, fusil en joue. Tout cela était très excitant. Aux postes de contrôle, les piétons devaient présenter leur permis de conduire en guise de pièce d'identité et passer à travers des détecteurs de métal. Un militaire orienta Joyce vers une file d'attente qui s'allongeait sur la moitié du bloc. Elle allait lui expliquer qu'elle avait d'importantes révélations à faire à propos des attaques à l'anthrax, mais un autre soldat, au visage sombre et tendu, s'approcha en la regardant droit dans les yeux comme pour lui rappeler qu'elle devait se taire, et c'est ce qu'elle fit. Elle se demanda où était Marshall, ce qu'il projetait maintenant.

« Mrs Harriman ? »

Elle se retourna, surprise, remplie d'espoir. Vit l'agent qui était allé chercher son sac la veille et s'aperçut que depuis, chaque fois qu'elle avait pensé au FBI, c'était le visage de cet homme qui s'était imposé. Il venait de tourner au coin de la rue et tenait à la main un café chaud dans un sachet de papier. De toute évidence, sa nuit n'avait pas été plus reposante que celle de Joyce. Peut-être n'avait-il pas eu le temps de rentrer chez lui. Le peau de ses joues pendait, sa coupe de cheveux avait déjà beaucoup perdu de son style. Il ne lui avait pas souri en lui rendant son sac. Après avoir attendu que cessent les sanglots, il lui avait demandé une pièce d'identité.

« On nous a dit de venir répondre à vos questions », lui expliqua-t-elle.

L'agent du FBI fronça les sourcils. « Oui, oui. Mais ne restez pas là, il y a trop de monde.

— Vous n'avez pas besoin de ma déposition ?

— Suivez-moi », dit-il en l'entraînant hors de la file. Les gens qui attendaient derrière elle la regardèrent partir, intrigués. La petite tape sur l'épaule que lui avait donnée l'agent résonna tout le long de son bras. « Il y a un bioterroriste dans le coin, et nous n'avons aucune piste, dit-il. Alors nous vérifions tout, y compris les mauvaises blagues. De toute façon, elles font assez de dégâts, et nous sommes décidés à poursuivre leurs auteurs pour trahison. Mais vous avez raison, tout cela n'est qu'une perte de temps. »

Ils contournèrent les barrières. Ceux qui faisaient la queue lancèrent à Joyce des regards mauvais, elle fixa l'horizon. Au premier poste de contrôle, les flics leur firent signe d'avancer. C'était comme réussir à entrer dans une boîte de nuit sélecte.

Elle s'enhardit. « Je ne sais même pas comment vous vous appelez. »

Il ne répondit pas tout de suite, mais parut réfléchir à ce qu'elle venait de dire comme s'il s'était agi d'indices. Puis il déclara, encore hésitant : « Agent spécial Nathaniel Robbins. Une fois à l'intérieur, je vous donnerai ma carte. En attendant, pouvez-vous me dire quel poste vous occupez dans votre firme, Mrs Harriman ?

— Je vous en prie, appelez-moi Joyce.

— D'accord », dit-il. Il lui reposa la question, puis lui demanda le nom de son supérieur immédiat et ceux des employés qui étaient sous ses ordres. C'était un véritable interrogatoire, pourtant, il pensait à autre chose, cela se voyait. Son café mal fermé mouillait le fond du sachet. Il le tendait loin en avant comme une bombe dont le compte à rebours est enclenché. Il voulut savoir qui étaient leurs principaux concurrents, qui tirerait profit de l'arrêt momentané de leur activité et si elle connaissait quelqu'un qui pouvait leur en vouloir. Cette fois, elle marqua volontairement une pause avant de répondre, afin de l'inviter à poursuivre dans cette direction, et tout en craignant qu'il le fasse. Il ne le fit pas. Quand ils arrivèrent au dernier poste de contrôle, Joyce vit Alicia passer au détecteur. Ses bras nus, sculpturaux, étaient relevés. Elle était, elle aussi, habillée de sombre, en court fourreau de crêpe noir. Elle semblait impatiente. Se tourna juste au moment où Joyce arrivait. Joyce avait une expression très sérieuse, professorale. Quand ils entrèrent dans l'immeuble, l'agent Robbins lui prit doucement le coude.

« Suis-je en état d'arrestation ? »

Il rit, d'un petit rire bref mais naturel, et son visage rajeunit. Un sourire de traviole qui lui découvrait les dents se figea sur sa bouche. Une fois dans le hall des ascenseurs, il laissa tomber le sac en papier dans une poubelle, ne gardant que sa tasse à la main. Il referma le couvercle, toujours secoué de rire. Devant un tel succès, Joyce se sentit envahie par une vague de chaleur. Puis l'agent Robbins répondit : « Pas encore. » Ce qui était aussi très excitant.

Son bureau, un box de taille standard, contenait très peu d'objets personnels : pas de photos d'enfants. Joyce avait noté qu'il ne portait pas d'alliance – elle l'avait remarqué la veille, c'était, chez elle, devenu un réflexe. Mais l'absence d'alliance ne l'encourageait pas forcément. À ce stade assez désespéré de sa vie, elle devait encore définir ce que s'intéresser à un homme signifiait pour elle. Elle se demanda si le fait qu'il n'ait jamais eu d'enfant ou qu'il n'en garde aucun souvenir dans son environnement quotidien ne trahissait pas quelque chose d'anormal. Elle savait que Marshall avait, sur sa table de travail, des photos de Viola et de Victor. Celle de l'agent Robbins était recouverte de piles de sorties d'imprimante vertes et blanches qui chevauchaient le clavier d'un PC apparemment tout neuf. En dehors d'un plan de New York, rien n'était accroché à la paroi amovible de tissu orange qui lui servait de mur. Des cercles concentriques, dont le plus petit avait un rayon représentant cent cinquante mètres, se dessinaient à intervalles réguliers autour de ce qui avait été le World Trade Center.

Il lui montra une chaise de vinyle noir : « Asseyez-vous, je vous en prie. Cela ne sera pas long.

— Voulez-vous que je répète ce que je vous ai dit en marchant ? Vous n'avez rien noté.

— Prendre des notes ne sert à rien, murmura-t-il comme pour lui-même. Trop d'informations tue l'information. »

Il ouvrit son bureau et en sortit une pochette à fermeture Éclair qui contenait une bouteille vide et de longs Coton-Tige. Sur un classeur était posé un grand pot empli de liquide transparent. Il dévissa le couvercle, y plongea les bouts des Coton-Tige. Puis il fit le tour de son bureau en les tenant devant lui.

« Ça ne prendra qu'un instant, dit-il en s'agenouillant soudain près de la chaise de Joyce, de sorte que leurs têtes se retrouvèrent toutes proches. Nous ramassons le plus d'échantillons possibles.

— Vous ramassez des échantillons ? » répéta-t-elle, inquiète. Il brandissait entre eux un des deux Coton-Tige.

« Des spores d'anthrax qui auraient été inhalés. Au cas où le plaisantin aurait des liens avec les vrais méchants. On ne sait jamais. »

Il tendit la main et lui prit doucement la joue. *Oh!* Il l'attira vers lui. Ses doigts sentaient le café. D'un mouvement souple, il leva le Coton-Tige et en appuya le bout au bas de sa narine droite. Elle ne pouvait regarder ailleurs que dans les yeux de l'agent qui lui regardait le nez. Le tampon était humide et étrangement tiède, il le tenait d'une main sûre. Il fit tourner la tige sur elle-même, tirant sur les petits poils, puis il la ressortit. Laissa tomber le Coton-Tige dans la bouteille vide et recommença l'opération avec la narine gauche. Il sembla y laisser le tampon plus longtemps, releva les yeux, et son regard croisa celui de Joyce. Ce type est tout à fait normal, tout à fait normal, se dit-elle. Elle sentait le battement de son pouls vibrer dans le Coton-Tige.

Le tampon ressortit, après un autre lent demi-tour de la tige sur elle-même.

« Ne vous inquiétez pas, dit-il en lui tendant un mouchoir en papier, puis il se redressa. Nous ne trouverons rien. Mais merci d'être venue. »

Elle était vissée à sa chaise. « Merci à vous », répondit-elle bêtement.

Il hocha la tête. Quand il s'était relevé, son visage était devenu rouge.

« Je peux partir ? »

L'agent Robbins, lui aussi, semblait déçu. Puis il sourit. « Oui, c'est tout. Pas de sonde pour l'instant. Si nous suspendons la loi sur les libertés individuelles, vous serez avertie.

— J'espère que vous trouverez le coupable. »

Il nota son nom au feutre épais, en grosses lettres capitales, sur une étiquette attachée à la pochette à fermeture Éclair. « Oui. Moi aussi. Laissez-moi votre numéro de téléphone.

— Avec plaisir », dit-elle, mais il inscrivit les chiffres sur l'étiquette et plaça la pochette dans une sacoche en toile marquée FBI qui était posée par terre.

Joyce reprit son sac en se demandant si elle allait parler. C'était sa dernière chance. Elle donna un instant l'impression de ne pas savoir comment se dégager de la chaise. À moitié levée, elle inversa le mouvement, se laissa retomber.

« Vous êtes sûr que ce n'était pas de l'anthrax ?

— Que quoi n'était pas de l'anthrax ?

— La poudre qui a été envoyée chez nous.

— Elle a été ionisée, passée à la radioscopie, analysée au microscope électronique. C'est du talc, de Johnson and Johnson. Nous connaissons le numéro du lot, nous savons où et quand il a été fabriqué. Mais cela ne nous dit rien sur le tueur. »

Elle se demanda encore si elle devait s'en aller et oublier toute cette histoire. Elle pensa un instant qu'elle le pourrait. « Vous m'avez demandé si je connaissais quelqu'un qui aurait des raisons d'en vouloir à notre firme. Et non, vraiment, je ne vois pas. En revanche, il y a quelqu'un qui m'en veut, à moi : mon mari. Je vous ai dit hier que nous étions en train de divorcer, une situation que je ne souhaite à personne. Il était au World Trade Center le 11 septembre, et il a survécu, pourtant, je ne sais pas, j'ai l'impression qu'il est étrange depuis. Il semblait déjà bizarre, avant le 11 septembre – si vous saviez tout ce qu'il m'a fait subir –, mais maintenant... je crois que ce qu'il a vécu le 11 septembre l'a rendu fou. Il a peut-être fait ça contre moi. »

L'agent du FBI regardait ailleurs, apparemment impatient de passer au client suivant. Elle regretta d'avoir dit « Tout ce qu'il m'a fait subir ». Il allait croire qu'elle était venue pleurer dans son giron.

« Dites-moi, cette enveloppe qu'ils ont montrée pendant le journal, hier soir... Vous en avez une copie ? Je connais l'écriture de mon mari, et je jurerais que c'est exactement la même. Il y a ses g, par exemple... »

Robbins grimaça et tira de sous une pile de papiers une photocopie agrandie de l'enveloppe ayant contenu le talc.

Il demanda : « Vous le jureriez ? »

Il fallut un moment à Joyce pour comprendre la question, et ensuite, elle ne fut plus du tout sûre de ce qu'elle devait répondre. Le *jurerait*-elle ? Croyait-elle vraiment que Marshall avait envoyé le talc ? Sur l'agrandissement, l'écriture ne ressemblait pas autant à la sienne qu'elle l'avait d'abord cru. Les boucles des h et des l étaient trop rondes, les barres transversales des « f » trop longues. Elle ouvrit son sac et en sortit la feuille sur laquelle Marshall avait griffonné le mois dernier, *Newark-SF Un.93 8 h 02 Berk Best West*. Il n'y avait pas de g.

« En voici un exemple », dit-elle.

Elle la tendit à l'agent Robbins. Il prit l'élément de preuve qu'elle lui offrait comme s'il s'était agi d'un rang de perles. Il la tourna dans un sens, puis dans l'autre, et la glissa ensuite dans la photocopieuse.

« Je vais la transmettre aux experts. Il y a une certaine ressemblance.

— Oh ! mon Dieu !

— Comment s'appelle-t-il, et où pouvons-nous le trouver ?

— Vous allez l'arrêter ? »

Cette fois, il ne rit pas. Il ne l'avait encore jamais regardée comme ça, même pas la veille lorsqu'elle lui avait expliqué qu'elle ne pouvait pas rentrer chez elle. Ses yeux étaient à l'affût, aussi attentifs que ceux d'un prédateur. Il enregistrait tout de la façon dont elle était habillée et dont elle se tenait, chacun de ses gestes, chaque articulation grammaticale de son accusation. « Vous aimeriez que je le fasse ?

— Non », dit-elle très vite. Elle avait peur. « Non, à moins que vous ne le jugiez indispensable.

— Nous verrons. Comment s'appelle-t-il ?

— Marshall Harriman. Je ne sais pas ce qu'il fait de ses journées, mais il vit toujours avec nous. J'ai son numéro de portable, celui de son avocat... »

L'agent Robbins nota les numéros dans un carnet à spirale et les relut lentement. Joyce avait l'impression d'être devenue une moucharde. Elle voulait partir.

« A-t-il déjà fait des choses de ce genre ?

— Non. Enfin, c'est vrai qu'à la fac il s'était taillé une réputation de farceur, mais jamais rien de comparable à ça...

— Parlez-moi de vos problèmes conjugaux.

— Mes problèmes conjugaux », répéta-t-elle. Le spectre de sa vie de couple s'éleva devant elle, haut comme une tour de cent étages. Si haut qu'on ne pouvait en atteindre le sommet. Et partant de si bas qu'on ne pouvait passer en dessous. Elle ne savait par où commencer. Il y avait d'abord eu le conseiller conjugal : ils avaient été tous les deux incapables de savoir ce qu'ils devaient dire en premier au thérapeute. « C'est personnel », déclara-t-elle.

Il fronça les sourcils. « Vous êtes au FBI.

— Bon, d'accord, se lança-t-elle, en essayant de ne pas s'entendre parler. Marshall et moi...

— Les experts vont faire leur travail », dit-il, soudain plus détendu. Il sourit et lui tendit sa carte. En fait, il n'avait pas envie de l'entendre. « Appelez-moi si vous repensez à autre chose, ou s'il se passe quelque chose. »

Elle fixa la carte, interdite.

« S'il se passe quoi ?

— Rien, dit-il d'un ton peu rassurant. Rien n'arrivera. Tout cela n'est probablement rien, Mrs Harriman. En cas de besoin, je vous appellerai. »

Marshall se levait tous les jours à l'heure habituelle, mettait un costume et sortait avec les enfants, si c'était son tour de les emmener à l'école, ou sans eux si ça ne l'était pas. Il allait à Borough Hall et prenait le premier train pour Manhattan. Descendait au milieu des autres passagers dès qu'ils avaient atteint downtown, marchait vers Ground Zero et regardait les travaux de déblaiement. Il ne savait pas très bien pourquoi il était là. Peut-être était-il attiré par le spectacle des grues et des camions, peut-être ne pouvait-il tout simplement pas se défaire de l'habitude qu'il avait de parcourir ce trajet quotidien. Le type à qui il achetait toujours son bagel et son café, et dont le camion avait été enseveli sous les décombres, était revenu dans un camion neuf. Marshall prenait son petit déjeuner avec les pompiers et les ouvriers. Les matinées se succédaient, semblables, uniformément agréables. Ensuite, il passait la journée dans les rues, à regarder fixement les visages des gens.

Il ne suivait aucun plan, partait dans n'importe quelle direction. Quelquefois il restait dans le quartier, traînait dans les rues sombres et étroites qui, même dans les circonstances difficiles de l'après-11 septembre, grouillaient de gens. Et où le commerce et l'histoire faisaient florès. D'autres fois, il marchait vers le centre. Restait des heures chez Barneys sans rien acheter. Il allait dans les librairies et passait son doigt sur la tranche de livres qu'il ne lirait jamais. Rentrait parfois à pied par le pont de Brooklyn. Il découvrit par hasard qu'en marchant vers l'est, à travers des quartiers aussi excentrés que Mazar-e-Sharif, on pouvait atteindre Nassau County en fin d'après-midi.

À certaines heures, certains jours, il était à ce point rongé par le chagrin qu'il ne pouvait plus avancer d'un pas. Il restait figé à un coin de rue, pensait à Joyce et à la destruction absolue de leurs vies. Qu'est-ce qu'il lui avait fait ? En quoi méritait-il cela ? Pourquoi le haïssait-elle tant ?

Mais ces questions n'occupaient son esprit que quelques heures, celles où les événements du 11 septembre disparaissaient de son humaine mémoire. Le reste du temps, il avait une conscience aiguë de vivre en octobre 2001, un temps de guerre, de traverser un champ de bataille, dans une ville qui défendait une civilisation contre une autre. Et cette civilisation englobait Barneys, le *Times*, les cartes de métro, une femme aux cheveux noirs de jais, en larmes dans la rue, qui hélait une voiture, les taxis jaunes, les mojitos, les avocats spécialisés en divorce, et Derek Jeter, éléments en mouvement perpétuel et collisions constantes. C'était une civilisation définie par ce phénomène de collision et ceux qu'il induisait : il était lui-même en collision, avec chaque visage étranger, et tout ce qui se présentait à sa vue sur ces trottoirs, chacune de ces rencontres générant une nouvelle observation, ou nouvelle pensée, une nouvelle idée à propos d'une chose ou d'une autre. Cet automne-là, Marshall fut emporté dans un malstrom d'idées. Oui, c'était un automne magnifique, une journée splendide, où la membrane brillante et vibrante du ciel entourait quelque chose de trop beau pour qu'on puisse en parler. Il s'acheta un encas de milieu de matinée, un hot dog avec moutarde et condiments.

Marshall vivait à New York depuis des années, et, en dehors des environs immédiats de son appartement et de son bureau, il n'avait jamais rencontré une seule personne connue. La ville était trop grande, les déplacements de ses habitants imprévisibles. C'était une autre caractéristique de cette civilisation. Marshall ne remettait pas en question la richesse des sociétés rurales et traditionnelles, mais il savait que les idées générées dans, disons, un village afghan concernaient ce qui se passait entre familles, entre cousins et connaissances de longue date, ou entre un individu et son environnement naturel aux saisons régulières. Ces idées prenaient racine dans l'histoire et la proximité. Alors qu'à New York le contenu de la conscience humaine provenait généralement de l'inconnu, de relations chaotiques entre personnes plus ou moins étrangères les unes aux autres : un jeune homme en smoking noir froissé descendait la Troisième Avenue, deux adolescents émergeaient d'un nuage de vapeur le long d'une grille bloquée par des camions Con Ed, des policiers s'avançaient à cheval, une femme en longue jupe moulante discutait sur son portable avec quelque mâle dangereux. Elle annonça qu'elle prenait sa semaine.

Au coin de la rue, mâchant la saucisse de Francfort, dont il remarqua à peine la texture grasse et le goût faisandé, Marshall réfléchissait à cette promiscuité qui menaçait la société où elle prospérait. Il pouvait être tué. Ses *enfants*... À cet instant, quelqu'un, quelque part, préparait une attaque. Écrasait les spores meurtriers et les enrobait de silice afin de réduire leur propriétés électrostatiques. Coulait du tétranitrate de pentaérythrityle dans les semelles de ses baskets. Des hommes enturbannés double-cliquaient encore sur d'obscures et terrifiantes icônes.

Et pourtant les êtres humains vivaient sans conscience des connexions qui les reliaient. Entretenaient des fantasmes d'autonomie, la conviction idiote que chacun signifiait quelque chose à lui seul. Maintenant

Marshall comprenait tout. Les embouteillages, le métro, le téléphone, les mails, les avions lourds de kérosène qui tournaient au-dessus d'eux, la poste américaine : tout cela les maintenait dans les filets d'une fragile et luisante toile de sens. Si fragile qu'un acte unique de malveillance suffisait à la déchirer. Ce qui donnait du sens à chacun était entre les mains des autres.

À son retour, Joyce prit encore une longue douche. Sa rencontre avec un homme du Bureau fédéral des investigations la préoccupait, bien entendu, mais l'intriguait aussi, et elle était en même temps la proie d'une avidité primitive et dévorante qu'elle ne s'expliquait pas. Le ruissellement de l'eau chaude était toujours délicieux, à la fois apaisant et excitant, mais ne la mit pas d'humeur à une autre tentative de masturbation. Contrairement à son habitude, elle s'interrogea sur ses sentiments réels – elle n'avait pas souvent l'occasion de se demander ce qu'elle voulait faire. Il était à peine midi, la journée allait être longue, vide et angoissante. La réponse arriva : se vernir les ongles, voilà ce dont elle avait envie. Oui, elle allait se vernir les ongles. Elle se sécha et ouvrit l'armoire à pharmacie. Tombant de la dernière étagère en roulant sur elle-même, une boîte de talc atterrit dans ses mains.

Elle la rattrapa d'un geste sûr. Elle n'achetait jamais de talc. Elle avait lu quelque part que c'était un produit probablement cancérigène. Et elle ne rattrapait jamais rien au vol. Cela devait vouloir dire quelque chose. *Johnson and Johnson*. Évidemment, Johnson and Johnson, tout le monde achetait du Johnson and Johnson, mais quand même...

Elle entendit Marshall rentrer. Enclencha immédiatement le verrou de la salle de bains en espérant qu'il ne l'entendrait pas.

« Joyce ? Tu es là ? »

Marshall avait vu la porte fermée, Joyce fut prise d'une telle panique qu'elle faillit s'écrouler sur le carrelage. Elle se vit dans le miroir embué, entourée d'une serviette, la boîte de talc à la main. Elle avait la bouche sèche, la tête lui tournait. Merde, elle avait laissé ses vêtements dans le salon.

« Joyce ? répéta Marshall.

— Oui, dit-elle enfin.

— Qu'est-ce que tu fais là ?

— Je prends une douche.

— À cette heure-ci ?

— On est dans un pays libre, non ? »

Merci mon Dieu! Merci. Elle avait son sac, avec son portable et son BlackBerry. Combien de temps faudrait-il à Marshall pour comprendre qu'elle avait découvert le talc ? Elle avait la carte de l'agent Robbins dans son portefeuille. Mais Marshall était trop près pour qu'elle puisse se servir de son téléphone. Par bonheur, l'adresse e-mail de l'agent figurait dans le coin inférieur gauche de la carte. À peine capable de respirer, elle attendit que Marshall s'éloigne de la porte. Elle ne voulait pas qu'il l'entende taper sur les touches.

Snuffles hurlait. *Va le promener*, supplia-t-elle en silence. Elle entendit Marshall s'écarter. Alors, dans la ligne « objet » du BlackBerry, elle tapa avec l'ongle de son pouce « anthrax, urgent ».

« cher agent robbins,

« j'ai trouvé du talc dans notre salle de bains. nous n'en achetons jamais. lot 141b, date de fabrication mai 01. il est là. impossible de parler. me suis enfermée dans salle de bains. que dois-je faire ?

« ravie d'avoir fait votre connaissance. merci de me répondre dès que possible.

« joyce harriman. »

Le chien s'était tu, mais Joyce savait que Marshall et Snuffles étaient encore dans la maison. La boîte de talc dans une main et le BlackBerry dans l'autre, elle fixa un instant les deux objets puis les posa avec précaution sur son vanity-case. Elle baissa le couvercle des toilettes, s'assit. Elle se demanda si Marshall se doutait de quelque chose. Il n'aurait jamais dû laisser ce talc dans l'armoire à pharmacie. Il aurait dû le jeter dans les toilettes, dans la rue, dans le Bronx. Il était probablement en train de comprendre son erreur. Et l'agent Robbins n'était probablement pas devant son ordinateur en train de regarder ses mails. Il avait dû aller déjeuner. Elle l'imagina dans la cafétéria du FBI, son badge plastifié pendouillant de sa veste, tandis qu'avec un soupir il posait sur son plateau une soupe de légumes. Il avait aussi pris du pain, et ne finirait ni l'un ni l'autre. Il était inquiet, frustré. Il y avait peu de chances qu'il pense encore à elle. Il avait dû relever plus d'une dizaine d'échantillons dans la matinée. Pourtant, quelque chose s'était passé entre eux. Pas forcément sur le plan amoureux : ou bien il y avait déjà une femme dans sa vie, ou bien il travaillait tellement qu'il n'y avait pas de place pour une femme dans sa vie. Mais, étant donné les circonstances, avoir un ami pouvait se révéler utile, oui, vraiment très utile. Et une relation amoureuse était peut-être possible, elle avait vu une certaine chaleur dans ces yeux noirs, tout était possible. En attendant elle avait besoin de lui, là, maintenant. Elle avait besoin de lui pour résoudre cette affaire, pour l'aider à sortir de cette salle de bains. Combien de fois par jour vérifiait-il ses mails ? Elle regarda les siens. Rien.

Elle entendit Marshall et Snuffles traverser le salon. Marshall parlait tout doucement au chien. Ils ne sortaient pas. Sinon il y aurait eu aussi le bruit de chaîne de la laisse et des quatre pattes griffues dansant de joie sur le parquet. Une assiette en plastique grinça sur les carreaux en ardoise de la cuisine – même à travers la porte, ce bruit l'exaspérait. Marshall donnait à manger au chien.

Combien de temps pourrait-elle rester dans la salle de bains ? Elle essaya de se calmer et de se préparer à une longue attente. Marshall était allé dans sa chambre. Parfait. Elle se leva pour resserrer la serviette autour d'elle mais la laissa tomber par terre et se regarda dans la glace où la buée persistait par endroits. Elle n'était pas trop mal foutue pour une femme de trente-cinq ans qui avait eu deux enfants. Sa poitrine n'était même pas mal du tout. Seins ravissants. Jolie peau douce. Chevilles minces. Puis son regard se fit plus sévère, elle se força à prendre de la distance. Elle voulait se voir à travers les yeux de l'agent Robbins. Des yeux qui lui étaient apparus tour à tour tristes, solitaires, généreux et prédateurs.

Elle entendit les pas de Marshall. Vérifia le verrou. Il dit : « Tu sors, Joyce ? J'ai besoin d'aller aux toilettes. »

Voilà à quoi ressemblait sa vie de femme mariée, à cette salle de bains. Depuis des années elle était enfermée dans une minuscule pièce humide sans fenêtre, essayant de se protéger d'un fou.

Elle répondit : « Va chez Roger et Linda. »

C'était une flèche empoisonnée. Elle se rappela – et il allait le faire lui aussi – la soirée où, des années plus tôt, alors que leur immeuble avait été privé d'eau pendant des heures, ils étaient allés se brosser les dents et se laver dans l'appartement que Roger et Linda avaient acheté trois rues plus loin. Ils venaient de le faire repeindre mais ne l'avaient pas encore meublé. C'était un soir de semaine et ils travaillaient tous le lendemain. Et alors ? Ils n'avaient pas d'enfants. Ils avaient vidé deux paquets de cigarettes et plusieurs bouteilles de vin, commandé des pizzas, bavardé assis en rond par terre pratiquement jusqu'à l'aube. Leurs huit jambes et leurs huit pieds se cognaient de temps à autre. Joyce se souvint de la vague odeur de peinture qui planait autour d'eux. À un moment, elle s'était allongée sur le dos, avait regardé le plafond et s'était laissé porter par la conversation. Alors elle s'était dit qu'il était vraiment formidable d'avoir des amis aussi drôles et branchés, un mari intelligent et ambitieux, d'être jeune et brillante et de vivre à New York. Puis ces amis l'avaient trahie, Marshall les avait persuadés de prendre son parti.

« Joyce ? » La voix de Marshall était à peine altérée. Il se contenait. Parce qu'il savait qu'elle avait trouvé le talc ? Ou bien parce que, au contraire, il ne le savait pas ?

« Va chez Roger et Linda », répéta-t-elle. Elle attrapa une serviette et la serra contre ses yeux de toutes ses forces pour ne pas se mettre à pleurer. Marshall s'éloigna de nouveau.

Elle regarda ses mails, cette fois elle avait un message : « Re : anthrax, urgent, de Robbins, agent Nathaniel. » Elle cliqua, mais l'écran resta vide. Elle défila vers le bas et trouva l'avertissement habituel quant à l'utilisation non autorisée du message. Elle retourna au menu et essaya encore une fois de faire apparaître le message. Toujours pas de texte.

Marshall revint. Elle l'entendit aller et venir devant la porte.

« Allez, Joyce, dit-il d'une voix à la fois suppliante et exaspérée. Il faut que j'aille aux toilettes. C'est pressé. Très pressé. Tu comprends ? Joyce ? »

Joyce fixa le BlackBerry. Un nouveau message de l'agent Robbins arriva. Vide, lui aussi. Puis un troisième, qui n'était pas complètement vide, mais ne contenait qu'une seule lettre : « H »

« Joyce ?

— Va-t'en, dit-elle.

— Joyce ?

— Quoi ? »

Il ne répondit pas. Elle n'était pas certaine qu'il fût encore là. Elle se pencha en avant, écouta. Puis il dit :

« Ça va, Joyce ? »

Bouche bée, elle fixa l'endroit de la porte d'où la question était venue. Il s'imaginait qu'elle était malade. Ou peut-être croyait-il qu'elle voulait se suicider, et peut-être était-ce vrai. Elle avait pensé plus d'une fois à s'ouvrir les veines dans son bain. Une véritable inquiétude perçait dans la voix de Marshall. C'était comme retrouver un vieil ami au milieu d'une foule.

« Je vais bien », répondit-elle, d'un ton plus dur qu'elle ne l'avait voulu.

Elle entendit qu'il restait là. Il ne dit rien. Elle l'imaginait, les lèvres pincées, les doigts agrippés à ses poches. Lui aussi regardait la porte. Elle regretta de lui avoir parlé comme ça. Il avait été sincère, et elle souhaitait se montrer correcte. Peut-être s'était-elle trompée à propos du talc. Peut-être se trompait-elle sur tout.

Un douleur certaine se fit entendre dans la voix de Marshall lorsqu'il lui demanda ensuite :

« Il y a quelqu'un avec toi ?

— Oui, répondit-elle d'un ton vif. Un pompier.

— Joyce...

— Va-t'en. »

Et il s'en alla. Elle ne s'était pas attendue à ce qu'il le fît. Elle colla l'oreille à la porte. Il était dans la cuisine, déplaçait une chaise, posait de la vaisselle sur la paillasse. Puis une série de sons tenant à la fois de l'explosion et de l'écoulement se fit entendre. Dans un sursaut, elle comprit : il déféquait au-dessus de l'évier. Elle se laissa retomber sur le couvercle des toilettes, ferma les yeux. Comment en étaient-ils arrivés là ? À une telle honte ? Est-ce que cela avait été prédéterminé par leurs défauts naturels ? Ou bien étaient-ce le hasard, des circonstances extérieures et fortuites qui avaient reconfiguré leurs personnalités au point de les rendre profondément, ridiculement, dégoûtamment incompatibles ? Ils n'avaient même pas de broyeur. Elle l'entendit rincer l'évier.

Un peu plus tard, il revint.

« Sors de là, Joyce », dit-il. Il semblait épuisé. Ou peut-être même en larmes. « Allez, sors. Tu veux que je t'apporte tes vêtements ?

— Ne touche pas mes affaires.

— Qu'est-ce que tu veux, alors ?

— Je veux que tu t'en ailles. Et toi, qu'est-ce que tu veux ? »

Il dit : « Je veux savoir ce que tu fais dans la salle de bains. Ça fait plus d'une heure que tu es là-dedans.

— Va-t'en.

— Ouvre. Ouvre immédiatement. »

Il actionna la poignée. C'était une porte ancienne, avec un verrou rouillé qui ne tenait qu'à moitié. Probablement un des derniers objets de l'appartement qui datait d'avant la guerre. S'ils ne l'avaient jamais remplacé, c'est qu'ils avaient pensé – sans jamais en avoir discuté – que les enfants auraient un jour l'idée de s'enfermer dans la salle de bains. Ils s'étaient dit qu'ils devraient alors ouvrir de force, mais pour l'instant, la porte tenait le coup. Marshall la secoua violemment, les charnières grincèrent. Joyce hurla.

« Sors ! » beugla-t-il. Il donna un grand coup. À l'intérieur, tout fut ébranlé. La boîte de talc tomba du vanity-case sur le carrelage, et, en se renversant, rappela sa présence anormale dans la maison. Bien sûr que ces g étaient ceux de Marshall. Tout dans la triste et étrange existence qu'il menait démontrait sa culpabilité. Avait-il reconnu le bruit de la boîte de talc qui se renversait ?

« Laisse-moi tranquille ! » cria-t-elle. Elle ramassa la boîte, referma le couvercle et la mit dans son sac.

Il tapa encore. Il était certain de pouvoir faire sauter le verrou ou enfoncer la porte. Il avait bien chié dans l'évier de la cuisine.

« Joyce !

— Tu vas le regretter !

— Rien ne peut être pire que ça ! » dit-il. Il faisait aller et venir la poignée. Elle donnait du mou. Désespérée, Joyce vérifia ses messages. L'agent Robbins venait de lui en envoyer un autre. Elle l'ouvrit... cette fois un texte apparut sur l'écran :

ELLO, J'ESPÈRE QUEVBOUS AUREZ CELUILA DESOLE JE N'AI PASENCORE SUIVBI LE STAGE DE FORMATION NESAIS PAS ME SERVBIR DECETTE MACHINE DE TOUTEFAÇON NOUS AVBONS UN SUSPECT DANS LE NEWJERSEY IL S'EST PRÉSENTÉ LUI-MÊME MERCI DE VBOTRE AIDE

« Je vais appeler mon avocat, Joyce, hurla Marshall. Selon notre accord, nous devons tous les deux avoir accès à la salle de bains, à la cuisine et à la télévision. Tu m'entends ?

— Va-t'en !

— Si tu crois que je vais laisser passer ça ! »

Elle dit : « Une telle idée ne me serait jamais venue à l'esprit. »

Une vis tomba de la charnière. Joyce fixa l'écran, sans même entendre Marshall. Elle tapa fiévreusement sur les touches du BlackBerry. Répondit :

« Agent Robbins, je suis contente que vous ayez trouvé. Ravie de vous avoir connu. Au fait, vous arrive-t-il de voir vos éventuels témoins à charge en dehors du bureau ?»

Marshall se remit à taper contre la porte. Un battement régulier. Joyce l'ignora, envoya son message dans l'éther. Elle drapa encore une fois la serviette autour d'elle, calmement, avec soin. Même dans cette tenue, elle voulait avoir l'air impeccable. Elle se regarda dans la glace, passa ses mains sur son visage pour en effacer toute trace de tension. Une de ses lentilles de contact avait glissé sur le côté, elle cligna des yeux pour la remettre en place.

« J'appelle mon avocat, Joyce ! J'ai le téléphone à la main ! Je fais son numéro ! »

Elle respira à fond, mit un sourire sur ses lèvres, afin seulement de se rassurer elle-même, puis se força de la même façon à le faire disparaître.

« Bon, ça va, ça va », dit-elle.

Elle ouvrit la porte. Marshall avait vraiment son téléphone à la main et il le brandissait comme une arme chargée. Son visage était rouge, ses pans de chemise sortaient de son pantalon. Il semblait parfaitement capable de terroriser la ville.

« On ne peut plus être tranquille nulle part ! dit-elle tranquillement. Je vais demander à mon avocate ce qu'elle pense de ça ! »

Puis elle ramassa ses vêtements et alla s'habiller dans la chambre des enfants.

Novembre

À l'époque où les plaisanteries avaient encore cours, ils riaient souvent de n'être ni l'un ni l'autre capables de prononcer le nom rempli de voyelles de leur médecin, un généraliste bourru aux yeux tristes venant de quelque mystérieux pays de l'Est. « Je vais faire un check-up chez le Dr Mouiouaoua... », commençait Marshall, et Joyce riait. Avant la naissance de ses enfants, elle avait eu des bronchites trois hivers d'affilée, mais ensuite ils étaient souvent restés sans aller chez le médecin pendant plusieurs années, puis ils prenaient rendez-vous et il vérifiait leur tension et leurs urines, écoutait leur cœur, où l'on ne décelait encore aucun signe de crise, et leur prescrivait des analyses sanguines qu'ils repoussaient souvent à la semaine précédant leur visite suivante. Ils se demandaient si, d'une visite à l'autre, il les reconnaissait.

Le cuir chevelu de Marshall avait été recousu aux urgences, mais lorsqu'une étrange inflammation irrita le côté droit de son corps, du milieu de la cuisse au bas de l'abdomen, il se sentit obligé d'aller voir son médecin personnel. Sa peau était devenue douloureusement tendre, et la partie centrale de la plaque irritée était moite et squameuse. L'examen fut bref.

« Depuis combien de temps avez-vous ça ?

— Environ une semaine et demie. Ça a commencé trois jours après le 11 septembre. » Le médecin le regarda d'un air déconcerté, et Marshall se sentit gêné. Le 11 septembre était devenu une date de référence, que l'on ait ou non été soi-même ou eu des proches à Ground Zero. Quand cela allait-il s'arrêter ? Marshall expliqua : « J'y étais. Dans le World Trade Center. Je m'en suis sorti. »

Les sourcils du médecin se rapprochèrent et se froncèrent. « Vraiment ? dit-il, momentanément incrédule. Comment vous êtes-vous échappé ?

Marshall préférait ne pas parler des attaques terroristes et il l'avait fait très rarement, pourtant il savait que le 11 septembre appartenait maintenant à son passé médical. Il raconta au médecin tout ce qui lui été arrivé depuis l'instant où le premier avion était entré en collision avec la tour, mais sans évoquer Lloyd, l'homme qui était sorti avec lui des décombres et avait été tué. Ce petit incident, qui n'avait aucune importance pour les autres, était son secret, une partie de lui que personne ne connaissait. Marshall raconta le reste de son histoire par bribes. Il resta concis et précis, ne voulant pas se perdre dans les détails, tandis que le médecin l'interrompait de temps à autre, de plus en plus intéressé : « Vous étiez où, à ce moment-là ? », « Et ensuite ? » ou : « Et que ressentiez-vous ? » Dans la salle d'attente, les patients s'entassaient.

Quand Marshall eut fini, le médecin secoua la tête. « Oui, ce fut une chose terrible, Mr Harriman.

Maintenant vous savez ce que c'est que vivre l'histoire. »

Marshall se demanda s'il pouvait remonter son pantalon. Il était assis sur la table d'examen, un drap en papier sur les parties. « Vous pensez que cette irritation a un rapport avec le 11 septembre ? »

Le médecin se frotta le visage pensivement. « Toutes sortes de particules ont envahi l'air lorsque les tours sont tombées : amiante, acides chloriques, dioxine... des éléments toxiques, ou simplement quelque chose à quoi vous êtes allergique. C'est peut-être une infection. Je vais vous donner des antibiotiques. Revenez dans une semaine. Aérez la plaie, ne la laissez pas s'irriter. Si ça s'aggrave, appelez-moi. Voici mon numéro.

— Ça peut être contagieux ? »

Il haussa les épaules : « Est-ce que votre femme a les mêmes symptômes ?

— Je pensais à mes enfants. J'en ai deux, âgés de quatre et deux ans. Apparemment, ils n'ont rien. »

Le médecin hocha sa grosse tête chauve. « Oui, je me souviens : un garçon et une fille. » Marshall sourit, touché de savoir que le médecin se rappelait d'eux. « Non, ne vous inquiétez pas, pas tant que vous ne voyez rien de suspect. Et si votre femme n'a rien...

— Je ne sais pas, lâcha Marshall. Je ne peux pas le savoir. Nous ne nous parlons pas, nous ne dormons pas ensemble. Nous divorçons. Nous sommes virtuellement séparés, sauf que je vis encore dans le même appartement. Elle veut me mettre à la porte et m'accuser d'abandon du domicile conjugal, ou quelque chose de ce genre. Je viens de vivre la pire année de ma vie. »

Il releva les mains, stupéfié. C'était encore plus difficile de parler de ça que du 11 septembre. Son regard était suppliant.

« Je vois », dit le médecin avec gravité. Son front s'obscurcit comme un ciel d'orage. « Elle m'a toujours semblé un peu rigide. »

Marshall opina du chef, mais cette remarque le surprenait tellement qu'il était presque incapable de parler. Commenter la personnalité d'un patient devant un autre devait être contraire à l'éthique médicale. Cet écart, de la part d'un docteur en médecine distingué, bardé de diplômes et recevant dans un vieil hôtel particulier de Clinton Street, ne pouvait avoir été provoqué que par des circonstances extrêmes et indiscutables. Rigide ? Bien sûr que Joyce était rigide. Marshall l'avait toujours su. Et cela l'ui était à présent confirmé par un expert.

Il n'était jamais ressorti d'un cabinet médical aussi content. Il ferma la porte derrière lui, s'arrêta sur la plus haute marche de l'escalier d'entrée, se tourna vers la plaque du praticien. Les lettres de son nom nageaient devant ses yeux, une hydre de voyelles dans une mare de consonnes obscures. Il y avait ce qui ressemblait à un trait d'union au milieu d'une syllabe et deux q qu'aucun u ne suivait. Marshall serra les lèvres pour prononcer le m par lequel commençait le nom du médecin. Il émit un bruit doux, féminin, essaya d'insuffler quelque vie dans les lettres suivantes. C'était impossible. De même qu'il lui était impossible de se souvenir de l'ordre de ces lettres. Il fronça les sourcils et poursuivit son chemin.

Les antibiotiques n'agirent pas, et quelques jours plus tard les bords de l'inflammation le démangeaient douloureusement. « N'y touchez pas », lui dit le médecin quand il retourna le voir. Il lui prescrivit une pommade. Ils essayèrent divers traitements au cours du mois suivant, sans grand succès. Ils parlèrent, surtout du 11 septembre ; Marshall attendait que le médecin fasse une autre remarque à propos de sa femme. Rien ne vint, comme si l'adjectif « rigide » avait dit d'elle tout ce qu'il y avait à dire. La jeune boiteuse aux yeux de biche qui servait d'assistante au praticien – et qui s'avéra être sa fille – leur apportait souvent de petites tasses de thé, habitude prise dans la première clinique qu'il avait eue à Kunduz, avant que les Soviétiques envahissent l'Afghanistan. Entre deux gorgées, le médecin racontait le long et terrifiant voyage qui, en un an, les avait, sa famille et lui, conduits à travers l'Iran et le Pakistan, puis jusqu'en Amérique. Sa fille avait été blessée par une mine antipersonnel. Après un tel récit, Marshall n'aurait jamais pu lui demander comment son nom se prononçait.

Dans une pharmacie où il était entré un après-midi pour acheter des lames de rasoir, sous le coup d'une impulsion, Marshall prit aussi une boîte de talc. Il s'en aspergea tous les matins pendant une semaine et l'inflammation finit par disparaître. Il alla malgré tout au rendez-vous prévu. Il se sentait bien dans la pénombre silencieuse de la salle d'attente. La sobriété et l'héroïsme discret du médecin l'impressionnaient. La fille lui sourit timidement. Il fut félicité de sa peau saine et rose.

« Si seulement le talc pouvait résoudre mes autres problèmes », dit Marshall amèrement.

Le médecin émit une espèce de gloussement. Il se comportait et s'habillait comme un vrai New-Yorkais. Avait un accent qui hésitait entre celui des

Anglais et des Américains. Mais le gloussement, lui, était définitivement celui d'un étranger. « Ça ne s'arrange pas ?

— J'ai bien peur que non.

— Soyez courageux, mon ami, dit le médecin d'un ton plus chaleureux que d'habitude. Vous avez survécu à pire. »

Le médecin serra d'une main ferme l'épaule de Marshall. Ce dernier avait espéré que sa remarque provoquerait un commentaire personnel. Il aurait pu rester là, assis sur la table d'examen, tout le reste de la journée.

On était en novembre, les États-Unis lancèrent leur campagne militaire contre les Talibans, avec bombardements aériens intenses et interventions des forces spéciales aux côtés de l'Alliance du Nord qui, après avoir hésité, avança sur Kaboul, assiégea Kunduz et Kandahar. On annonçait tous les jours un nouveau raid américain. Et de nouvelles cibles ratées, et des massacres de civils. Joyce étudiait avidement les cartes publiées dans le *Times*, et bientôt elle en sut long sur les hautes terres arides de ce pays balayé par une poussière ocre digne de la planète Mars, et sur la distribution géographique de ses différents groupes ethniques, Pashtouns, Tadjiks, Hazaras et Ouzbeks. Elle savait localiser les grandes villes et les places fortes des Talibans et des anti-Talibans, dans leurs murs et au-dehors. Elle suivait les aléas de la guerre, régis par des alliances, des trahisons et l'éventualité d'une intervention au sol des troupes américaines. Savourait la beauté des Afghans qui regardaient droit dans l'objectif : le bleu de leurs yeux sous leurs sourcils sombres, leur sensualité, leur dignité. Les femmes se drapaient de grandes robes violettes et brunes, des foulards tissés d'or et de dentelles à motifs de cachemire. Un soir où Marshall s'occupait des enfants, Joyce fouilla dans sa boîte à bijoux et retrouva un vieux bracelet oriental incrusté de lapis-lazuli qu'elle portait souvent avant que sa première grossesse épaississe ses poignets. Elle se l'attacha autour de la cheville et s'offrit à dîner dans le restaurant afghan du quartier. Elle commanda un *qalibi*, plat de riz jaune aux épices et à l'agneau. C'était délicieux. Un grand drapeau américain se balançait au-dessus de l'accès à la cuisine, et une guirlande de fanions rouges, blancs et bleus de concessionnaire automobile décorait la porte d'entrée, mais elle se sentait sur un autre continent, à la fois résolument réel et totalement exotique.

Elle était fascinée par les seigneurs de guerre afghans et l'inconstance de leurs allégeances. Aucune milice n'était à l'abri d'une trahison ou d'une proposition de nouvelle alliance. Des groupes entiers, familles et clans, se retrouvaient, sans même le savoir, liés ou déliés par des serments de sang. D'énormes sommes d'argent – en billets de vingt dollars – arrivaient par avion dans les montagnes. Ce que l'on faisait de mieux en matière de transport et d'équipement militaire était mis à la disposition de l'Alliance du Nord. Mais les hommes ne réussissaient jamais à prendre leur poste, et quand ils le faisaient, ils refusaient de tirer. Leurs chefs n'accusaient d'être des Talibans que ceux avec qui ils avaient de vieux comptes à régler, et ils dirigeaient les bombardements américains sur des cibles civiles, convois, écoles et, cette semaine-là, sur une fête de mariage. La mariée, le marié, leurs frères, une de leurs sœurs et plusieurs des membres les plus âgés de la famille avaient été tués, et les survivants, affligés et furieux, juraient de les venger, « œil pour œil, dent pour dent », jusqu'à la fin des temps. De vrais Talibans et des membres d'Al-Qaida se mélaneaient à la population. Pour s'assurer la coopération des Afghans à leur propre libération, les Américains durent détourner les yeux quand la production d'opium se développa de nouveau. Ils savaient que pour la restreindre, il leur faudrait payer.

Lorsque, par les journaux et les reportages de la télévision, Joyce découvrit les particularités de la vie afghane, elle s'aperçut que les habitants de ce pays n'étaient pas reliés les uns aux autres en tant qu'individus. C'était leur appartenance au clan qui prévalait, et les relations entre clans fonctionnaient selon une logique fondamentalement conflictuelle. Des décennies entières de leur histoire s'expliquaient par de simples équations commutatives telles que « les amis de mes amis sont mes amis », « les ennemis de mes ennemis sont mes ennemis », « les amis de mes ennemis sont mes ennemis », et ainsi de suite. Elle nota que les femmes ne constituaient pas de simples biens, mais des objets de valeur possédant des attributs mystiques. Leur sexualité, par exemple, était un vase à l'intérieur duquel se trouvait enfermé l'honneur de leur père, leurs frères et leur mari. Un vase que l'on portait avec précaution, enveloppé et protégé de tout choc par le plastique bulles de la tradition. La vie d'un homme pouvait être anéantie par un écart de comportement d'une femme de sa famille, ou même par la façon dont un homme se conduisait envers une femme de sa famille. Dans la province de Faryab, quelque temps plus tôt, des combattants pashtouns avaient attaqué des villages tadjiks uniquement pour y commettre des viols, et ces actes sexuels perpétrés de force (peut-être, se disait-elle, pas tellement moins tendres que ce qui se passait entre maris et femmes tadjiks) déshonoreraient couples, familles et clans pendant des générations et des générations. En Afghanistan, le sexe n'était ni plaisir ni amour. C'était une arme.

Joyce, pourtant, se sentait de plus en plus attirée par ces gens, par leur beauté, leur dignité élémentaire, bien que cette dignité semblât contredite par leur brutalité, leur déloyauté et leur vénalité. Tout le monde s'accordait à penser que le 11 septembre avait à jamais transformé l'Amérique. Joyce se demandait si les changements réels allaient advenir immédiatement, dans ce corps-à-corps des États-Unis avec les seigneurs de guerre, les paysans, les fondamentalistes, les mercenaires. La richesse et les intérêts internationaux américains allaient-ils altérer les valeurs afghanes ? Ou au contraire les exigences financières, les trahisons et le mépris des idéaux démocratiques de ces gens ne finiraient-ils pas par corrompre l'Amérique ?

Sa vie, elle, ne changeait pas. Elle n'avait toujours pas divorcé et avait perdu tout espoir d'y arriver un jour. Ou, plus exactement, son avenir était une course régie par le paradoxe de Zénon, on s'approchait du divorce à pas de plus en plus petits, mais sans jamais réussir à l'atteindre. Après une longue interruption post-11 septembre, Joyce et Marshall avaient recommencé à se voir avec leurs avocats qui semblaient eux aussi, malgré la rentabilité des heures facturées, épuisés de leurs discussions. Marshall avait mis au point une nouvelle tactique : il s'inquiétait pour les enfants, comme s'il avait auparavant suffisamment pensé à eux pour passer du temps seul avec Vic et Viola sans allumer la télévision, ou pour se souvenir d'acheter du lait sans qu'elle ait à le lui rappeler, pour les emmener en promenade pendant qu'elle faisait le ménage, pour demander une augmentation à son patron, ce qui leur aurait permis de mettre de l'argent de côté afin d'affronter l'apocalypse financière de l'école privée, pour être un bon mari ou tout simplement un type bien. Marshall prétendait maintenant que l'intransigeance de Joyce nuisait aux enfants. Avant même qu'elle ait pu démontrer qu'elle n'était pas intransigeante – cela aurait, après tout, exigé qu'il le soit tout autant, une pensée légèrement complexe qu'elle mit quelque temps à articuler –, les avocats cherchaient déjà à évaluer les torts que pouvait causer l'attitude de Joyce.

Le téléphone sonna. Les enfants jouaient par terre, à leur manière : Viola tentait d'obtenir de Victor qu'il lui donne un camion qu'il faisait monter et descendre sur un pli du tapis. Victor avait refusé. Viola s'en était plainte. Considérant que, d'un point de vue pédagogique, c'était la meilleure chose à faire, Joyce leur avait dit de se débrouiller seuls. Elle éteignit la télévision au milieu d'un reportage tourné derrière les lignes de l'Alliance du Nord et décrocha.

« Madame Harriman ? »

C'était une voix amicale, une voix familière. Celle d'un homme qui semblait ravi de lui parler.

« Oui ?

— Ici Jerry Boyd ! »

Jerry Boyd. Le nom tomba au fond de son cerveau, mais aucun écho identifiant ne lui répondit. Il ressemblait à celui de quelqu'un qu'elle aurait dû connaître. Client ? Collègue ? Ami ? Elle déroula l'agenda électronique de son cerveau. Il avait une voix optimiste et agréablement modulée.

« Jerry Boyd, répéta-t-elle en essayant de se rappeler si elle avait oui ou non déjà prononcé ce nom.

— Oui, de Headhunters Transnational ! Comment allez-vous, chère madame ? J'espère que vous n'êtes pas en train de dîner. »

Un chasseur de têtes ! Qu'elle le connaisse ou non importait peu. Immédiatement tout ce qui n'allait pas dans son travail lui apparut évident : le salaire, l'absence de perspectives d'avancement, ses collègues, le fait qu'ils sachent tous que son mariage était un échec. Elle aurait fait n'importe quoi pour changer de vie, même s'il lui fallait pour cela aller ailleurs, renoncer à l'appartement. Y arriver sans que Marshall tire les marrons du feu serait pourtant difficile.

« Non, non, pas encore », répondit-elle. Elle ne savait même pas ce qu'ils allaient manger.

« Génial ! Je ne voudrais pas vous déranger. »

Tandis que Joyce attendait que Jerry Boyd s'explique, la liste de ses griefs professionnels s'allongea de manière incontrôlable.

« Et que puis-je pour vous ? demanda-t-elle

— Est-ce que Mr Harriman est là ? »

Elle se détourna du téléphone. La voix de Jerry Boyd, décida-t-elle, avait la même complaisance grasse que celle d'un animateur de jeu télévisé. Quelle terrible catastrophe avait-il vécue pour en être réduit à appeler sans prévenir à l'heure du dîner ? Probablement un divorce. Viola faisait une tentative de troc. Malheureusement elle n'avait à offrir en échange du camion qu'une pincée de peluche ramassée sur le tapis. Victor n'était pas intéressé. Viola secoua la peluche devant lui, la lui fourra contre la figure. Joyce prit sa respiration.

« Il n'est pas là, répondit-elle.

— Je suis vraiment désolé », dit-il, et il avait l'air sincère. « Soyez gentille, dites-lui de me rappeler. Jerry Boyd, de Headhunters Transnational. Nous savons que sa firme est actuellement en pleine restructuration post-11 septembre. Et c'est peut-être le bon moment pour lui d'envisager de nouvelles aventures, plus lucratives. Comme vous devez le savoir, il a une excellente réputation dans le métier. Nous aimerions qu'il rencontre un de nos clients, listé au palmarès Fortune 500. »

Viola venait de monter les enchères à deux pincées de peluche. Victor ne regarda même pas.

« Il n'est pas là, je vous dis.

— D'accord, répondit Jerry Boyd. Peut-être pouvez-vous me donner un numéro où le joindre...

— Il est parti. Il a quitté le pays. Il est allé rejoindre ces foutus Talibans », dit-elle en raccrochant violemment. Pendant un instant, elle fixa l'appareil qui lui renvoya une image de Marshall en longue robe blanche, barbu, assis dans une cave poussiéreuse, étudiant le Coran. Une image totalement plausible.

Viola conclut ses négociations. Elle attrapa le camion, poussa Victor sur le côté puis le frappa à la tête.

« Viola ! » cria Joyce. Elle prit le camion. C'était un petit jouet en plastique qui portait le sigle des

Nations unies, du genre de ceux qu'on trouvait dans les menus Happy Meal. Malgré l'intervention de sa mère, Victor se mit à gémir, puis il poussa un hurlement déchirant, destiné à exprimer toute la misère du monde. Ses cris remplirent l'appartement comme un fluide envahissant et durent résonner jusque dans l'entrée de l'immeuble et à l'étage du dessus. Joyce essaya de le consoler, mais il était inconsolable, petit corps raide, paquet de nerfs occupé à produire du bruit.

« Il ne voulait pas partager ! » protesta Viola, et, elle aussi, elle se mit à pleurer.

La porte s'ouvrit. Marshall entra, une cartouche de cigarettes sous le bras. Victor bondit, contourna sa mère, traversa le salon comme une flèche. Marshall rit, et Viola se précipita à son tour vers lui. Il se fit une gloire de les prendre dans ses bras et de jouer avec eux sans que les cigarettes tombent.

« Alors, mes bébés chéris, qu'est-ce que c'est que ce gros chagrin ? Mais qu'est-ce qu'il vous arrive, mes tout-petits ? »

Joyce le regarda ramener les enfants dans le salon. Ils avaient bien braillé, et maintenant ils riaient, sans plus se préoccuper de ce qui avait provoqué leurs larmes. Marshall fit comme si elle n'était pas là.

« Il est interdit de fumer dans l'appartement, dit-elle. C'est une question qui a déjà été réglée. Cela fait partie de l'accord provisoire. »

Marshall continuait de percevoir son salaire, mais sa compagnie, qui avait perdu beaucoup de ses meilleurs éléments le 11 septembre, tournait presque à vide. La firme avait installé les survivants avec ses autres employés new-yorkais dans un gratte-ciel en verre au centre de la ville, choisissant volontairement des bureaux orientés vers le sud, avec vue sur Ground Zero. Le visage congestionné par l'émotion, leur directeur avait laissé ses larmes couler à flots et déclaré qu'ils n'oublieraient jamais les vies sacrifiées de leurs collègues. Cela se passait dans la cathédrale Saint-Patrick lors d'un service funèbre œcuménique accompagné de cantiques chantés par le chœur des Harlem Boys. Une autre cérémonie avait inauguré le nouveau hall d'entrée au mur duquel étaient accrochées les photos des victimes. La compagnie avait juré être désormais liée à jamais aux épouses, époux et enfants des disparus. Des psychologues spécialisés passaient dans les nouveaux bureaux avec la vigilance soupçonneuse de contrôleurs de la prévention contre les incendies.

Marshall ne s'était pas montré particulièrement expansif lors des séances individuelles et collectives avec les psychologues. On l'accusa de refouler son chagrin. Et même lorsqu'il avoua que oui, c'était exactement ce qu'il faisait, qu'il se sentait effectivement malheureux au point de ne rien pouvoir en dire, les psychologues et ses collègues restèrent insatisfaits. Ils avaient remarqué qu'il avait été le seul, lors du week-end de retraite dans les Berkshires, à apporter sa raquette de tennis. On lui avait fait sentir une fois de plus qu'il n'était pas très apprécié. Ce n'était pas nouveau. Il avait déjà soupçonné, l'été précédent, certains de ses supérieurs hiérarchiques de manœuvres destinées à rendre intenable sa position au sein de la compagnie. Bien que le 11 septembre ait mis fin à toute politique d'entreprise – la compagnie était maintenant devenue une grande famille, avec, envers chacun, des obligations plus importantes encore qu'il n'en existait entre parents et enfants –, il sentait que sa carrière dans cette firme était sur le déclin.

En attendant, il passait ses journées de bureau à comploter contre Joyce. La procédure de divorce était entrée dans sa phase finale, et les termes d'un accord éventuel semblaient désormais assez évidents, pourtant Joyce luttait toujours, essayant de tirer avantage de la moindre erreur qu'il commettait, du moindre scrupule dont il pouvait faire preuve. Marshall suivait la même tactique, cherchant la faille dans tout ce qu'il apprenait sur elle. Il avait mis au point un système qui lui permettait de soutirer des renseignements aux enfants. Il n'attaquait jamais de front mais orientait la conversation sans leur poser de questions directes, afin que ses questions ne reviennent pas aux oreilles de Joyce. Il établissait des graphiques et des listes, élaborait des stratégies et des scénarios.

Certaines remarques de Viola, du genre : « Non, Victor, tu es bien trop petit pour être garçon d'honneur ! », avaient permis à Marshall de deviner que leur tante Flora allait, enfin, se marier. Il sourit. Il avait toujours éprouvé une certaine tendresse pour cette fille à la fine silhouette luminescente, reflet hésitant et fragile de Joyce. Flora était la petite sœur qui n'avait pas osé partir pour New York, celle qui avait longtemps craint les conséquences mortelles du mariage – et qui, supposa-t-il, devait depuis quelques mois apparaître comme la plus sage, la plus heureuse des deux. Il aimait bien son petit ami, Neal, un informaticien brillant et parfois assez drôle qui avait souffert pendant des années de la désapprobation silencieuse des parents de Flora. Marshall se rappela un long week-end de Thanksgiving dans le Connecticut au cours duquel Neal avait commis bourde sur bourde – prenant la décision unilatérale d'allumer la radio dans le salon, plaisantant à propos de Monica Lewinsky en qui il voyait une grande comique... puis renversant une lampe. Flora était livide. Le dimanche matin, Marshall et Neal étaient allés marcher ensemble au bord de la rivière, et bien qu'ils n'eussent pas parlé de ces catastrophes successives, la présence de Marshall à ses côtés avait détendu Neal et plus ou moins sauvé le week-end. La nouvelle du mariage imminent ne ferait peut-être pas la une des journaux, mais cet événement pouvait apporter à Marshall une possibilité d'action.

Il attendit une semaine avant de téléphoner à Neal, pourtant, le moment venu, il ne savait toujours pas exactement sur quel terrain il l'entraînerait. Il l'appela à son laboratoire. Quand il s'annonça, il y eut à l'autre bout du fil un silence surpris, comme si la famille de Joyce l'avait déclaré mort.

« Bonjour. » La voix de Neal était tendue, inquiète.

« Dis donc, c'est formidable ! Il paraît que vous vous êtes fiancés, Flora et toi. Mais excuse-moi, peut-être que je te dérange ?

— Marshall ?

— C'est une merveilleuse nouvelle. Je vous souhaite tout le bonheur du monde.

— Merci, merci, Marshall. Je ne... » Neal s'interrompit un instant, comme s'il s'était demandé s'il devait dire ce qu'il allait dire : « Je ne m'attendais pas à t'entendre. Tu sais comment c'est...

— Oui, oui, mais laisse tomber, je ne pouvais pas ne pas t'appeler. Il y a si longtemps que nous ne nous sommes pas parlé. Comment vas-tu, Neal ? »

Ils n'avaient jamais été très proches. Il n'y avait eu entre eux que ce week-end de Thanksgiving, quelques réunions de famille, et la connaissance intime, mais jamais énoncée, qu'ils partageaient de deux femmes qui se ressemblaient, physiquement et moralement. Ils se lancèrent dans une conversation hésitante, brouillonne, pourtant Neal s'anima dès qu'ils parlèrent de son travail – son laboratoire venait de vendre un nouveau système de sécurité pour les aéroports –, et il mentionna timidement au passage que Flora et lui achetaient une maison. Puis, comme dans un sursaut, il se souvint que Marshall avait travaillé dans l'une des Twin Towers. Marshall coupa court à toute question ou aux condoléances en disant seulement que lorsque les attaques terroristes avaient eu lieu il n'était pas encore arrivé au bureau. Et il félicita de nouveau Neal de ses projets de mariage.

Neal dit : « Cela doit sembler étrange de voir que quelqu'un est impatient de se marier...

— Mais non, mais non, lui assura Marshall. Pas du tout. Je crois que le mariage est une chose formidable. Ça ne marche pas toujours et c'est bien triste, mais me marier et avoir des enfants, tenter l'aventure, voilà certainement ce que j'ai fait de mieux dans ma vie. »

Marshall se demanda si ce qu'il était en train de dire était vrai. Il ne s'était jamais demandé s'il regrettait d'avoir épousé Joyce. Même maintenant, ce mariage ne lui semblait pas une erreur. L'ère des erreurs tragiques était venue plus tard. Et avoir des enfants ? Seul un monstre (comme celui pour qui Joyce le faisait passer) aurait souhaité que ses enfants n'existent pas, et pourtant, il savait bien que Joyce et lui avaient été plus heureux ensemble avant les enfants – il n'arrivait même pas à se souvenir qu'ils se fussent jamais disputés avant de devenir parents. Il aimait Viola et Vic, bien sûr, mais il doutait désormais pouvoir obtenir d'eux sa part de bonheur. Encore une chose que Joyce avait gâchée.

Mais si ce qu'il avait fait de mieux n'était pas de se marier et d'avoir des enfants, alors qu'était-ce ? Quelque chose qui avait un rapport avec son travail ? Un geste altruiste ? Le nom de Lloyd faisait-il partie de la réponse à cette question ?

Il s'arrêta, momentanément distrait. Puis il dit : « Et Flora est une fille formidable. Belle, intelligente, brillante, drôle...

— Oui, vraiment », acquiesça Neal.

Marshall soupesa l'enthousiasme de Neal. Il avait lancé l'adjectif « brillante » comme un appât. Si Flora avait fait de solides études universitaires, elle était depuis passée d'un job médiocre à l'autre, sans jamais trouver sa voie. Il ne détecta pas l'ombre d'une objection dans la réponse de Neal. Peut-être ce dernier était-il content qu'elle travaille comme réceptionniste. Marshall continua.

« En fait c'est une famille géniale, des gens vraiment adorables. J'imagine que tout le monde est au courant, pour Joyce et moi, mais j'espère être toujours bien accueilli à Canaan. J'aimerais pouvoir aller les voir de temps en temps, y passer des vacances. » C'était fou, si fou qu'on aurait pu en rire. Avoir cette capacité à dire quelque chose d'aussi fou lui donna la sensation d'être immensément puissant et libre. « J'ai toujours admiré les parents de Joyce. Deke est si cultivé, si fort. Amanda si élégante... »

Neal dit : « C'est vrai. »

Bingo. Cette fois la réponse sonnait faux. Marshall avait enfin trouvé la faille, et c'était Amanda. Mais oui, évidemment. Amanda avait toujours eu du mal à accepter Neal, personne ne l'ignorait. Joyce l'avait laissé entendre un jour sans jamais expliquer pourquoi, et Marshall pensait que c'était un problème d'incompatibilité. Neal était un citadin : il faisait souvent preuve d'une familiarité excessive, se montrait trop détendu quand il ne le fallait pas, plaisantait sans réfléchir. Marshall lui-même en avait parfois été agacé, et il comprenait qu'une telle attitude éveille l'animosité de la mère de Joyce.

« Oui, Amanda est une belle femme, et absolument impeccable, tout est parfait en elle, jusqu'à la moindre mèche de cheveux, reprit Marshall. Mais elle fait parfois preuve de froideur, c'est vrai, il y a quelque chose de glacé dans tout cela. Elle est un peu rigide, tu ne trouves pas ? Enfin, c'est comme ça, je suppose...

— Oui, peut-être.

— En tout cas, ses filles ont hérité de sa beauté. Tu te souviens comme elles étaient jolies à ce mariage où nous nous étions tous retrouvés, à Boston ? Leurs longues robes de velours noir à taille haute, leur cou dégagé, leurs cheveux tressés... je n'avais d'yeux que pour elles. » Ça, c'était vrai, les deux sœurs étaient ravissantes ce jour-là. « Mais elles ont aussi hérité de son côté rigide. En tout cas, en ce qui concerne Joyce. D'ailleurs ça ne lui facilite pas la vie, et pas seulement à la maison. Ça fait peur aux gens... et même la douce petite Flora...

— Hum. »

Non, il n'était pas sur la bonne voie, Neal n'abondait pas du tout dans son sens. Marshall n'avait pas repéré les raisons exactes du mécontentement perçu dans le lapidaire « C'est vrai ». Il n'avait toujours pas les coordonnées du point à viser pour interrompre la marche majestueuse de Neal et Flora vers l'autel. Pourtant Flora était vraiment rigide, au moins dans certains domaines, bon sang ! Pourquoi Neal ne le voyait-il pas ? Pourquoi ne voyait-il pas que tous les membres de cette famille étaient des gens ignobles, que la méchanceté imprégnait l'air qu'ils respiraient, que leur putain de maison du Connecticut n'était qu'un nid de vipères ?

Marshall dit : « Mais elle est adorable. Vous allez être très bien ensemble. Bon, je suis débordé, il faut que je me remette au travail, je voulais juste vous souhaiter beaucoup de bonheur à Flora et à toi. Embrasse-la pour moi. Et je ne sais pas exactement comment ce genre de choses se décide, mais je devrais toujours pouvoir être l'oncle de vos enfants...

— Oui, je pense..., murmura Neal, du ton de celui qui analyse les liens avunculaires. Je suis très touché, Marshall, vraiment très touché. Oui... merci. Et bonne chance à toi. Je sais que ce n'est pas facile, en ce moment...

— Bof... Prends bien soin de toi...

— Écoute, Marshall, dit Neal très vite, je fais une petite fête dans quinze jours, je sors avec mes potes. Rien qui ressemble à un véritable enterrement de vie de garçon, juste un dîner au restaurant. Mon frère viendra de Californie. Je t'aurais invité... écoute, pourquoi ne viens-tu pas quand même ? Histoire de rigoler un peu. »

Quiconque se serait trouvé à ce moment-là de l'autre côté de son bureau face à Marshall eût été stupéfait, et peut-être même gêné par l'énorme sourire qui explosa sur son visage.

« Pour tout l'or du monde, je ne raterais pas ça. Tu crois que Flora n'y verra pas d'inconvénient ?

— Mais non, elle va m'étonner », plaisanta Neal, mais Marshall perçut une note de nervosité dans sa voix. L'invitation avait été lancée inconsidérément. Il commençait à regretter.

« Tu n'es pas obligé de le crier sur les toits, dit Marshall.

— C'est vrai, répondit Neal, toujours hésitant.

— Dis donc, ce n'est pas comme si j'étais un ennemi. J'espère que Flora ne me considère pas comme ça. Même Joyce et moi ne sommes pas des ennemis. Nous sommes toujours proches l'un de l'autre à bien des égards, il nous arrive seulement ce qui arrive souvent... »

Cette fois encore, ce que disait Marshall sonnait ridiculement faux – il savait avec quelle dureté on devait parler de lui dans la famille de Joyce –, mais Neal était le genre de type pour qui une telle déclaration pouvait avoir un sens. Un sentimental qui se faisait probablement des idées sur le mariage, et aussi sur le divorce. Il indiqua à Marshall l'heure du rendez-vous et l'adresse du restaurant italien de Greenwich Village où ils devaient se retrouver. Les coordonnées de la cible.

Le Dr Nancy, psychiatre pour enfants, étala les dessins soigneusement. Mr Peter, conseil judiciaire désigné par le juge, eut d'abord du mal à les déchiffrer. Les silhouettes humaines étaient reconnaissables, mais il ne comprenait pas ce qu'elles faisaient, ni où elles se trouvaient. Les traits étaient brouillons, enchevêtrés, avec une dominante rouge. En dehors des personnages, seuls de longs blocs rectangulaires placés de biais, et quelquefois hachurés, se détachaient du fatras général. Le Dr Nancy posait l'ongle long et vernis de son index sur chaque dessin qu'elle expliquait : ici, il y a la mère et le père ensemble, ici c'est le père et la fille, le père seul avec le fils, la mère avec le fils, le fils tout seul, et ici, ils sont tous réunis. Mr Peter étudia un moment le dessin. Les personnages se tenaient par la main, partiellement crayonnés de rouge.

Très excitants, ces ongles orange foncé, se dit-il. Le Dr Nancy portait une jupe mi-longue, des bas et un chemisier soyeux. Les pédopsychiatres avaient souvent tendance à porter des tenues ternes, censées donner d'elles une image rassurante de mère ou de grand-mère. Il préférait le genre du Dr Nancy. Mr Peter se demanda quel tour allait prendre l'affaire qui l'amenait là, et s'il retravaillerait avec cette jeune femme svelte et énergique. Il tenta de deviner ce qui allait se passer entre eux. Allaient-ils devenir amis, se confier l'un à l'autre, nouer des liens intimes, ruser, faire semblant, et tout le reste – un scénario qui pouvait aboutir à une histoire d'amour, quoique pas forcément. Il était content d'avoir mis un costume bleu marine très « homme de loi ».

Quand il commença à examiner les dessins, Mr Peter pensa que sa petite cliente avait des problèmes de développement psychomoteur – ce qui arrivait souvent aux enfants de familles décomposées et se plaidait facilement. Mais le Dr Nancy tapota impatiemment du doigt pour l'entraîner à regarder plus attentivement. Il s'efforça de démêler les traits et prit conscience de la violente passion que l'enfant y avait mise. Puis il vit. La psy avait demandé à la petite fille de dessiner sa famille. Elle en avait représenté tous les membres, ensemble ou séparément, près du World Trade Center en flammes.

L'incendie faisait rage. Dans l'un des dessins, la queue d'un jet dépassait de la tour de gauche, longue comme environ un tiers du bâtiment. Le petit garçon était debout sur l'avion en feu. Ailleurs, la mère et le père se tenaient chacun sur le toit d'un gratte-ciel, la bouche tracée en noir, et ronde comme un o. Ces personnages avaient beau être rudimentaires, Mr Peter se sentit profondément ému. Dans les dessins suivants, la petite fille semblait entraîner son père loin des immeubles, en dehors de la page. Puis la mère, entourée de flammes, portait le père, lui aussi entouré de flammes. Ensuite, les bras et les jambes de la petite fille, barbouillés de rouge sang, apparaissaient séparés de son corps. Dans le dernier dessin, ils avaient sauté tous les quatre, tombaient main dans la main.

Marshall acheta un téléphone bon marché équipé d'un écouteur externe placé sur le côté de l'appareil. Cela permettait de surprendre une conversation sans avoir besoin de décrocher, ce qui s'entendait toujours. Il était stipulé sur l'emballage que la loi fédérale interdisait « tout usage de cet appareil sans l'accord des différentes parties intéressées ». Marshall sourit, ne voyant absolument pas l'intérêt qu'il pouvait y avoir à se servir de cet écouteur dans de telles conditions.

Bien que Joyce ne fût pas entrée dans sa chambre depuis plus d'un an, Marshall cacha son nouveau téléphone derrière des livres. Il tirait un certain plaisir de l'intelligence clandestine de l'appareil et de la confiance qu'il avait en la technologie, sentiment totalement étranger à Joyce. Elle était résolument low-tech. Dans cette bataille, les atouts de Joyce – son entêtement, sa haine farouche – seraient anéantis par les capacités stratégiques de Marshall. Il adora la sensation de toute-puissance que lui procura la première conversation écoutée, un appel de la mère du meilleur ami de Victor ouvrant un nouveau cycle de concertations à propos des jours où les enfants jouaient ensemble chez l'un ou chez l'autre. Marshall espérait surtout intercepter un échange entre Joyce et son avocate, mais Joyce semblait trop se méfier de lui pour avoir ce genre d'entretien sur une autre ligne que celle de son bureau. Il devait donc se montrer patient, passer au crible le mince filet d'informations glanées : rappels de rendez-vous de travail, rendez-vous chez le coiffeur, discussions à propos des jours de garde des enfants qui prirent plus d'heures que les petits garçons n'en passèrent ensemble, conversations familiales anodines. Rien d'intéressant, jusqu'à ce que Flora appelle un soir, furieuse.

Parce qu'il dut sortir le téléphone de sa cachette, Marshall rata ses premiers mots, mais il reconnut immédiatement la voix exaspérée de sa belle-sœur.

« Bon sang, elle me rend dingue. »

Elle ne pouvait être que leur mère, Amanda. Il regretta de ne pas avoir mis cent dollars de plus dans un appareil enregistreur.

Joyce : À cause de ce truc ?

Flora : Oui.

Joyce : Mmm.

Flora : J'ai cédé à tout. Neal à cédé à tout. Mais quand même, lui aussi, il a une famille.

Joyce : Pas de rabbin ?

Flora : Ça, ça lui est égal. Il n'a pas mis les pieds dans une synagogue depuis des années. Ses parents s'en fichent.

Joyce : Ah bon.

Flora : Gottschall lira une prière juive. Maman va en faire une attaque, mais...

Joyce : Oui.

Flora : Mais ils veulent ce truc. C'est... ce n'est pas négociable. C'est eux qui le paieront. Et Maman a invité ses amis du Club. Ce n'est pas mon mariage. Tout doit être parfait, à sa façon. Elle veut en mettre plein la vue aux Pruitt, aux Mason...

Joyce :... dont le fils est homo. Est-ce que Maman le sait ? Écoute, appelle-moi au bureau. Je ne peux pas parler. Oussama s'est réfugié dans sa grotte de Tora Bora.

Flora : D'accord. Bisous.

Joyce : Bisous. À demain, ma chérie.

Alors, comme ça, Joyce l'appelait Oussama ? Super. C'était encore mieux qu'une information précise, mieux que tout ce dont il aurait pu se servir directement contre elle. Il ne voulait pas réagir immédiatement, il voulait seulement prolonger cette sensation de toute-puissance, cette impression qu'il avait de *pouvoir* l'atteindre quand il voudrait. À un moment il lui faudrait réagir, mettre en œuvre sa supériorité tactique. Avant que leur divorce soit enfin prononcé, elle allait voir en lui un composé de Staline et de Hitler.

L'ami de mon ennemi... Roger entra dans le restaurant afghan les yeux vides, le corps raide. Il semblait avoir chaud dans son manteau, beaucoup trop épais pour cette estivale soirée de novembre. Il ouvrit d'un coup sec sa fermeture Éclair. Assise à une table près du bar, Joyce se glissa vers lui et lui tendit la joue. Il l'effleura. Elle lui serra le bras. Il regarda ailleurs.

C'était un restaurant afghan, mais comme on était dans le quartier branché de Brooklyn Heights, on pouvait y boire des mojitos. « Si on en prenait un, dit Joyce, histoire de s'amuser un peu. »

Ils n'avaient prévu de se retrouver que pour l'apéritif, afin que Joyce lui rapporte un album de photos emprunté à Linda quelques années plus tôt. Elle ne pouvait pas le lui rendre en personne, puisqu'elles ne se parlaient plus. Elles avaient abruptement mis fin à une conversation commencée à l'école primaire et poursuivie pendant les années les plus difficiles, importantes et décisives de leur vie. Elles n'étaient plus rien l'une pour l'autre, allaient jusqu'à s'interdire la simple évocation du nom de l'autre. Mais Joyce avait laissé l'album chez elle. Marshall et les enfants étaient partis pour le week-end.

« Merci d'être venu, Roger. C'est dur de ne plus vous voir. Linda me manque. Et toi aussi, tu me manques. »

Les mains de Roger dessinèrent dans l'air quelques traits vagues. « Oui, oui, mais je suis certain que tu comprends.

— Bien sûr que je comprends », répondit-elle tendrement.

En fait elle ne comprenait pas. Linda était sa meilleure amie. Et voilà que Marshall s'était débrouillé pour se saisir de cette amitié et la lui enlever.

« Alors ? Tu tiens le coup ? » demanda Roger une fois les verres posés devant eux.

Joyce savait qu'il allait lui poser cette question, exactement de cette manière, les yeux baissés vers la table. Pourtant, elle prit son temps pour lui répondre.

« Oui, ça va, dit-elle sombrement, puis elle haussa les épaules. Mais parle-moi d'autre chose. De choses agréables. »

Visiblement, Roger se sentit soulagé de ne pas avoir à aborder le problème de leur divorce. Il se mit à lui raconter ce qu'il avait vécu le 11 septembre. Il prononça cette date dans un murmure sinistre. Il se trouvait ce jour-là en Floride, pour affaires. Il était sous la douche de sa chambre d'hôtel, en train de se laver la tête, et avait laissé la télé allumée pour se sentir moins seul. Avec l'eau qui coulait, il n'entendait pas ce qui se disait, mais malgré les murs de la salle de bains, il avait perçu un changement dans le rythme ou le ton de l'émission et reconnu la voix de Tom Brokaw qui n'intervenait jamais à cette heure-là. Sans même prendre de serviette, il s'était précipité dans la chambre et n'avait plus bougé de devant la télé. Il était resté des heures à regarder défiler les images, tandis que ses cheveux séchaient n'importe comment, que la mousse de savon se figeait sur sa peau. Ensuite, après des jours de confusion générale, on l'avait empêché de prendre l'avion sur lequel il devait rentrer. Il raconta en détails comment il s'était battu pour dénicher un autre vol, les dizaines de coups de téléphone, les heures de mise en attente, ses appels désespérés à la direction de la compagnie à Atlanta, et conclut amèrement : « Chez Delta Air Lines, tout le monde gardait le silence.

— Mmm », dit Joyce.

Roger était un grand costaud aux sourcils touffus, aux lèvres pleines et épaisses. Les surnoms affectueux que Linda lui donnait avaient toujours eu un rapport quelconque avec les ursidés : Baloo, Winnie, Yogarama, etc. Il était l'intellectuel du groupe, le plus réfléchi, et pourtant, pensa Joyce, il se considère comme un personnage important – une victime – de la tragédie du 11 septembre. Et elle, est-ce qu'elle ne se prenait pas, elle aussi, pour une victime ? Elle avait, après tout, désespérément impuissante, vu de ses propres yeux les tours tomber. Elle aurait même dû être dans l'un de ces avions. Et alors ? Les Américains avaient tous l'impression d'avoir été personnellement visés par les terroristes, ce qui était une attitude patriotique, bien sûr, mais au-delà de la métaphore citoyenne, ne se trompaient-ils pas eux-mêmes en le croyant ? Il y avait une différence entre être tué et ne pas être tué. Est-ce que ces millions de gens croyaient vraiment avoir été intimement, profondément impliqués dans la destruction du World Trade Center ?

Elle l'étudia attentivement, gardant en tête l'image qu'il avait fait naître entre eux de l'instant où il était sorti de la douche. Il n'y avait mis aucun sous-entendu. Il était beaucoup trop grave et mal à l'aise pour ça. Quand elle l'avait appelé pour lui demander de boire un verre avec elle, il avait presque paru en avoir le cœur brisé. Ils avaient formé un quatuor inséparable, au sein duquel chacun était lié aux autres par une amitié sincère et profonde. Elle avait été touchée de son chagrin, si proche du sien. Et voilà qu'il s'était introduit dans l'histoire sous un autre aspect, dégoulinant d'eau, totalement nu.

Le restaurant se remplissait, et la cuisine déversait ses fumets de girofle. Joyce leva devant elle son verre aux rebords givrés, aspira à la paille une longue gorgée. Des théières de bronze et de cuivre cabossées étaient alignées sur une étagère d'un côté de la salle. De l'autre, des tapisseries pendaient au mur. Les clients s'appuyaient sur des coussins brodés. Ils parlaient doucement, juste sous le seuil d'audibilité. Les serveurs barbus étaient habillés de larges chemises blanches serrées à la taille par une ceinture qui recouvrait le haut de leurs pantalons de coton, et de gilets sans manches taillés dans une étoffe raide. Elle se demanda s'ils portaient des couteaux sous ces gilets, et s'ils comptaient s'en servir pour autre chose que découper la viande.

« C'est vraiment dur, pour les Yanks », dit-elle afin de détourner la conversation du 11 septembre, mais c'était impossible, tout les y ramenait, même le base-ball. Au début du mois, dans le septième match du championnat mondial, qui avait été repoussé à cause des événements, les Yankees avaient perdu contre la nouvelle équipe d'Arizona. Les jeux, dont on trouvait le compte rendu en toute dernière page des journaux, envahis par le terrorisme et la guerre, s'étaient, malgré les cérémonies de commémoration qui les précédaient, déroulés devant des tribunes vides. Après que le Président, vêtu du coupe-vent des sapeurs-pompiers de New York City, eut mis la première balle dehors – une frappe parfaite, rapportèrent les journalistes –, les joueurs se révélèrent aussi incapables de contrecarrer la tragédie que d'en porter le deuil. Les Yankees auraient dû triompher, faire la preuve de la vigueur et de l'esprit de résistance de la plus formidable ville du monde, ou bien être trop profondément démoralisés et déclarer forfait. Quoique peu d'entre eux fussent de vrais New-Yorkais. Roger regardait la table d'un air sévère. Il avait vidé son verre comme un médicament.

« Et Linda, est-ce que je lui manque ? » lâcha Joyce.

Et zut. Ce n'était pas du tout ce qu'elle avait eu l'intention de dire. Elle avait espéré réussir à tenir Linda en dehors de leur conversation. Elle se sentit rougir. Roger était déconcerté. Il allait donc falloir qu'ils parlent de leur brouille.

« Oui, bien sûr », répondit-il en fronçant les sourcils. D'une manière générale, Roger préférait toujours se montrer précis et éviter les phrases automatiques. Après un instant de réflexion, il reprit : « C'est complexe. Bien sûr, qu'elle pense à toi. Votre amitié lui manque. Mais elle sait que les choses ne peuvent plus être ce qu'elles ont été. »

Et pourquoi ? aurait voulu demander Joyce. Qu'est-ce que Marshall avait à voir avec Linda et elle ? Comment Roger et Linda pouvaient-ils faire preuve d'une telle faiblesse ? Elle avait envie de le gifler. Ils avaient toujours manqué de caractère. Des éléments de leur vie passée lui revenaient à l'esprit. Linda était restée des années avec son petit ami de la fac, une vraie brute à qui elle n'avait jamais été capable de résister. Roger se plaignait perpétuellement d'être empêtré dans une histoire de copropriété avec sa mère et sa sœur – un problème aux solutions évidentes, qui ne demandait qu'un peu de détermination. On aurait pu attribuer la façon dont ils fuyaient les conflits à leur générosité et à leur bienveillance, qualités définissant ce qui semblait être un couple paisible, au bonheur ronronnant, mais Roger et Linda avaient surtout besoin d'être aimés. Roger cachait son désespoir sous une affabilité qui contrastait agréablement avec sa stature et sa corpulence. Quant à Linda, elle avait choisi, pour se défendre, de jouer l'évaporée, et l'était devenue. Elle avait été idiote de laisser Marshall se glisser entre elles. Mais la colère de Joyce était retombée depuis longtemps, elle dut se forcer à s'en souvenir. Et ce n'était pas pour l'amitié de Linda qu'elle avait demandé à Roger de le voir. *L'ami de mon ennemi...*

« Et toi, tu penses à moi ? demanda-t-elle plutôt.

— Bien sûr. Évidemment. Tout cela nous brise le cœur, à Linda et à moi. Nous ne voulions pas prendre parti, notre amitié signifiait tant... »

Joyce tendit le bras au-dessus de la table et lui prit la main. C'était une chose qu'elle n'aurait jamais faite auparavant, quand ils étaient encore amis et qu'elle n'avait pas d'ennemis. Elle ne l'aurait jamais touché comme ça, bien qu'il y ait eu alors quelque chose de chaleureux dans leurs attitudes réciproques. Avant que les enfants arrivent dans leur vie, ils avaient les uns pour les autres une présence physique légère, dont toute gêne et tout sous-entendu étaient absents. Maintenant, chacun de leurs gestes et chacune de leurs paroles étaient chargés de sens. Les serveurs avaient probablement remarqué la manière dont Joyce se tenait. Elle crut en voir un faire signe à un autre, qui peut-être fit signe à un troisième. Tout se savait. À la table d'à côté, une assiette de brochettes brûlantes arriva devant un autre couple, transportée très haut, à bout de bras, comme un butin de guerre.

Quoique surpris du geste de Joyce, Roger n'enleva pas sa main. Elle la serra plus fort. Elle prit conscience que quelqu'un avait mis une cassette ou un CD – on entendait, venant de l'arrière du restaurant, un luth accompagné d'une percussion qui résonnait comme les sabots d'un cheval au galop. Une voix d'homme s'éleva, nasale, tendue, peut-être quémandeuse, sa mélodie ponctuée de fréquents coups de glotte. Le chanteur s'arrêta, le luth l'invita à continuer, suivi d'un instrument à cordes dont le son s'enroulait sur lui-même en une spirale étroite. Des battements de mains effrénés et des tintements de clochettes vinrent soutenir le rythme fou du tambourin.

« Non, je te parle de toi, toi seul, Roger. Est-ce que tu penses à moi ? »

Il rougissait, souriait timidement. Une pression de doigts bien dosée pouvait changer le monde.

« Tu me manques, dit-elle. Notre amitié était, est importante pour moi. Et tu sais, j'ai toujours pensé qu'il y avait plus que ça entre nous. Je veux dire que nous nous sommes toujours considérés comme d'excellents amis, mais qu'un jeu de séduction s'est aussi instauré dès le début. C'est vrai, non ? » Elle lui sourit chaleureusement, tenta le tout pour le tout. « C'était assez chaud, entre nous. » Le sourire de Roger ne confirma pas cette assertion. Les coins de ses lèvres s'abaissaient. Le tour que prenait la conversation l'angoissait. « C'était évident, clair comme de l'eau de roche. Quelquefois j'ai pensé que... non, je ne sais pas ce que je pensais. Tu te souviens du soir où nous avons pris un taxi ensemble en rentrant d'une fête... ? » Il s'en souvint et cela lui fit un coup. Elle le vit dans ses yeux. Ce jour-là Marshall était en déplacement et Linda avait un dîner. Joyce et Roger ne s'étaient pas quittés de la soirée, alors qu'ils se voyaient tout le temps. Ils avaient partagé un taxi pour rentrer à Brooklyn. Joyce continua doucement : « Nous avions un peu bu, j'imagine. Il faisait froid, le taxi n'avait pas d'amortisseurs, nous tombions l'un sur l'autre en riant. J'ai pensé que tu allais m'embrasser. Je crois que j'aurais aimé que tu le fasses. Je ne savais pas très bien ce que je voulais. Il aurait suffi que je te regarde, que je dise quelque chose ou que j'arrête de rire... » Il pinça les lèvres, incapable de la contredire. « Apparemment, il n'aurait pas fallu grand-chose. Enfin... c'est le problème, avec moi, je ne sais pas prendre de risques, et voilà où j'en suis... »

Elle s'interrompit. Elle n'était pas certaine du processus par lequel sa peur du risque avait provoqué l'échec de son mariage, mais cela semblait plausible. Si, par exemple, elle avait osé affronter Marshall quand il en était encore temps... Non, cela n'aurait pas marché. Elle avait laissé sa main sur celle de Roger, froide et humide d'avoir tenu son verre. Elle la fit glisser légèrement, sans resserrer les doigts. Presque une caresse.

« Désolé, il faut que j'y aille », dit-il, mais sans retirer sa main. Il aurait pu le faire quand il voulait.

« Excuse-moi, dit-elle en enlevant la sienne. Je ne voulais pas te mettre dans une situation gênante.

— Non, tout va bien. Ce qui est arrivé est arrivé et ce qui n'est pas arrivé... » Il sembla perdu dans les dédales de sa tautologie. Il l'avait effectivement, sur la banquette arrière du taxi, prise dans ses bras, prétendant que ce n'était que pour la réchauffer.

« Oh ! merde, dit-elle.

— Quoi ?

— J'ai oublié l'album ! »

Roger haussa les épaules. « Aucune importance. Linda le récupérera une autre fois.

— Je m'en veux.

— Poste-le », dit-il, ce qui était une idée ridicule. La poste venait à peine de se remettre en marche et personne ne postait quoi que ce soit. « Envoie-le par coursier.

— Il y a des photos de l'école primaire ! »

Rien n'aurait pu autant jouer en la faveur de Joyce que l'évidence de sa tactique. Roger la raccompagnerait chez elle parce qu'il le voulait. De tels mensonges cousus de fil blanc étaient continuellement prononcés, dans les bazars et les bureaux de comptes, dans les agences matrimoniales et à la chambre des représentants, à ceux qui avaient besoin d'être trompés pour se procurer ce dont ils avaient envie en toute bonne conscience.

Éviter que l'instant s'enfuie, alors qu'ils longeaient les deux blocs d'immeubles qui les séparaient de chez elle, après qu'il eut payé la note et qu'ils se retrouvèrent dans l'air frais et dégrisant de la nuit, ne fut cependant pas chose facile. Joyce prit soin de ne pas trop se serrer contre lui. Elle devait agir avec prudence. Continuer à lui faire sentir combien ils étaient proches l'un de l'autre sans se montrer exagérément provocante. Ils marchaient vite, parlant à peine. Elle continuait d'entendre le luth, découvrait maintenant de la tristesse dans la voix du chanteur. La plainte du violon lui donnait forme : un arc de chasseur frotté contre un fil métallique. Elle crut presque à nouveau perdre Roger quand elle fouilla dans son sac pour retrouver ses clés. Il allait se rappeler toutes les fois où il avait été là avec Linda et Marshall. Puis il y eut l'attente interminable de l'ascenseur, une minute entière, assez longtemps pour qu'il change d'avis. Tandis qu'ils s'élevaient vers son appartement, elle fit taire ses craintes, sourit, lança un regard aguicheur. Roger sourit aussi, mais gêné, et inquiet.

Elle fut ensuite certaine de le perdre lorsqu'elle ouvrit la porte. Les odeurs rances de la vie familiale les assaillirent, remplaçant les senteurs qui les avaient accompagnés depuis le restaurant, girofle, cardamome, gingembre, safran, poivre, cucurma, fenugrec et anis. Elle avait mis de l'ordre dans la matinée, ramassé les jouets, essuyé les meubles et balayé le salon. Rangé l'assiette et le bol de Snuffles. Défait ses draps du canapé et les avait enfournés dans un placard – mais elle s'aperçut qu'elle avait oublié d'enlever son radio-réveil de la table basse où il n'avait rien à faire normalement et révélait ce que sa vie était devenue. Une fuite d'eau qui remontait à un orage du printemps précédent avait gravement endommagé le tour d'une fenêtre sans que personne ne veuille rien y faire tant que les conditions de la séparation ne seraient pas définies. La porte de la chambre de Marshall était fermée, comme toujours. Elle vit l'appartement à travers les yeux de Roger : un foyer brisé.

« Voilà, dit-il en s'arrêtant sur le seuil.

— Rentre, je vais chercher l'album. »

Il resta dans le couloir.

« Ne t'inquiète pas, dit-elle en lui prenant la main. Ils ne reviennent pas avant lundi, je te le promets. Enlève ton manteau. Si on buvait quelque chose ? Il n'y avait pratiquement que de la limonade et du sucre dans ces mojitos. Les musulmans sont incapables de préparer un cocktail correct. Tu veux un whisky ? »

Elle les servit sans attendre. Elle avait besoin d'alcool, autant que d'oxygène. Ses mains tremblaient. Elle n'avait jamais, dans aucune bataille, fait montre d'une telle audace et d'une telle traîtrise. Elle n'avait jamais trompé Marshall à qui elle était, selon la loi, toujours mariée. Debout à l'entrée de la cuisine, Roger transpirait dans son manteau qu'il n'avait ouvert qu'à moitié.

« À ta santé ! », dit-elle en lui tendant un verre.

Il promena son regard autour de lui, enregistra les traces de la catastrophe conjugale : un porte-CD à moitié vide, un samovar qui ne marchait pas et que Marshall avait expulsé du placard quand il avait pris le contrôle de la chambre à coucher. Peut-être cherchait-il aussi à s'assurer que Marshall ne se cachait pas derrière le canapé ou la télé. Joyce elle-même en avait fait autant quelques secondes plus tôt. Ensuite, il se tourna vers elle.

« *Khodai de mal sha*, répondit-il.

— Qu'est-ce que c'est ?

— Une expression pashtoun. Tu sais, cette ethnie afghane. Ça veut dire “Que Dieu t'accompagne”.

— Où l'as-tu apprise ? »

Il dit : « Je ne sais pas. Je l'ai probablement entendue aux infos. » Son sourire était plein de mystère, exactement comme s'il avait très bien su où il l'avait apprise.

« *Khodai de mal sha* », reprit-elle après lui. Elle aimait prononcer cette phrase, laisser glisser le long de ses lèvres les étranges syllabes vaporeuses. À cet instant sa bouche était pashtoune, capable de mensonges pashtouns, de courage pashtoun, d'amour pashtoun, de désir pashtoun. « *Khodai de mal sha* », répéta-t-elle encore.

Ils se précipitèrent sur leurs verres, en engloutirent tous les deux la moitié d'un seul trait. Elle suivit l'alcool qui descendait en elle, attendit un peu, puis sentit la familière et légère explosion de chaleur, se laissa envahir par cette sensation. Elle le regarda, espérant que ça lui faisait le même effet.

Elle n'allait pas laisser quoi que ce soit mal tourner. Elle leva la tête pour l'embrasser. Les lèvres de Roger, chaudes et aussi douces qu'elle l'avait pensé, lui répondirent avec une insistance solennelle. Il n'attendait que ça.

Joyce lui enleva son manteau. Sa chemise Oxford bleue était trempée, et ce n'était pas que la chaleur qui le faisait transpirer. Il lui toucha les seins avec douceur, mais sans la moindre hésitation. *Roger me touche les seins!* se dit-elle, stupéfaite, et une autre voix intérieure lui répondit *L'ami de mon ennemi est mon ennemi*. Elle l'embrassa plus fort. Tout arrivait très vite. Il ne voulait pas, lui non plus, laisser passer l'instant. Elle glissa ses pieds hors de ses chaussures et faillit trébucher dessus en voulant se serrer contre lui. Il la rattrapa. Le whisky valsa dans les verres mais ne se répandit pas. Ils en reprirent une gorgée.

Il essayait de s'approcher du canapé, mais elle résista. Ce n'était pas sur le canapé qu'ils devaient aller. Elle résista et l'attira vers la porte de la chambre de Marshall. Laissa retomber son bras gauche, caressa au passage la hanche de Roger, posa la main sur la poignée.

Il s'arrêta, figé, comme s'il venait d'apercevoir la mire d'un fusil pointée sur lui. Il savait que c'était la chambre de Marshall. Tout en ayant elle aussi conscience du caractère transgressif de son acte, Joyce ouvrit grande la porte sans se retourner pour y jeter un regard. Roger scruta la pénombre derrière l'épaule de Joyce, effrayé. Il n'avait probablement lui non plus jamais fait une chose pareille – et Marshall, jusqu'à quelques secondes plus tôt, était son meilleur ami. Elle glissa la main sur le devant de son pantalon et se rendit compte que non, l'instant ne s'était pas enfui. L'entraîna dans la chambre.

Une fois leurs verres vidés, leurs vêtements tombèrent. Comme elle le savait déjà, il était doté d'une pilosité extravagante qui recouvrait sa poitrine, son ventre, ses fesses, ses jambes... Sa masse nue et transpirante confinait au grotesque. Elle n'éprouvait pas de répulsion, elle avait fait ça parce qu'elle désirait se plonger dans le grotesque. Elle sentait les mains et les lèvres de Roger sur son corps, mais elle avait l'impression que cette expérience amoureuse, si c'était de cela dont il s'agissait, arrivait à une autre. La Joyce qui observait était encore une épouse heureuse, mère de deux petits enfants. Pourtant elle approuvait ce qui se passait avec un sourire sardonique. Il était replié au-dessus d'elle, sa bouche sur son sein droit, titillant son téton. Si seulement Linda pouvait les voir, si seulement Marshall... Mais ce n'était pas nécessaire, la violation se suffisait à elle-même, la traîtrise était en elle-même sa récompense, sans besoin d'être portée à la connaissance des autres. Joyce, elle, savait, et cette conscience était un venin injectable d'un geste ou d'un murmure, une teinture mélangée à l'eau de rose.

Elle se tenait au bord du lit de Marshall. La distance qui la séparait de ces événements disparut quand Roger mis ses mains sur ses épaules, l'allongea sur le lit et grimpa sur elle en l'embrassant dans le creux du cou. Puis elle le vit se glisser en elle. Son pénis ! Le pénis du mari de Linda ! En elle ! Elle était ébahie de la facilité avec laquelle ça s'était fait. Le séduire n'avait demandé aucun effort. Comme si... C'était maintenant vraiment à elle que cela arrivait, les mains et la bouche de Roger sur ses seins, son bas-ventre allant et venant contre le sien, creusant le lit, réveillant l'immense énergie stockée tout au fond d'elle. Les poils de Roger, son corps massif, sa sueur et son odeur masculine avaient quelque chose de primitif, d'effrayant. Elle fut soudain envahie d'une vague de désir : chacune de ses terminaisons nerveuses semblait être en contact avec le pénis de Roger. Elle *était* le pénis de Roger. *Le pénis de l'ami de mon ennemi...* Joyce avait toujours pensé que Roger ne l'attirait pas beaucoup – il n'y avait absolument jamais eu entre eux ce jeu de séduction qu'elle avait évoqué plus tôt dans la soirée –, mais soudain elle eut envie de lui. Elle suivit son mouvement, allongée sur le couvre-lit beige que Marshall venait d'acheter, et se rappela le plaisir facile qu'elle avait autrefois ressenti dans l'acte sexuel.

Quand ce fut fini, des vagues de sensations la traversèrent encore, tandis que Roger roulait sur le côté, retombait lourdement sur le couvre-lit. Il était de nouveau trempé de sueur. « Eh bien... », dit-il, et elle se sentit emportée par la courbe obscure, lente, délicieuse du sommeil. Puis elle se souvint qu'elle devait creuser les reins, répandre la semence. Le nouveau dessus-de-lit était éminemment salissant. Elle se demanda si elle était enceinte. Ce serait un désastre. Un désastre presque parfait.

Elle n'était pas entrée dans cette chambre depuis qu'elle dormait sur le canapé du salon. De là où elle était allongée, à plat dos, les seins nus et le souffle encore rapide, la pièce semblait ne jamais avoir été dépoussiérée depuis, bien que Marshall l'eût équipée d'une nouvelle télévision et d'un radio-réveil lecteur de CD, bien mieux que ce qu'elle avait. Il y avait une photo des enfants sur la commode, prise lorsque Vic n'avait pas plus d'un an, instant de bonheur figé à l'intérieur de l'encadrement comme dans du gemme. Elle aperçut le nouveau téléphone sur la table de nuit derrière les ouvrages de psychologie et d'histoire du Moyen-Orient : *Stratégies gagnantes en cas de divorce*, *La Rupture ottomane*, *Code de la famille pour les nuls*, *Séparation et exil*, *Comment garder la maison, l'argent, les enfants et son pays*, *Le Grand Jeu*, *Nique ton ex* ! Le téléphone profilé à diode électroluminescente semblait inutilement high-tech et avait un drôle de truc sur le côté. Mais qu'est-ce que c'était que ça ?

« Nous en avions envie, dit-elle en revenant à Roger. Nous en avions tous les deux envie. » Sa voix était étouffée, légèrement enrouée. Elle en aima le son. Elle se trouvait à cet instant fantastiquement sexy.

Il dit : « Elle l'aura voulu cette conne ! »

Joyce aurait aimé pouvoir fumer une cigarette. La chose avait été accomplie : le mariage de Linda était maintenant sali aussi sûrement que le couvre-lit de Marshall. Elle poussa une fois de plus son bas-ventre en avant, laissant couler quelques gouttes de plus. Mais attends une seconde, qu'est-ce qu'il a voulu dire par « Elle l'aura voulu ! » ? De qui parlait-il ? De Linda ? Pourquoi ? Comment ? Embourbée dans son divorce, Joyce ne s'était pas posé de questions sur ce qui se passait entre Linda et Roger. Quelles circonstances exactes l'avaient poussé à faire ce qu'il venait de faire ? Elle ne le savait pas. Elle n'en savait foutrement rien. Elle n'avait pas parlé à Linda depuis un an et n'avait aucune idée de ce qui se passait dans sa vie. Qui était sa nouvelle meilleure amie ? Qu'avait-elle fait à Roger ? Comment pouvait-il la traiter de conne ? berk, berk, berk... Joyce sentit la perte de leur amitié résonner encore une fois en elle.

« Tu peux me donner ça ?

— Quoi ? »

Il glissa ses doigts gras le long de sa jambe jusqu'à son bracelet de cheville. Tira dessus doucement. Elle avait complètement oublié qu'elle le portait.

« Pourquoi ?

— Oh ! juste comme ça. Pour avoir un souvenir. »

Un trophée, oui. Linda allait le trouver au fond d'une commode. Elle se souviendrait qu'il appartenait à Joyce. Elle découvrirait que Roger avait trouvé une nouvelle façon de la déshonorer. Joyce attrapa le bracelet, l'ouvrit et le lui tendit. Couchée là, les yeux fixés au plafond, elle sut qu'elle n'avait pas du tout séduit Roger. Il avait ses raisons de faire l'amour avec elle, des raisons liées à Linda. Elle s'était servie de lui pour combattre Marshall, mais chacun avait sa tragédie secrète, ses rationalisations personnelles, son idée du conflit, ses besoins imparfaitement compris. Toute relation humaine était conspiration. Roger, lui aussi, travaillait dans l'ombre, pour sa survie, contre ses ennemis et les amis de ses ennemis... La chaleur qui l'avait envahie disparut et son corps se tendit. Elle se demanda où Marshall rangeait ses cigarettes.

Décembre

Un autre restaurant, le samedi soir de la semaine suivante. Marshall vint en reconnaissance avant l'heure du rendez-vous. Petite salle, lumière tamisée, murs nus et nappes de lin écru, clients nombreux, surtout en couples, il ne restait que six places réservées pour l'enterrement de vie de garçon de Neal – quelle assemblée minable pour quelqu'un qui a la réputation de toujours se montrer si amical et gai, pensa Marshall, ravi. Quand Neal entra, il fit signe à Marshall et se laissa conduire vers lui par l'hôtesse, le visage radieux à l'idée de la soirée qui les attendait. Malgré cette horde d'étrangers autour d'eux, ils se serrèrent dans les bras l'un de l'autre. Marshall se dit une fois de plus qu'il connaissait vraiment peu Neal, et qu'il était vraiment pathétique d'être considéré comme son cinquième meilleur ami. Neal était venu avec son frère Joel, qui se débrouilla pour s'asseoir entre eux.

Les autres arrivèrent peu après et tous ensemble, des garçons de vingt et quelques années. Marshall en avait déjà rencontré un, Howie, qui semblait être le meilleur ami de Neal, quoique, soupçonna Marshall méchamment, l'inverse ne fût probablement pas vrai. Il y avait un Steve et un Alan, ou un Albert. Plongé dans ses pensées peu charitables, Marshall n'entendit pas son nom. Apparemment, Alan-Albert travaillait avec Neal. C'étaient tous de grands costauds en pantalons de toile et blazer, beaucoup trop grands pour le restaurant, et ils eurent du mal à passer entre les tables. Neal, Joel et Marshall se levèrent pour leur serrer la main puis ils restèrent debout un moment, incapables de décider qui allait s'asseoir où. Un serveur vint vite les installer.

Steve se retourna et tendit le cou. « Où sont les putes ? Qu'est-ce que c'est que cet enterrement de vie de garçon sans putains ? »

Les garçons rirent bêtement, et ils eurent l'impression que la glace était brisée. Ils firent semblant de vouloir aller chercher des filles dans une boîte de strip-tease ou un bar. Quelques murmures flatteurs fusèrent au passage de l'hôtesse en pull rouge et pantalon moulant qui glissait avec souplesse d'une table à l'autre, perchée sur des talons aiguilles. « Charmante », dit Howie. Mais Marshall détecta un malaise sous-jacent, celui que provoque l'obligation de s'amuser parce qu'on est là pour ça. Ces garçons n'avaient pas l'habitude de faire des plaisanteries grivoises. « Rouge veut dire vas-y, déclara Steve. C'est ta dernière chance, Neal. » Personne ne réagit, comme s'il venait d'en dire trop sur ses préférences sexuelles. En fait, Marshall lui-même avait imaginé louer les services d'une call-girl et fait des recherches dans les pages jaunes. Il avait passé des coups de fil et découvert qu'enterrement de vie de garçon et déniaisement étaient des spécialités appréciées, mais lorsqu'il avait commencé à expliquer ce qu'il voulait exactement, il s'était aperçu que cela lui coûterait plusieurs centaines de dollars, et même peut-être plus. Pour que la fille fasse vraiment l'amour, il fallait payer une fortune, et presque autant pour qu'elle accepte de rembarrer un éventuel client. Il avait préféré renoncer.

Joel prit une attitude étudiée pour commander le vin, et quand on le leur apporta, il le fit tourner dans son verre, puis le huma longuement. Il but une gorgée, lança un regard vide vers la salle. Enfin, il hocha la tête. Quand le serveur se fut éloigné, Howie leva les yeux au ciel en disant : « Un Juif qui se prend pour un connaisseur ! Que Dieu nous aide !

— Les Juifs sont de bons connaisseurs, répliqua Joel. Tout est dans *le nez.* »

Ils éclatèrent de rire, sauf Marshall, conscient de ne pas être autorisé à rire des nez juifs. De toute façon, cela ne le tentait pas tellement, car les Juifs n'avaient pas, après tout, le monopole des grands nez – leur opulente hôtesse italienne, par exemple, avait un blair en forme de proue, merveilleusement sensuel, qu'il aurait adoré embrasser, caresser –, et il n'avait jamais compris l'autodérision. Les Juifs pensaient que le fait d'être juif était drôle en soi. Cela le déconcertait. Il ne voyait pas en quoi être juif était plus comique qu'être, disons, norvégien. Mais faire part de cette perplexité à un Juif aurait offensé ce dernier. Ces types étaient tous juifs. Il regarda attentivement Joel, le frère de Neal, qui avait, il fallait l'avouer, un nez plutôt important, ainsi qu'une barbe noire fraîchement taillée qui, maintenant que Marshall y pensait, aurait pu être qualifiée de rabbinique. Ses yeux brun-noisette luisaient, agressivement intelligents, même lorsqu'il faisait une mauvaise plaisanterie. Il ne ressemblait pas beaucoup à son frère, plus blond, et plus cool.

Ils parlèrent travail, puis guerre d'Afghanistan. Marshall jouait les timides. Soulagés d'en avoir fini avec la conversation égrillarde de rigueur, ils débattaient des mérites d'une invasion terrestre et des différents endroits où pouvait se cacher Oussama Ben Laden. Neal raconta avec brio l'histoire de Ben Laden et de Saddam Hussein qui entrent dans un bar, et... Marshall rit à peine, puis replongea dans le silence. Il étudiait le menu, attendant son heure. À un moment, il se rendit compte que son attitude mettait les autres mal à l'aise, effet inattendu mais intéressant. Il prolongea son silence et fixa la table d'un air maussade. Steve, qui voulait être le boute-en-train de la soirée, lui demanda comment il connaissait Neal.

« Ma femme est la sœur de Flora. »

Il prononça ces mots avec légèreté, pourtant une ombre passa sur le visage de Neal. Il s'était évidemment convaincu que leur amitié n'avait rien à voir avec les deux sœurs. La réponse de Marshall lui rappela les reproches auxquels il s'était exposé en invitant à cette soirée son futur ex-beau-frère.

Steve insista innocemment : « Depuis combien de temps êtes-vous mariés ?

— Sept ans.

— Génial !

— En fait, nous sommes en train de divorcer. Un divorce litigieux... »

Marshall sourit. Et Steve sourit avec lui, comme à l'annonce d'une bonne nouvelle. Aucun de ces garçons n'était marié, ils ne savaient donc rien des femmes. Ne comprenaient probablement rien au divorce. Pour eux, divorcer signifiait sans doute se retrouver célibataire, comme si mourir signifiait ne pas être né. Mais le mot « divorce » avait agi sur Neal comme un électrochoc. Il imaginait déjà le sien, se demandait s'il serait aussi horrible que celui de Marshall et Joyce. Marshall devina que leur divorce jetait une ombre sur les préparatifs de mariage à Canaan. Parfait.

L'instant passa, les garçons attaquèrent le repas, et ils recouvrèrent leur bonne humeur. Deux autres bouteilles de vin furent commandées. Marshall se demandait comment en revenir à son divorce, mais la conversation s'en était trop éloignée. Joel, qui était microbiologiste à Stanford, racontait comment il avait presque raté les événements du 11 septembre. Il s'était réveillé en retard et, une fois dans sa voiture, avait mis un CD. Il avait remarqué sur l'autoroute que presque tous les autres conducteurs étaient au téléphone. Dans le campus, les étudiants, tous, eux aussi, pendus au téléphone, formaient des petits groupes immobiles. Il ne semblait y avoir personne en cours. En bon scientifique, il avait tiré de ces constatations empiriques la seule conclusion possible : les portables avaient envahi le monde. Il était resté dans son laboratoire plus d'une heure avant qu'un étudiant new-yorkais passe par là, presque en larmes. « Je fus le dernier Américain à savoir que nous avions été attaqués. » Il marqua une pause, les yeux brillants : « En dehors du FBI, bien sûr. »

Les garçons hennirent de rire, tous, à l'exception de Marshall.

Neal le remarqua. Il expliqua : « Marshall travaillait au World Trade Center. »

Ils eurent l'air consternés. « Désolé », s'excusa Joel immédiatement.

Marshall se mit à rire et repoussa l'excuse d'un geste : « Ne t'inquiète pas, tout va bien, je ne suis pas traumatisé.

— Il n'était pas encore arrivé au bureau, intervint Neal, se souvenant de ce qu'il lui avait dit au téléphone. Tu avais été retardé, non ? »

Marshall tressaillit et eut un petit sourire gêné. « En fait, j'étais dans l'ascenseur quand le second avion a percuté la tour, anéantissant nos bureaux. Je n'ai pas entendu le premier avion. L'ascenseur s'est arrêté, puis ses portes se sont ouvertes au quarante-quatrième étage. Nous sommes repartis par la cage d'escalier. C'était le chaos, fumée et poussière, hommes et femmes ensanglantés, pleurant. J'ai vu des pompiers entrer. J'ai vu des cadavres sur la plazza, des gens tomber... Oui, c'était vraiment horrible », conclut-il.

À ces paroles, prononcées de façon factuelle, les garçons s'étaient arrêtés de manger, immobilisés, fourchette en l'air. « Ouaou », dit enfin Alan-Albert. « Bon Dieu ! » souffla Howie. Neal rayonnait, conscient de ce que son enterrement de vie de garçon avait soudain été entraîné au cœur des événements mondiaux.

Joel demanda : « Seigneur, à quoi as-tu pensé ? »

Marshall gloussa. « Surtout à me sortir de là.

— Tu savais ce que c'était ?

— Un avion ? Non », répondit Marshall. À quoi avait-il vraiment pensé ? Les souvenirs qu'il gardait de cette matinée ressemblaient au sous-sol dans lequel il s'était retrouvé : obscurs, enfumés, terrifiants. Il se rappelait s'être fait un ami sur la plazza et puis l'avoir perdu. C'était aussi ce matin-là qu'il s'était rendu compte que Miss Naomi était une jolie fille. « Nous avons probablement tous pensé à une bombe, ou quelque chose de ce genre. Je ne travaillais pas là en 1993 quand ils ont fait sauter le parking et tué six personnes. Mais nous y pensions tous. Cela faisait partie de l'histoire des tours.

— Tu n'as pas envisagé l'accident, tu savais que c'était un acte terroriste, dit Joel.

— Exactement », lui répondit Marshall. Il nota la satisfaction qui se lisait sur le visage de Joel. Le frère de Neal avait une idée en tête. « Bien sûr que c'étaient des terroristes. Personne n'a pensé que ce pouvait être autre chose », ajouta-t-il. Les autres secouèrent la tête gravement, comme s'il avait prononcé une vérité première. Il lança : « Il suffit de regarder où en est le monde. Je savais que le terrorisme du Moyen-Orient viendrait jusque chez nous. »

Joel murmura : « Oui, c'est bien ce qui s'est passé. »

Marshall poussa le bouchon : « J'avais l'impression d'être au Moyen-Orient. Je cherchais une sortie, je cherchais la lumière, j'essayais de ne pas être écrasé par les décombres qui nous tombaient dessus, et ces pensées me traversaient l'esprit. Qu'est-ce que je fais dans cette putain de guerre ? Voilà ce que je me demandais. » Marshall regarda autour de lui : cinq Juifs. Leurs pâtes refroidissaient dans l'indifférence générale. Ils partageaient sa colère et sa peine, comme s'ils avaient été avec lui dans le World Trade Center, comme s'ils avaient eux aussi perdu un ami sur la plazza. « J'aurais voulu comprendre pourquoi on en arrivait là.

— Oui, pourquoi ? reprit Joel d'un ton amer. Qu'est-ce qui ne va pas chez ces gens ? Pourquoi...

— J'étais simplement furieux, continua Marshall, furieux contre tout ce qui nous avait entraîné dans cette guerre contre le monde arabe : l'irrationalité des fondamentalistes musulmans, l'appât du pétrole, les fanatiques de Brooklyn, la pauvreté du tiers-monde – la liste peut continuer interminablement et pendant ce temps des corps tombent sur la plazza. Voilà à quoi je pensais. »

Howie soupira et commença à couper son steak. Steve et Neal semblaient attristés. À la table d'à côté, un couple d'âge moyen avait écouté les dernières phrases de leur échange et interrompu leur propre conversation.

Joel eut un sourire teinté de douce incompréhension. Mais Marshall savait qu'il l'avait bien compris. Joel dit : « Brooklyn ? Que veux-tu dire par là ? »

Marshall hocha la tête, conciliant : « Eh bien, ils ne sont peut-être pas tous de Brooklyn, mais beaucoup de colons installés dans les territoires occupés sont des Juifs américains. Ils ne vont en Israël que pour construire ces colonies – tout en sachant que selon les accords internationaux ils n'ont pas le droit de le faire, que ces colonies constituent de véritables obstacles à la paix, qu'elles compliquent terriblement nos relations avec les autres pays du Moyen-Orient.

— Je crois que si tu les connaissais, dit Joel d'une voix douce, tu saurais qu'ils ne sont pas tous des fanatiques. Mais au contraire, pour la plupart, des gens instruits, et qui s'installent souvent à Jérusalem pour des raisons professionnelles. Beaucoup d'entre eux ne sont même pas croyants. Tout ce qu'ils veulent, c'est une vie meilleure pour eux et leurs familles, en tant que Juifs en paix avec le monde.

— En terre arabe », déclara Marshall, et il vit dans les yeux de Joel un éclair de colère vite éteint. Les autres semblaient mal à l'aise. Marshall mit un peu de chaleur dans sa voix. « Ils font vivre leurs enfants dans ces horribles postes avancés où des gens veulent les tuer. Ils prennent la terre de force, ils prennent l'eau, et ils se réclament de la Bible. Moi, j'appelle ça du fanatisme. Et quelque part, les États-Unis ont fait de leur politique étrangère l'otage de ces quelques milliers de têtes de nœud. »

Joel eut un sourire amical. Laissa échapper un rire bref. « Tu pourrais peut-être être mieux informé, mais ton discours reflète les partis pris des médias américains. Premièrement, quand on analyse les déclarations qu'a faites Ben Laden avant le 11 septembre, rien ne prouve qu'il se soit jamais soucié des Palestiniens. C'est contre la présence américaine en Arabie saoudite qu'il s'élevait.

— C'est cela, oui... » Marshall laissa son sarcasme se figer dans les vapeurs aillées au-dessus de la table. « Les territoires occupés n'ont rien à voir avec la colère des Arabes contre l'Amérique...

— Deuxièmement, reprit Joel d'un ton plus ferme, et en fixant Marshall droit dans les yeux, venons-en au prétendu concept de terre arabe. De quoi s'agit-il ? Les Juifs ont vécu en Cisjordanie depuis des millénaires. C'était le centre de notre civilisation, c'est là que sont enterrés nos patriarches. Cela a toujours fait partie de la Palestine, sous l'Empire ottoman comme sous le mandat britannique, deux territoires juifs, Judée et Samarie. Maintenant les colons font fructifier la terre, ils l'irriguent et la travaillent, et ils procurent du travail à tout le monde. Un nettoyage ethnique de la région, voilà ce que les Arabes veulent – alors qu'un million des leurs continuent d'avoir la citoyenneté israélienne et vivent plus libres en Israël que dans n'importe quel autre pays du Moyen-Orient, qu'ils y reçoivent une meilleure instruction et de meilleurs salaires ! »

Neal s'interposa, souriant, plein de bonne volonté. « Hé, les gars, calmez-vous. Qu'est-ce que vous êtes en train de faire ? Un duel télévisé ? Je vous invite à mon enterrement de vie de garçon et vous me faites un duel télévisé ? » Les trois autres gloussèrent.

« Allons, reprit Marshall en élevant la voix de façon à être entendu des autres tables. Quelque chose comme trois millions de Palestiniens vivent en Cisjordanie et à Gaza. Tu crois vraiment que vous pourrez les maîtriser longtemps ? Mais quand les Arabes voient des soldats israéliens tuer des civils palestiniens – des *enfants* palestiniens – pour protéger les colons, ce sont les États-Unis qu'ils rendent responsables. Voilà pourquoi le World Trade Center a été attaqué !

Joel frotta ses poings serrés contre la table. « Ce n'est pas la peine de nous faire porter le chapeau. Les Arabes sont furieux contre Israël et l'Amérique parce que leurs gouvernements répressifs et corrompus ne les autorisent pas à se rebeller contre autre chose. Cette colère est injuste. Y répondre serait faire preuve de lâcheté. »

Marshall haussa les épaules, comme si la discussion n'avait aucune importance pour lui, et comme si Joel avait été le premier à s'énerver. « Peut-être, mais ce que je dis est ce que croit le monde entier, ou quasiment. C'est ce que croient presque tous les Américains. Les Israéliens ont un pays, pourquoi ne peuvent-ils pas laisser les Palestiniens tranquilles ?

— Quels Palestiniens ? Tu ne t'es jamais demandé pourquoi personne dans le monde n'a levé le petit doigt pour défendre les Palestiniens quand la Cisjordanie était occupée par la Jordanie et Gaza par l'Égypte ? Crois-moi, personne n'a jamais pensé à la Palestine comme à une nation avant la guerre des Six-Jours – une guerre défensive, qu'Israël a menée pour assurer sa survie. Ceux qu'on appelle les Palestiniens ne sont qu'un outil dont les Arabes se servent pour accomplir leur but ultime, la destruction totale d'Israël. Tous ceux qui en connaissent un minimum sur l'histoire d'Israël le savent. »

Marshall figea sur son visage un masque de dégoût.

« Et pourquoi devrais-je connaître l'histoire d'Israël ? Je suis un Américain. Nous avons fait la guerre en Somalie et au Kosovo, et qu'est-ce que je connais de leur histoire ? Qu'est-ce que les gens savent de l'histoire des autres pays ? Je n'ai pas besoin de cours sur le sionisme, la Déclaration Balfour, l'Holocauste, la résolution 5 304 000 des Nations unies... Je n'en ai rien à foutre. La seule chose qui compte pour moi, en tant qu'Américain, ce sont les intérêts de la nation américaine. Et les Américains commencent à se demander ce qu'il y a de si fondamental dans ce sale petit pays pour devoir mourir à cause de lui. Pourquoi orienter notre politique étrangère en fonction de ce seul groupe ethnique ? »

Autour de la table, tous reposèrent leur fourchette. Jusqu'à ce que Marshall dise *ce sale petit pays*, il ne s'était agi que d'une discussion entre Joel et lui. Il avait vu des éclairs de désaccord passer dans leurs yeux quand Joel avait défendu les colons. Steve avait semblé vouloir s'immiscer dans la conversation, pour jouer les médiateurs. Et là, il s'était figé. Le visage de Neal s'assombrit.

Le sourire de Joel avait la dureté d'une pierre. « Tu parles exactement comme un antisémite.

— Et qu'est-ce qui rend les gens antisémites, à ton avis ? » explosa Marshall, ou, plus exactement, fit semblant d'exploser Marshall. Il se répondit à lui-même d'une voix plate, basse, les lèvres serrées. « C'est la façon dont toute dissension avec la politique israélienne entraîne toujours une accusation d'antisémitisme. C'est le fait que nous n'avons pas le droit de parler d'Israël alors que ce pays constitue le problème numéro un de notre politique étrangère. C'est la façon dont toute remarque émise par un non-Juif doit être évaluée à l'aune de l'antisémitisme. Et je me demande pourquoi, aujourd'hui, et à l'époque que nous vivons, l'antisémitisme est encore considéré comme le mal absolu ? En quoi est-il plus grave d'être antisémite qu'anti-arabe ? »

Joel secoua la tête et se tourna vers Neal. « Tu vois ? Dès qu'on gratte un peu... Tu croyais que j'étais parano. Mais non, les goys ne nous acceptent pas et ne nous accepteront jamais. Ni dans leurs écoles, ni dans leurs clubs. Voilà pourquoi ils t'ont repoussé si longtemps, voilà pourquoi ils ne veulent rien de juif à ton mariage, pas de rabbin, une minable petite prière et tout un foin pour avoir une houppah. Je ne leur en veux pas personnellement, mais leur environnement est totalement hostile à tout ce que tu es. »

Il se tourna vers Marshall. Marshall se souvint qu'autrefois une telle passion et une telle certitude l'auraient impressionné. Désormais il y était indifférent. Bien qu'encore ligoté par les liens du mariage, il avait acquis une totale liberté d'expression. Celle des fous ! Joel lui dit : « Tu devrais te renseigner. Israël ne va pas disparaître de la surface de la terre, et les Juifs non plus. »

Les garçons se taisaient, les autres clients les regardaient. Ils s'attendaient à ce que Marshall se lève et s'en aille, furieux. Mais il sourit d'un air affecté, reprit son couteau et sa fourchette et s'intéressa de nouveau au contenu de son assiette. Tête baissée, il semblait prendre un plaisir animal à dévorer sa viande. Au bout d'un moment, les autres se remirent à manger. En dehors de quelques commentaires sur la qualité de la nourriture, personne ne dit plus rien. Tout était froid. On vint les débarrasser et d'un signe de la main Joel demanda l'addition, mais Marshall voulut voir la carte des desserts. Il choisit un tiramisu. Comme à regret, les autres commandèrent aussi un dessert. Puis il y eut le café. Il en prit un second. Et même une fois sorti, Marshall traîna, l'air morne, avec Neal, son frère et ses amis devant le restaurant, les empêchant d'aller boire un dernier verre sans lui. Quand leurs taxis eurent disparu au coin de la rue, Marshall se dirigea, seul, vers le métro. Il avait envie de chanter. Il savait maintenant ce qu'était ce *truc* dont Flora avait parlé à Joyce.

Joyce eut d'abord envie de raconter à Flora son aventure avec Roger, même si ce n'était pas une véritable « aventure » – il ne lui avait pas téléphoné depuis ce fameux soir, et elle n'avait pas souhaité qu'il le fît. Et bien qu'elle eût appelé à son bureau plusieurs fois, et laissé chaque fois son nom et son numéro de téléphone, il n'avait pas rappelé. Un tel récit aurait impressionné et délicieusement scandalisé Flora, mais ce que Joyce avait fait avec Roger pouvait aussi confirmer les soupçons que sa sœur avait peut-être quant à sa responsabilité dans l'échec de son mariage. Son divorce nuisait déjà à l'image que sa famille avait d'elle. Joyce savait que ses parents la désapprouvaient. Cela leur rappelait probablement ses échecs antérieurs. Et ils devaient avoir fait des réflexions à son sujet devant Flora.

En arrivant dans le Connecticut, Joyce comprit que ses inquiétudes vis-à-vis de Flora étaient inutiles : elle n'avait pas le temps d'écouter les confidences de Joyce. Elle se précipita vers elle dans l'allée, le visage rouge, les cheveux décoiffés, brûlant tellement de se confier à elle qu'elle dit à peine bonjour à Victor et Viola. Pendant le trajet de la gare à la maison, les enfants n'avaient pas arrêté de se disputer. Deke, leur grand-père, avait fait semblant de ne pas entendre, ou peut-être n'avait-il vraiment pas entendu. La radio était réglée, volume à fond, sur une émission qui donnait la parole à des auditeurs horriblement disputailleurs. Une fois les petits installés, les deux sœurs s'enfermèrent dans la chambre d'enfant de Joyce transformée en chambre d'amis. Télévision, bureau, dressing, petits savons et mini-bouteilles de shampooing déposés dans la salle de bains adjacente, on s'y serait cru dans un hôtel quatre étoiles. La voix tendue, Flora raconta qu'il y avait encore des tas de décisions à prendre pour le buffet et les fleurs, qu'Amanda continuait de pinailler sur les détails, qu'elle avait ajouté à leur liste de morceaux de musique d'horribles tubes des années 70, que Deke n'était pratiquement jamais là, qu'il ne semblait pas du tout concerné par ce mariage. Joyce demanda : « Et Neal, dans tout ça ? »

Flora fronça les sourcils, déçue de ne pas être suivie dans ses revendications.

« Ça va. Il est très pris par sa famille. Son frère est arrivé la semaine dernière, ils ont enterré sa vie de garçon avec des potes, et ils viennent de partir chercher leurs parents à JFK. Ils dînent tous là ce soir. Entre-temps je me suis encore disputée avec maman. Tu sais, on était tombé d'accord sur ce truc dont je t'ai parlé. Et maintenant il y a encore autre chose, une histoire de verre. Il n'en avait jamais été question, et tout d'un coup ça devient fondamental. Il me l'a dit dimanche. Il y tient absolument. »

Elles entendirent alors leurs noms lancés d'en bas, chantés par Amanda, comme toujours depuis leur petite enfance, en cadence, une syllabe supplémentaire ajoutée à chacun – *Jo-oyce! Flo-ora!* – soutenue par un certain espoir. L'espoir que ses filles ne la décevraient pas. Sans un mot de plus, elles descendirent au salon où Amanda avait posé sur le tapis le grand panier qui, une fois rempli de fleurs, serait placé au centre du buffet. Elle voulait savoir ce que Flora en pensait. Elle portait un pantalon et un pull en cachemire. Joyce s'étonna qu'elle parût si jeune. Elle avait dû, pour le mariage, faire un régime sévère.

« Bonjour, ma chérie, dit Amanda en l'embrassant. Tes petits lutins sont vraiment adorables. La demoiselle d'honneur dit qu'il va y avoir le feu au mariage. » Elle sourit. « Je me demande ce qu'elle entend par là.

— Que ça va être la fête, répondit Joyce. Elle n'arrête pas d'en parler. Vic n'a pas tout fait compris à propos de quoi nous faisons un tel tintouin.

— Quel tintouin ? » s'indigna Amanda, et Joyce sut qu'elle venait de mettre les pieds dans le plat. Flora avait probablement reproché à sa mère d'en faire trop. Joyce regretta ses mots, elle avait simplement cédé au réflexe de ne jamais évoquer l'un de ses enfants sans parler aussi de l'autre. Trop petit pour avoir conscience de ces préparatifs de mariage, Victor n'avait rien dit de tel. Amanda continua : « Il s'agit seulement de s'occuper des choses, et c'est parfois un petit peu compliqué. Je veux juste que ce mariage-là se passe bien. »

Joyce se demanda si sa mère avait eu l'intention de lui rappeler son propre mariage, sept ans plus tôt, et les incidents désagréables qui s'y étaient succédé : la présence indésirable du cousin de Marshall, qu'ils avaient été obligés d'inviter, l'angoisse provoquée par une quantité de champagne à peine suffisante, la moustache que Marshall avait soudain décidé de se laisser pousser, la révolte de Deke devant les coûts imprévus de l'entreprise, la nonchalance du témoin de Marshall qui avait accompli ses tâches à moitié défoncé. Joyce avait insisté auprès de Gottshall pour qu'il fasse disparaître le mot « obéir » des vœux qu'elle devait prononcer. Chaque fois qu'ils avaient répété, il y était arrivé. Pourtant le jour de la cérémonie il l'avait employé. Joyce avait répondu « Oui », mais elle s'en était immédiatement voulu et en avait immédiatement voulu aussi à Marshall. Est-ce qu'Amanda croyait que si tout s'était bien passé ce jour-là ils ne seraient pas en train de divorcer ? C'était vexant, mais pas tout à fait faux. Leurs dissensions se dessinaient déjà dans leur vie préconjugale, sauf sur le plan sexuel. Joyce soupira, agacée par la remarque de sa mère.

« Flora prétend que je ne lui demande jamais son avis, continua Amanda, en faisant peut-être semblant de ne pas remarquer le mécontentement de Joyce. Mais le fleuriste m'a gentiment permis d'apporter ici le panier central, pour que Flora dise ce qu'elle en pense. Alors, ma chérie, comment tu le trouves ?

— Maman, répondit Flora d'un ton las, comment veux-tu que je sache, sans les fleurs, à quoi ça va ressembler ?

— Mais tu les as vues, les fleurs ! » s'exclama Amanda, la voix tremblante d'émotion. Il était difficile de déterminer dans quelle mesure le drame n'était pas uniquement joué afin de faire comprendre la situation à Joyce. « Mais les paniers ne te plaisaient pas. Tu les trouvaient trop conventionnels. Celui-ci l'est moins. Je t'en prie, sers-toi de ton imagination. S'il ne te plaît pas, j'en trouverai un autre.

— Parfait. Il est parfait.

— Non, je vois bien que tu ne l'aimes pas.

— Mais si, je t'assure.

— Tu as l'impression que je t'impose encore mon choix.

— Mais non, dit Flora. Appelle le fleuriste. Je veux ce panier, j'exige ce panier. S'il te plaît, maman, passons à autre chose.

— D'accord ! Ne nous disputons pas ! répondit Amanda, et elle leva les mains en signe de reddition. Il faut que je m'occupe du dîner. Ils seront là à six

heures. » Et elle confia à Joyce : « J'ai acheté du veau. J'allais prendre du porc et à la dernière minute je me suis souvenue. »

Flora protesta : « Je te l'ai dit cent fois, Maman, Neal adore le porc. Ils ne sont pas pratiquants et ne mangent pas kascher. Et dans le cas contraire, de toute façon du veau pas kasher serait aussi inacceptable que du porc. » Elle marqua une pause. « Enfin je crois.

— Tu crois, répondit Amanda. Mais tu n'en es pas sûre. Comment pourrais-tu le savoir ? Ils ne connaissent pas eux-mêmes toutes les règles à suivre, tous ces préceptes qui, si vous voulez mon avis, sont totalement arbitraires. Viande kascher ou pas kascher, c'est toujours de la viande, non ? Il y a même du sel kascher, vous vous rendez compte ! Comment un grain de sel peut-il être plus juif qu'un autre grain de sel ? Je serais heureuse de faire de mon mieux, bien sûr, et tout ça est très pittoresque, très exotique – j'ai toujours été pour Israël –, mais quand même. Ils disent ne pas être pratiquants, mais, en ce qui concerne le mariage, ils en demandent toujours plus. La dernière en date, c'est l'histoire du verre. »

Joyce hocha la tête.

« Flora m'en a un peu parlé.

— Le verre ! Il ne manquait plus que le verre ! Nous avons d'abord proposé de faire lire une prière juive à Gottshall. Puis ils sont revenus à la charge et ont voulu qu'on porte ce truc dans l'église, une espèce de dais nuptial sous lequel ils doivent se mettre pendant la prière. Qui va comprendre de quoi il s'agit ? De quoi est-ce que ça va avoir l'air, dans l'église de Canaan ? Il n'a jamais été question de mariage juif. Ils savaient que Flora était chrétienne,

et nous aussi, et il y en a même parmi nous qui prennent leur foi très au sérieux – enfin, tant pis. Ils ont insisté pour que ça se passe le samedi soir après la fin du sabbat, qu'ils n'observent pas, nous avons accepté, puis ils ont insisté pour le dais, nous avons accepté. Et maintenant ils recommencent, avec ce verre qu'ils doivent absolument casser.

— C'est vrai, Maman, se souvint Joyce. J'ai vu faire ça dans les mariages juifs, et même dans des mariages mixtes. Tiens, dans celui d'Annette, par exemple. Ils boivent du vin dans un verre, puis ils le mettent sous une couverture et ils marchent dessus. Ce verre brisé symbolise l'idée que, même dans les moments de grande joie, il faut garder à l'esprit les malheurs du monde, en particulier ceux de la diaspora juive. Et le dais représente la nouvelle maison du jeune couple. Ça s'appelle une houppah. Ce sont de très jolies traditions, tu sais, et pas du tout religieuses.

— D'accord. Parfait. Ce n'est pas mon mariage. Si tu veux casser un verre, Flora, ne te gêne pas », lança Amanda en partant vers la cuisine, comme si l'explication de sa fille aînée ne changeait rien à ce qu'elle pensait. En fait, Joyce avait dit exactement ce qu'il fallait, probablement parce qu'elle avait évoqué le mariage d'Annette dont la famille comptait parmi les vieilles fortunes de Boston. Joyce eut l'impression d'avoir permis à la paix d'avancer.

Flora soupira. « Ça a été comme ça toute la semaine, des discussions sans fin. Et Neal ! Il reconnaît n'avoir pensé au verre qu'au dernier moment, mais dit que c'est d'une importance vitale. Ça aurait été moins dur, tu sais, s'il s'en était occupé depuis le

début, mais tous les prétextes sont bons pour une mauvaise plaisanterie de plus... »

Joyce monta prendre une douche et se changer avant le dîner. Les enfants jouaient seuls sur la pelouse devant la maison, tirant profit des libertés garanties par l'ordre civil de la banlieue. Ils produisaient une énorme quantité de bruit, mais sa chambre, qui donnait sur l'arrière, la mettait hors d'atteinte de cette nuisance. Elle était satisfaite de son intervention dans le différend qui opposait Amanda à Flora. Ses remarques s'étaient révélées opportunes, fines, sincèrement justes. Elle valait Jimmy Carter.

Quand elle ressortit de la salle de bains, elle s'allongea entourée d'une serviette sur le lit double qui avait remplacé son lit d'enfant. Elle s'étonna de la sensation d'anonymat qui régnait dans cette chambre, et du plaisir qu'elle en retirait. Les yeux fermés, il lui aurait été impossible de se rappeler ce que représentait la reproduction accrochée au-dessus du bureau, ni la couleur des murs, ni celle du couvre-lit. Aucune trace de sa famille ou d'elle-même ne subsistait ici. Le passé pouvait être oublié. Tout ce qui lui était arrivé semblait avoir eu lieu sur un autre continent, des siècles auparavant.

Marshall était fou, cela ne faisait aucun doute. Il conduisait comme un fou sur la Merrit Parkway, à toute vitesse, ricanait, poussait des petits rires, tapait contre le toit de sa voiture, roulait fenêtre ouverte, radio à fond. Dehors, il faisait 4 degrés. Il était fou, et être fou le rendait fort. Il pouvait maintenant faire ce qu'il voulait, absolument n'importe quoi, il était un putain de fou superpuissant qui divorçait.

Il n'avait aucune idée du tour qu'allaient prendre les choses. Il suivait aveuglément son instinct d'agent double. Fais ci, fais ça, oui monsieur, j'appelle de la part de Neal Weiss. Depuis l'instant où il avait souhaité à Neal d'être heureux, Marshall naviguait en territoire ennemi sans jamais savoir quand se présenterait la prochaine occasion. Les vrais fous s'en remettent au hasard.

C'était pareil que lorsqu'il était revenu à l'intérieur de la tour et avait trouvé Lloyd. Il ne savait pas ce qui se passerait ensuite, et il s'en moquait. Va te faire foutre, Joyce. Allez vous faire foutre, toi et toute ta putain de famille.

Les parents de Neal arrivèrent à six heures, parfaitement ponctuels, comme, se dit Joyce, pour se plier à ce qu'ils pensaient être le devoir d'exactitude de la bonne société américaine, blanche, anglo-saxonne et protestante. Cette réflexion ne lui serait jamais venue à l'esprit sans la discussion sur le rituel du verre brisé. Elle ne croyait pas avoir de préjugés sur les Juifs, parmi lesquels elle avait toujours vécu et travaillé depuis qu'elle était adulte, ni sur les idées que les Juifs se faisaient des non-Juifs. Elle ne s'était jamais vraiment intéressée à l'obédience religieuse de son futur beau-frère. Mais alors qu'elle commençait à s'imaginer que la famille de Neal aurait quelque chose de plus traditionnel, ou tout au moins plus « Long Island », Harold et Elise Weiss se présentèrent à la porte, non seulement bronzés, mais avec la même allure sportive que leur fils, comme de parfaits Californiens. Les couples se serrèrent la main, dans les limites américaines conventionnelles de l'affabilité. Personne n'embrassa personne. Flora et Neal se regardaient, chacun essayant, avant même que les parents et le frère de Neal aient enlevé leurs manteaux, de lire sur le visage de l'autre comment il pensait que la soirée se passerait. Amanda fit entrer ses invités dans le salon. Deke versa un whisky à Harold, et les deux hommes se mirent immédiatement à parler football, sans s'occuper de l'événement de samedi.

Seul Joel ressemblait à l'idée qu'on pouvait se faire d'un Juif. Plus brun que Neal, il garda, après avoir été présenté à la famille de Joyce, une attitude hésitante et sérieuse assez séduisante. Il serra les mains des autres vigoureusement, puis se mit à l'écart. Il s'avéra qu'Elise et Amanda avaient suivi les mêmes cours de cuisine à Toulouse, et comme Neal et Flora étaient plongés dans les méandres d'une discussion concernant le mariage, Joyce et Joel se retrouvèrent seuls. Mais il ne semblait pas avoir envie de bavarder. Il arpentait le salon, posant sur leur ameublement – les tableaux, le secrétaire – un regard d'anthropologue.

De toute façon, il fallait faire rentrer les enfants. Joyce les avait délibérément laissés dehors, car ils s'amusaient exceptionnellement bien ensemble. Le jeu aux règles compliquées et mystérieuses qu'ils avaient mis au point cet après-midi-là exigeait qu'ils courent et crient pendant des heures, et qu'ils sautent du côté du perron sur la petite pente qui descendait vers le bois. Ils sautaient toujours en se tenant par la main, puis roulaient sur la pelouse en poussant des hurlements de joie. Quand elle alla les chercher, elle les trouva les cheveux en bataille, couverts de taches d'herbe, mais une telle liberté la réjouissait. Elle se demanda, comme elle l'avait déjà fait avant même que New York devienne une cible du terrorisme international, s'il ne serait pas mieux pour eux de vivre en dehors de la ville. Mais elle repoussa cette idée immédiatement. Toute proposition de changement de domicile était impossible, il aurait fallu pour cela reprendre l'ensemble des négociations précédentes, revenir sur les accords provisoires auxquels ils étaient arrivés. Marshall s'en serait servi contre elle.

Le temps qu'elle change, lave et rende les enfants présentables, le dîner était prêt. Les Weiss trouvèrent charmante la façon dont Vic et Viola firent le tour de la table pour se présenter. Les petits étaient à l'aise avec Neal, ils le laissèrent leur attraper la tête et leur frotter le cuir chevelu de son poing serré en leur disant « Noogie, noogie, noogie ». Amanda resta un instant interloquée, personne n'ayant jamais dû lui frotter la tête en lui disant « Noogie, noogie, noogie ». Puis elle sourit froidement. Joyce remarqua que le sourire de Joel était tout aussi froid.

Tandis que Joyce et sa famille tronquée prenaient place, les autres convives, en commission plénière, en revinrent à leurs problèmes : la mise au point logistique des deux journées à venir. Les décisions à prendre étaient trop urgentes pour attendre la fin du dîner. Il fallait non seulement aller chez le fleuriste et le traiteur, mais aussi dans différentes teintureries, chez différents coiffeurs et chez le caviste, autant d'endroits situés aux antipodes les uns des autres. Même avec trois voitures à leur disposition, cela demandait une organisation complexe. Joyce n'osa pas dire qu'elle devait aussi se faire faire les ongles. Le lendemain, avant le dîner de répétition, Neal avait rendez-vous pour le dernier essayage de son smoking. Flora tenait à y assister.

« Je te veux le plus mignon possible », dit-elle en se penchant pour lui pincer la joue. Neal gloussa.

Joyce ne se souvenait pas avoir fait ce genre de choses à Marshall en public.

« D'accord, dit Joel, mais ensuite nous irons à Hartford. »

Ces mots furent prononcés comme une sentence. Les parents de Neal hochèrent la tête.

« Hartford ? demanda Amanda. Mais c'est à plus d'une heure.

— C'est là que se trouve la boutique de fournitures religieuses juives la plus proche, répondit Joel, d'un ton qui frisait le reproche. C'est le seul endroit de la région qui loue des houppahs. Nous en avons réservé une. »

La houppah. Il avait gardé le silence pendant presque tout le temps, préparant cet instant.

« Aucun problème, dit Flora. Vous me déposerez ici, c'est sur le chemin.

— Et nous devons trouver un verre à vin », lui rappela Neal. La marque que Flora lui avait faite en lui pinçant la joue n'avait pas encore totalement disparu. La pensée que ce geste était typiquement juif traversa l'esprit de Joyce. Flora devenait un peu plus juive chaque jour.

« Mais nous en avons, des verres, n'est-ce pas, Maman ?

— Bien sûr, ma chérie répondit doucement Amanda. Est-ce qu'il vous faut quelque chose de spécial, Neal ?

— Non, je ne crois pas, dit-il, et il sourit. Ce n'est pas la peine que ce soit un verre très cher, étant donné, comme vous le savez, que nous allons le briser.

— Tant qu'il s'agit de cristal de Waterford », intervint Harold. C'était un homme grand, au large front chauve et à la longue moustache désinvolte. Il plongea, sans sourire, ses yeux brun foncé et froids dans ceux d'Amanda. Comme elle ne réagissait pas, il se dépêcha de dire : « Je plaisante. Je n'ai pas la moindre idée de ce qu'il faut. À mon avis, un verre à moutarde fera l'affaire. » Il s'interrompit, pensif. « Tant que la moutarde est kascher. »

Joyce vit qu'Amanda lançait un regard à Flora. Comme elle n'était pas en face d'elle, et que cela ne dura qu'un quart de seconde, elle ne put pas en lire le sens exact, mais elle soupçonna qu'il contenait une bonne dose d'exaspération.

Joel dit : « En ce qui concerne la houppah, pourtant, nous avons besoin d'aller dans cette boutique de fournitures religieuses. »

Flora répéta : « Aucun problème. Vous me déposerez ici avec le smoking pour que je le range, puis vous irez à Hartford.

— La houppah compte beaucoup », dit Neal sur un ton d'excuse. Il sourit, les yeux écarquillés, et leva soudain les mains. « Encore un truc de ce peuple élu de nomades du désert.

— Bon, d'accord, dit Flora. Tu n'as qu'à en prendre deux. »

Le lendemain matin, tandis que la machinerie du mariage se mettait en route, que chaque voiture partait avec sa liste de missions et un téléphone portable dont on avait soigneusement rechargé la batterie, Joyce resta avec les enfants. Elle était soulagée de ne pas avoir à se presser, de ne devoir aller nulle part, de ne pas détenir le rôle principal, et de pouvoir traîner devant un café à la table du petit déjeuner. Ce n'était pas son mariage, hourrah ! Elle décida de se faire les ongles elle-même, de ne même pas en parler. Elle serait contente de ne pas entraver la bonne marche des choses – de ne pas, pour une fois, être un problème. Il y avait quand même des moments, comme la veille, où elle pensait être capable de démontrer à sa mère et à sa sœur combien elle était perspicace et sage. Peut-être un jour réussirait-elle à convaincre sa famille, et à se convaincre elle-même, que, dans la tourmente qui bouleversait sa vie, elle s'en sortait très bien.

Quand la matinée se réchauffa, les enfants voulurent sortir, et elle les emmena se promener dans les environs, leur montra où vivaient ses amis d'enfance, leur école et les maisons de ceux pour qui elle avait travaillé comme baby-sitter. La promenade se révéla légèrement déprimante : Victor et Viola ne l'écoutaient pas, ils trouvaient plus intéressant de shooter dans les cailloux, en particulier dans une pierre bleu-noir sortie du caniveau. Viola décréta qu'il s'agissait d'un morceau d'avion. Bientôt, Joyce regretta leur excursion. Presque chacune de ces maisons éveillait en elle les souvenirs d'une enfance plutôt heureuse, mais les vestiges de son innocence et des promesses d'antan ne faisaient que souligner son malheur. Et ces gens qu'elle avait connus vivaient encore pour la plupart ici. Un simple regard par la fenêtre leur rappellerait ce dont, eux, ils se souvenaient. Ils savaient qu'elle divorçait. Ils soupireraient en la voyant. Certains soupiraient déjà derrière leurs rideaux. On était vendredi matin, et elle errait dans des rues où, d'une manière générale, personne ne marchait.

Après le déjeuner, les enfants allèrent sur le perron reprendre leur jeu de la veille. Joyce les observa un moment, puis rentra lire le journal qui détaillait la montée des hostilités en Afghanistan où, aux trahisons perpétuelles, succédaient de nouvelles luttes intestines, et où les Américains, bernés par les factions rivales, continuaient de tirer sur d'innocents civils. Mais s'intéresser à la guerre dans le Connecticut s'avéra considérablement plus difficile qu'à New York où l'absence des tours se faisait encore physiquement sentir. New York et Kaboul semblaient tout aussi loin, tout aussi étrangères. New York, avec ses rues grouillantes d'immigrés et de réfugiés, ses politiques ethnicisantes et corrompues mais toujours prêtes à lutter pour tracer ailleurs de nouveaux contours géographiques et renverser des régimes lointains, appartenait encore au monde contemporain. Dans le Connecticut, l'histoire semblait s'être presque arrêtée – puis elle se souvint que sa sœur lui avait parlé d'un restaurant éthiopien qui venait d'ouvrir dans la ville voisine. Et elle avait entendu au centre commercial des gens bavarder dans une langue slave.

Flora, Neal et Joel revinrent un peu avant deux heures avec le smoking. Pendant que Flora montait le ranger dans sa chambre, Neal se précipita aux toilettes. Ils avaient tous les trois l'air sombre et n'échangèrent pratiquement pas un mot. L'essayage n'avait pas dû très bien se passer. Joel resta au volant, laissant tourner le moteur et tapotant des doigts sur le toit de la voiture. Joyce se dit que ce serait gentil de sa part de lui tenir compagnie. Elle vit en s'approchant qu'il avait l'air vraiment exaspéré et regretta son idée, mais il était trop tard pour revenir sur ses pas.

« Ça a été long, lança-t-elle, souriante.

— Oui. » Il la regarda. Il avait une carte du Connecticut sur les genoux. « Ta sœur trouvait que ça n'allait pas.

— Ne t'inquiète pas, vous arriverez à Hartford bien à temps, assura-t-elle, ce qui ne réussit probablement qu'à rendre les choses pires. Elle aurait dû rester à l'intérieur. Il commençait à faire froid et elle n'avait pas de manteau.

« Le soleil se couche à seize heures vingt-sept, ce soir, dit-il d'une voix plate. C'est le sabbat. Le magasin ferme à seize heures.

— Neal va être là dans un instant, et je t'assure que ce n'est pas si loin que ça. »

À peine avait-elle prononcé ces mots, et alors qu'elle les regrettait déjà, l'écho d'un hurlement qui résonna dans le bois à côté de la maison leur déchira le tympan. Elle avait peut-être, en tant que mère, des tas de défauts – égocentrisme, mauvais caractère, manque de discernement, rêves fous de liberté totale, autant de lacunes qui venaient de se confirmer ces derniers mois –, mais elle sut tout de suite que c'était Viola qui avait poussé ce cri.

Elle fonça de l'autre côté de la maison, trouva Viola étalée de tout son long au beau milieu de la pente. Penché en haut des marches, Victor regardait, le visage dans les mains.

« Aïe aïe aïe aïe aïe aïe ! » cria Viola.

Joyce se baissa, chercha du sang. Il n'y en avait pas, mais l'enfant souffrait terriblement. Elle se tenait l'avant-bras et essayait en même temps de l'écarter, hurlant toujours. Joyce s'agenouilla. « Mon poussin », murmura-t-elle. Mais la petite fille sembla ne pas la voir. Elle avait la figure enflée, couverte de larmes boueuses. À cet instant, Joyce aurait aimé que Marshall soit avec elle.

« C'est pas ma faute ! » protesta Victor.

Joel était descendu de voiture et remontait la pente à grands pas. Arrivé devant la mère et l'enfant étendue, il croisa les bras, sourcils froncés.

Joyce essayait de faire parler sa fille.

« Mon petit poussin, où tu as mal, mon bébé ?

— Aïe aïe aïe aïe aïe aïe ! »

Ses cris résonnaient dans toute la rue. Les voisins, qui l'avaient épiée le matin de derrière leurs rideaux, soupiraient à nouveau.

« Tu peux te lever, ma chérie ? »

La petite fille était enfoncée dans la coquille insonorisée de ses cris. Vic pleurait aussi. Ses larmes tombaient sur eux.

Joyce releva l'enfant et la persuada de leur montrer son bras. Il enflait déjà. Quand Joyce essaya de le toucher Viola poussa un glapissement. Joyce écarta vite sa main.

« Oh ! mon Dieu ! » souffla Joyce. Viola était livide, les lèvres exsangues. « Elle s'est cassé le poignet ! »

Neal et Flora apparurent à la porte de derrière, souriant à moitié, le regard interrogateur, n'ayant de toute évidence pas reconnu l'auteur de ces pleurs ni la grande douleur qu'ils exprimaient. Joyce étaitelle la seule à n'avoir jamais rien entendu d'aussi affreux ? Ou était-il simplement impossible à tout autre qu'une mère, même à une tante, d'entendre les cris de son enfant comme elle le faisait ? Il n'y avait pas de sang, ce n'était pas si grave, pourtant Joyce pensa aux enfants victimes de guerres, partout dans le monde. À leurs cris que, pris dans les obligations et les défis de leur vie quotidienne, les gens ne voulaient pas non plus entendre. Viola hurlait toujours et Victor sanglotait, les mains tendues dans l'espoir que quelqu'un le prendrait dans ses bras. Les pensées de Joyce semblaient s'être perdues au Congo, à Gaza, ou en Afghanistan, ce qui ne l'empêcha pas de remarquer que Flora avait les joues rouges et que son soutien-gorge flottait sous son pull. Neal et elle avaient fait l'amour, un petit coup volé pendant que Joel les attendait dans la voiture.

« Non, il n'est pas cassé », déclara Joel.

Elle hésita. Il était microbiologiste, mais n'avait pas de formation médicale.

« Qu'est-ce que tu en sais ?

— La terre est molle. » Il avait plu pendant la nuit. Il shoota dans la pelouse afin de prouver ses dires. « Elle n'a pas pu se le casser.

— Tout dépend de la façon dont elle est tombée. » Joyce ne voyait pas pourquoi Joel tenait tellement à ce que le poignet de Viola soit encore entier. « Il faut l'emmener aux urgences.

— Tu pourrais lui mettre de la glace.

— Joel ! intervint Neal. Arrête de jouer au con. »

Flora fit rentrer Victor, toujours en larmes, tandis que Joyce se blottissait à l'arrière de la voiture avec Viola. Elle indiqua aux deux frères le chemin de l'hôpital qui se trouvait de l'autre côté d'une zone de construction. Viola gémissait. Joel conduisait vite et brûla presque un feu. Joyce comprit alors qu'il avait peur de ne pas arriver à la boutique de fournitures religieuses avant la fermeture, et cela l'inquiéta à son tour. Elle ne voulait pas qu'ils soient en retard à cause de Viola. « Tu n'as qu'à nous déposer devant la porte, proposa-t-elle.

Viola grommelait que c'était la faute de Victor.

« Allons, ma chérie, ne sois pas injuste, lui dit Joyce. Je crois qu'il n'y est pour rien.

— Si ! C'est à cause de lui !

— Tu ne peux pas toujours tout mettre sur le dos de Victor, mon poussin. Prends la prochaine à gauche, Joel... ici. Vous n'avez pas arrêté de sauter du perron, hier et aujourd'hui. Je vous ai regardés. Si quelqu'un est responsable, c'est moi. J'aurais dû vous arrêter. »

Bien sûr que c'était sa faute, comprit-elle alors. Quelle idiote ! L'avocat de Marshall allait se régaler, surtout si le poignet était cassé. Il avait accumulé des accusations contre elle tout l'automne. Et elle, elle les avait regardés sauter !

« C'est à cause de Victor !

— Non, ma chérie.

— Si, il m'a lâchée ! C'était pas de jeu.

— C'était...

— Le World Trade Center brûlait et nous devions sauter ensemble ! Mais il m'a lâchée ! »

Joyce l'embrassa sur le front, elle était toute moite. « D'accord, il n'a pas joué le jeu, mais ce n'est pas parce qu'il t'a lâchée que tu es tombée sur ton poignet.

— Il m'a fait perdre l'équilibre ! cria-t-elle. Il a triché ! »

Joel se retourna le visage crispé. « Vous étiez dans le World Trade Center ? C'est à ça que vous jouiez ? »

Joyce serra la petite fille contre elle. Les enfants avaient sauté pendant des heures cet après-midi-là et la veille, des centaines de sauts sur le côté du perron. Et, devant les tours encore debout, crachant flammes et fumée, aucun de ces sauts ne ressemblait au précédent. « On jouait au 11-septembre, pleurnicha Viola.

— Continue, Joel. Plus que deux feux. On y est presque. »

Le personnel des urgences se montra ravi de l'arrivée de Viola, comme si personne n'était venu là depuis des années et que l'existence du service en fût menacée. Joel et Neal repartirent. Trois infirmières vinrent s'occuper de Joyce et de Viola, murmurèrent à Viola des mots de consolation et apportèrent à Joyce une tasse de café. Le médecin examina le poignet de l'enfant avec tendresse. Les infirmières assirent Viola dans un fauteuil roulant, puis elles l'emmenèrent à la radio. Elle avait cessé de pleurer, stupéfaite de ce nouveau moyen de transport et de l'attention incroyable dont elle était l'objet.

Le bras n'était pas cassé, mais il s'agissait d'une mauvaise entorse qu'il fallait plâtrer. Joyce resta seule dans la salle d'attente, heureuse de laisser sa fille quelques instants entre les mains de professionnels. La lumière de la pièce était tamisée et de la musique classique diffusée doucement, léger brouillard sonore. Il n'y avait rien, dans cet endroit, qui fût vraiment urgent. Elle s'appuya contre son dossier, allongea les jambes, contente d'être là, dans le Connecticut, loin de son divorce. Elle enleva ses chaussures et agita les orteils contre l'épaisse moquette beige, comme dans du sable. Une entorse, pas de quoi faire un drame. Elle s'imagina capable de prendre de la distance par rapport à ce qu'elle vivait, de garder le sens de la mesure face à ce genre de crises mineures. À quoi rimait cette lutte interminable contre Marshall ? Ils allaient divorcer, et l'un des deux s'en sortirait un peu moins bien que l'autre, et d'autres mondes continueraient de tourner en orbite autour d'étoiles anonymes au cœur de galaxies que les plus grands télescopes ne détectaient même pas, puis ils mourraient. Mais tout en se disant cela, elle se sentit prise de panique à l'idée que, si elle baissait la garde, Marshall en profiterait pour prendre l'avantage.

Flora arriva avec Victor, cramponné à sa main, terrifié. S'apercevant que Viola n'était pas là, il se mit à pleurer. Joyce le prit dans ses bras.

« C'est ma faute ! sanglota-t-il.

— Non, ce n'est pas ta faute !

— On avait fait un pack suicide !

— Un pacte. Ne t'inquiète pas, mon poussin. Elle va vite aller mieux. »

Joyce expliqua que le poignet n'était pas cassé, mais Victor continuait à pleurer, et Flora pensait à autre chose : une de ses demoiselles d'honneur venait d'attraper une pneumonie atypique. « Je lui ai dit que ce n'était pas le moment de faire l'originale et elle s'est vexée. Je peux te laisser Victor ? Je vais aller acheter du bouillon de poulet et le lui apporter. Ça se fait, non ? »

Avant que Joyce ait eu le temps de répondre, le portable de Flora fit entendre quelques mesures de musique orientale.

Flora plaça l'appareil contre le côté droit de son visage et fit la grimace. « Comment ? Je ne t'entends pas. Comment ? » Elle se boucha l'oreille gauche. Elle n'entendait toujours pas. « Attends, attends, Neal, donne-moi le temps de sortir. »

Joyce regarda sa montre : seize heures vingt-cinq. Merde. Le gris du ciel de cet après-midi couvert allait maintenant prendre les teintes plus profondes du crépuscule sacré. Les têtes se couvraient, les bougies s'allumaient tout au long de la côte est, dans l'atmosphère ouatée de maisons où l'on révérait Dieu. Ça, c'était prendre de la distance. Elle fit sauter le petit garçon sur ses genoux, par simple réflexe nerveux, mais cela le calma. Quelques minutes plus tard, Flora revint, secouant la tête.

« Tout va bien ?

— Je n'en peux plus, répondit Flora. Ils sont arrivés à temps, mais il n'y avait pas de houppah, alors qu'ils en avaient réservé une. Quelqu'un d'autre était venu la chercher. Ils ont dû se tromper. »

Joyce insista : « Ils sont arrivés avant la fermeture ?

— Au moment où le vendeur baissait les stores. Joel est presque entré de force, mais plus de houppah. Il a pété les plombs. Et Neal réagit comme si c'était ma faute ! Il a dit : "De toute façon, ta famille ne voulait pas de houppah." Il est devenu complètement dingue, jamais il ne s'était intéressé à la religion ! »

Les deux jeunes femmes s'enfoncèrent dans leurs fauteuils, Flora ferma les yeux. Elle aussi essayait de s'élever au-dessus des difficultés présentes. Victor s'était recroquevillé contre sa mère. Joyce eut honte de se sentir si soulagée, mais elle n'arrivait pas à comprendre ce qui s'était passé.

« Ils l'avaient réservée, non ?

— Bien sûr, répondit Flora, l'air exaspéré de toujours devoir tout expliquer. Il y a eu une erreur. Ce n'est pas étonnant, ces noms juifs se ressemblent tous.

— Et ils ne peuvent pas aller ailleurs ?

— Il y a très peu de magasins de fournitures religieuses juives dans l'État, et ils ferment pour le sabbat. Le type devait absolument quitter sa boutique avant que le soleil se couche. Il était presque en larmes, il n'a pas eu le temps de regarder qui avait signé le registre. Et c'est de ma faute ! »

À ce moment-là, les infirmières ramenèrent Viola, l'avant-bras gauche pris dans un plâtre. Victor regarda, affolé, le fauteuil roulant et le bras immobilisé. Joyce sentit elle aussi son corps se tendre. Défaits, les cheveux de Viola tombaient en mèches sur son visage. Elle était épuisée, à bout de larmes. De l'autre côté des portes de la salle d'attente, ses mâchoires étaient devenues plus dures et ses yeux plus méfiants. Joyce eut ainsi l'occasion de voir à quoi sa fille ressemblerait quand elle serait adulte, parfait mélange de ses traits et de ceux de Marshall, dans un monde de conflits réels dont on ne pouvait pas encore mesurer la violence.

D'autres problèmes étaient survenus cet après-midi-là, dont certains dépassaient en gravité l'entorse de Viola, la demoiselle d'honneur malade et la houppah perdue. Les chaussures de mariée de Flora, qui lui allaient parfaitement bien quand elle les avait essayées mercredi, étaient devenues trop petites. Le traiteur avait placé les invités selon un plan depuis longtemps obsolète. Quand elle avait voulu se faire confirmer la présence des musiciens, malgré ses coups de fil répétés, Flora n'avait pas pu les joindre. Plusieurs des amis qui dormaient à l'hôtel avaient oublié de réserver une chambre. La répétition révéla une certaine confusion dans le déroulement de la cérémonie, comme s'il n'y avait encore jamais eu de mariage dans la famille. Puis, quand arriva le moment de lire la prière juive, le révérend Gottshall demanda où était la houppah. Joyce se sentit rougir, envahie d'une gêne mystérieuse. Flora répondit immédiatement qu'il n'y en aurait pas. Sur le ton monocorde et glacé qu'il avait adopté depuis son retour de Hartford, Neal insista pour qu'ils fassent comme s'il y en avait une. Joyce se répéta que si elle se contentait de s'occuper de ses enfants (maintenant tous les deux sages comme des images) sa famille lui en serait reconnaissante.

Les Weiss avaient choisi d'aller dîner ce soir-là au restaurant éthiopien. C'était un bâtiment de ferme du XIIIe siècle avec pierres et poutres de merisier apparentes et plafond haut, entièrement décoré d'objets africains, masques tribaux et paniers tressés. On les conduisit vers une rangée de coussins brodés qui entouraient une table basse, et une armée de serveurs déposa leur nourriture sur un lit de crêpes qui servaient à la fois d'assiettes et de nappe. Une grande jeune femme aux pommettes saillantes de mannequin, qui parlait d'une toute petite voix et plaçait l'accent tonique d'une manière si étonnante qu'elle rendait érotiques les mots les plus banals, leur apprit qu'ils n'auraient pas de serviette. Amanda la fixa, les yeux écarquillés. Les crêpes permettaient de prendre de la sauce et des épices, mais aussi de s'essuyer le visage et les mains. La jeune femme les regarda commencer à manger, hésitants. Elle les surplombait, son visage exotique empreint de sérénité et de savoir. Joyce n'eut aucun mal à s'imaginer qu'ils avaient quitté le Connecticut. Pourtant, chaque soir, cette jeune femme, symbole parmi tant d'autres d'un monde ravagé par les guerres, quittait le restaurant en voiture, roulait sur les routes du Connecticut jusqu'à sa maison du Connecticut où elle vivait au milieu des habitants du Connecticut.

De toute évidence, les Weiss avaient espéré que, comme celle d'un bar, l'ambiance informelle et inhabituelle de ce genre de restaurant briserait la glace entre les deux familles. Mais Joyce avait l'impression d'assister au banquet de deux clans réunis par de douloureuses circonstances, afin de défendre leurs intérêts réciproques et ne pas être massacrés immédiatement après le premier Martini. Neal, Flora et Joel prenaient de tout petits morceaux de crêpe, Amanda et Deke piquaient du bout de leur fourchette de minuscules parcelles de nourriture dans les plats qui se trouvaient devant eux.

Seul Harold Weiss trouvait amusante l'affaire de la houppah.

« Une seule houppah dans tout l'État, et c'est quelqu'un d'autre qui l'a prise ! »

Il ne semblait pas conscient de la colère de ses fils ni de la gêne de la famille de Joyce. Il était aussi le seul à prendre vraiment plaisir à ce repas, déchirait de gros bouts de crêpe, se levait et se penchait au-dessus de la table pour les tremper dans les sauces et se servir de viande, fourrait le tout dans sa bouche. Une grosse tache brun-rouge fleurit en haut de sa chemise blanche. Cela le fit rire. Quand il porta son attention tout aussi voracement sur la serveuse, lui demandant le nom de chaque plat et de chaque condiment, Joyce envia la jeune femme. Cette dernière sourit timidement et, les lèvres remuant avec une délicate précision, prononça chaque mot dans un murmure haletant : *berbere, zizil tibs, yedura alicha*. Tous sonnaient comme des promesses. Joyce aurait voulu ressembler à Harold Weiss, être capable de se laisser aller. Avoir les lèvres et les doigts pleins de sauce, s'en imprégner. Mais elle résista à son appétit pour les cultures lointaines. Elle ne pouvait quand même pas trahir et sa sœur et sa mère et son père.

Quand ils furent rentrés, elle mit au lit ses deux enfants épuisés. Elle avait eu la bonne idée d'envelopper de film en plastique le plâtre de Viola, mais il s'était quand même ignoblement sali. Et malgré les efforts qu'elle avait faits pour bien se tenir, une goutte de sauce avait atterri depuis l'autre bout du monde sur la manche de son chemisier, une tache indélébile. Elle s'en fichait, rien ne pouvait altérer la bonne humeur que provoquait en elle ce genre de nourriture.

Elle alla faire sa toilette, se démaquilla, enduisit son visage d'un masque nettoyant couleur chocolat, appelé Masque Mousse. Elle étala la pâte avec un mouchoir en papier jusque sur ses paupières, entre cils et sourcils, ce qui était inutile. Cela ne faisait pas d'elle une Noire aussi belle que la serveuse du restaurant éthiopien, mais pendant un instant elle se regarda dans la glace, s'imagina être une enfant perdue loin de chez elle, loin de son incroyablement étrange pays et de sa longue et mystérieuse histoire : une femme d'Abyssinie, ou tout au moins dotée de pommettes abyssiniennes. Et de jambes abyssiniennes. Elle recula le moment de se brosser les dents, afin de garder sur ses lèvres et sa langue la chaleur du soleil de l'est de l'Afrique. Fixa ses prunelles cerclées de blanc, et quand la porte de la salle de bains s'ouvrit brusquement, le vent de la savane tourbillonna soudain.

« J'en ai marre ! Je n'en peux plus !

— Qu'est-ce qu'il y a encore ? demanda Joyce en essayant de cacher son exaspération.

— Neal va tout gâcher ! cria Flora.

— Quoi ? Comment ? »

Fora ne fit aucune remarque sur la négritude de sa sœur. Elle aussi s'était transformée. Elle avait le visage bouffi, marbré – les larmes avaient coulé très récemment –, et les cheveux en bataille. Au restaurant, elle avait eu du mal à cacher son angoisse. « Devine.

— Comment veux-tu que je sache...

— Il va à Brooklyn. Demain matin avant le mariage, avec son frère !

— Pour quoi faire ?

— Pour chercher la houppah.

— Mais on est samedi, demain, c'est toujours le sabbat, dit Joyce. Comment va-t-il trouver une houppah à Brooklyn pendant le sabbat ?

— Steve a un ami qui a un ami dont les parents ont une houppah qui sert à tous les mariages de leur famille. Ils l'ont appelé. Il va la leur prêter. Ils partent très tôt demain matin, et font l'aller-retour. »

Joyce resta bouche bée, son masque se craquela.

« C'est de la folie. Il faut trois heures pour y aller, autant pour revenir, et la cérémonie est à cinq heures. Il suffit de n'importe quoi, le moindre embouteillage et...

— Je sais, je sais ! » sanglota Flora. Elle tomba de tout son poids sur le lit, cacha dans ses mains son visage trempé. « J'ai déjà dit tout ça à Neal. Je lui ai dit qu'il gâchait notre mariage. Je lui ai même dit qu'en fait il ne voulait pas vraiment se marier. » Elle hoqueta et frissonna. « C'est vrai. Il ne veut pas se marier. Il ne le veut pas. Parce que je ne suis pas juive. »

Joyce s'assit à côté d'elle et passa la main dans ses cheveux, même texture, même couleur, tellement semblables aux siens. Le corps tremblant de Flora était presque fiévreux. Joyce, elle aussi, s'était abandonnée aux larmes récemment, deux ou trois fois au moins dans la semaine qui venait de s'écouler. Elle caressa longuement les cheveux de Flora, passa les doigts entre ses boucles, en repoussa certaines.

« Mais si, il veut se marier, bien sûr qu'il le veut. Il t'aime », dit Joyce en essayant de donner à sa voix le ton apaisant qu'elle n'arrivait souvent pas à trouver quand ses enfants en avaient le plus besoin. Une pensée lui vint à l'esprit, provoquant une nouvelle fissure dans le masque. Elle sentit qu'une bande de sa peau se retrouvait à l'air. « Mais attends, c'est Joel qui tient absolument à la houppah. Pourquoi est-ce qu'il ne va pas seul à Brooklyn ? Neal peut très bien rester là...

— Bonne question ! cria Flora, furieuse. Et je vais te répondre. Ils ont peur que la cérémonie ait quand même lieu, que Joel soit là ou non, que la houppah soit là ou non. Neal est pris en otage, voilà ! »

Le lendemain matin, ils semblaient tous frappés de stupeur, aussi malheureux qu'avant un enterrement. Même Deke était contrarié par ce qui arrivait à sa fille cadette. Il lui demanda de répéter calmement, exactement ce que Neal lui avait dit la veille. Il appela Harold Weiss, qui fut lui aussi consterné par le départ de ses fils. « Je me demande ce que ce garçon a dans la tête ! » murmura-t-il. Par ce garçon, il entendait Joel. Vers dix heures, Neal téléphona à Flora et lui dit qu'ils étaient arrivés à Brooklyn en un temps record. Malheureusement, la houppah se trouvait chez les parents de leur ami, dans le Queens, pas très loin. « Laisse tomber, reviens maintenant. »

Pratiquement sans échanger un mot, Amanda, Flora et Joyce allèrent se faire coiffer. Même une fois maquillé, le visage d'Amanda resta gris et dur. Elle se demandait probablement comment elle avait élevé ses deux filles pour que la vie conjugale de l'aînée prenne fin de façon aussi catastrophique et que celle de la seconde ait tant de mal à commencer.

Neal ne rappela qu'à deux heures, alors que tout se mettait en place pour la réception. Cette fois Flora poussa un grognement, puis raccrocha. Elle laissa tomber son portable à côté d'elle, les yeux humides, désespérée.

« Ils viennent de passer le pont de Triborough.

— Ils ne seront pas là avant quatre heures et demie, avança Joyce.

— Et il est content de lui ! Il se félicite d'avoir trouvé une houppah. Comme si personne n'avait rien à lui reprocher. Comme s'il était allé s'acheter un bagel au coin de la rue. »

Elle avait dû penser que sa mère n'était pas dans la pièce, mais Amanda s'était précipitée dès que le téléphone avait sonné. Elle portait une veste de tissu broché et une jupe assortie sauge pâle. Elle aboya : « Ce n'est pas le moment de plaisanter. »

Que le mariage commence en retard n'était pas la fin du monde, surtout en ces temps où, ailleurs, la fin du monde semblait si perceptible – mais Joyce ne pouvait en aucune façon exprimer une telle pensée devant sa mère et sa sœur sans avoir l'air d'ironiser.

L'après-midi passa doucement, tandis que chacun vaquait à ses tâches attitrées comme si le marié était là. Personne ne demanda où se trouvait Neal, même pas Gottshall. Viola était furieuse d'avoir à attendre pour porter son bouquet de fleurs. Les invités commençaient à arriver dans la chapelle. Amanda les accueillait d'une poignée de main sèche, froide, avec un sourire aussi fragile que le verre de cérémonie qu'elle avait sorti de son buffet. Elle balbutia une ou deux fois qu'ils auraient peut-être du retard, mais ne supporta pas de le répéter encore. Il était cinq heures, et Neal n'arrivait pas. Joyce pensa que tous les invités devaient maintenant être au courant de son absence. L'organiste exécuta son répertoire entier. Amanda et Joyce allèrent se réfugier dans une alcôve à côté du vestiaire où elles trouvèrent Flora en larmes.

Amanda dit d'une voix tremblante : « Je n'ai jamais été aussi humiliée de ma vie. »

Joyce était stupéfaite. Elle se sentit, à cet aveu, plus proche de sa mère qu'elle ne l'avait été depuis des années, avant son mariage. Amanda lui parut vulnérable, presque indigente dans son costume de mère de la mariée, à la merci des sous-entendus, des commérages. Joyce, qui vivait dans une parenthèse d'humiliation absolue depuis plus d'un an, se demanda si elle devait prendre ces mots comme un signe avant-coureur de sympathie maternelle, ou tout au moins comme une invitation à provoquer cette sympathie. Elle aurait voulu trouver quelque chose à dire, non seulement pour consoler sa mère, mais aussi pour lui faire comprendre les similitudes de leurs situations. En attendant, elle l'entoura de son bras et lui serra l'épaule.

Quelques notes de musique orientale résonnèrent dans la pochette d'Amanda. C'était le téléphone que Flora lui avait confié. À la deuxième mesure, Joyce reconnut l'air. Une chanson afghane. Amanda prit le téléphone, fronça les sourcils et dit : « Oui. »

Mais ce n'était pas Neal. Amanda dut éloigner l'appareil de son oreille tant celui qui appelait était surexcité. À ses cris s'ajoutait la confusion des deux interlocuteurs, chacun croyant s'adresser à un autre. « Non, je ne suis pas Mrs Weiss », répondit Amanda d'un ton ferme. L'homme expliqua qu'il avait essayé sans succès de joindre Neal sur son portable et composé le numéro de secours qu'on lui avait donné. Il téléphonait de la boutique de fournitures religieuses de Hartford. Un masque d'acier se plaqua sur le visage d'Amanda. Elle déclara : « Vous nous avez laissé tomber.

— Quelqu'un de chez vous a signé l'enlèvement ! protesta l'homme, dont Joyce entendait distinctement chaque mot. Nous sommes encore fermés. Mais comme le soleil est couché, je suis venu vérifier le registre. Depuis trente ans que je travaille ici, je n'ai jamais rien vu de pareil. Quelqu'un est venu chercher la houppah, et a signé !

— Impossible.

— C'est signé ! répéta-t-il.

— Et... comment s'appelle la personne qui a signé ? demanda la mère de Joyce.

— Heu... ce n'est pas très lisible. Il soupira profondément. Si, H, H quelque chose... Harriman ? »

Joyce faillit tomber à la renverse, son estomac lui descendit dans les talons. La sensation était si intense qu'elle en fut pratiquement aveuglée, incapable de voir autre chose qu'Amanda, qui, à son tour, ne voyait rien d'autre que sa fille. Les yeux d'Amanda semblaient figés dans leurs orbites.

« Je... Je... Ce n'est pas moi ! Non ! Ce n'est pas possible ! » bégaya Joyce, mettant en marche, nauséeuse, le processus mental qui allait lui permettre de comprendre comment son nom pouvait se retrouver sur le registre d'une boutique de fournitures religieuses juives de Hartford, dans le Connecticut.

« Vous êtes sûr ? demanda Amanda.

— Oui, oui, c'est ce qui est écrit. Harriman. Morris... Moishe... Marshall ! Marshall Harriman ! Ça vous dit quelque chose ?

— Non », dit Amanda.

Elle referma le téléphone d'un geste très retenu, mais avec autant de force que si l'appareil avait été conçu pour résister à une pression violente. Elle fixait sa fille aînée, enregistrait ses traits de caractère : sa faiblesse, son manque de chance, sa honte contagieuse. Puis elles entendirent toutes les deux un murmure collectif venant soudain de la chapelle et, après un instant de silence, des gloussements amusés. Joyce qui en profita pour tenter d'échapper au regard de sa mère se retourna et fit un pas en avant.

Neal et Joel étaient arrivés, portant une bâche bleue attachée à quatre bouts de bois : la houppah du Queens, une heure en retard. Les deux hommes s'avancèrent dans l'allée, regardant droit devant eux. Joel sortit d'un sac en plastique les éléments manquants et, tournant le dos à l'assemblée, les frères Weiss montèrent le dais nuptial près du lutrin toujours vide de Gottshall. La houppah était un dispositif assez simple, sans pans latéraux, avec une étoile de David cousue à l'intérieur du toit. Joel et Neal échangeaient à voix basse de brèves indications. Il leur fallut forcer pour faire entrer une des pièces dans la cavité correspondante. Neal gronda sous l'effort. Son smoking était froissé. Ils glissèrent les tubes de tissu blanc sur les perches en bois. Ne sachant pas quelle musique convenait à la mise en place de la houppah, l'organiste s'était interrompu en plein milieu de « Jésus, mon seul espoir ».

Une fois la houppah montée, Neal tira sur un de ses montants pour en vérifier la solidité. Joel alla s'asseoir au premier rang, à côté de ses parents. Son père fronçait les sourcils. Neal se retourna vers les invités. Il leur adressa un sourire chaleureux, teinté de gêne, mais d'une gêne visiblement feinte et destinée à solliciter leur sympathie. Debout face à l'assemblée, le visage clair, beau, il était parfaitement à l'aise.

« Désolé de ce retard, les amis », annonça-t-il, et la foule rit, comme s'il venait de dire quelque chose de délicieusement drôle. Il se redressa, passa la main sur les plis de son smoking. Même Joyce se sentit séduite par la façon dégagée et enjouée dont il occupait le centre de la chapelle. Elle jeta un coup d'œil à sa mère. Amanda n'était pas sous le charme. Elle fixait celui qui allait devenir son gendre avec une heure de retard, pleine d'une rage dont l'écho résonnerait encore pendant des décennies. Neal laissa son regard traîner tranquillement autour de lui, cherchant à croiser ceux des autres. Beaucoup répondirent d'un sourire. Il tendit les bras, ouvrit les mains et ajouta : « La circulation était vraiment très dense. »

Mai

1. La balle en caoutchouc dur, rouge, gris et bleu de Victor frémissait puis s'immobilisait. 2. Au bout de l'étagère, les livres penchaient comme une vague prise par le gel. 3. La partie la plus lumineuse d'une ampoule était invisible, cachée par son propre éclat. 4. Victor croyait que Barney était un vrai dinosaure ; mais il savait aussi qu'il y avait quelqu'un sous le costume du dinosaure. Il n'arrivait pas à faire coïncider ces deux faits. 5. Ils avaient heurté le World Trade Center volontairement. 6. Dès que son père rentrait à la maison, sa mère se précipitait dans la cuisine. 7. Rachel et Maria avait été adoptées. 8. Halloween était sa fête préférée ; on recevait des bonbons sans rien avoir à payer. 9. Quand on éteignait la télévision avec la télécommande, l'étoile blanche émettait un bruit aigu, puis un hoquet, et le silence qui suivait était plus profond que d'ordinaire. Essaye encore. 10. Quand Miss Naomi mettait son justaucorps rose, on voyait le bout de ses seins. 10a. Son père avait vu ; il avait regardé. 11. Ils devaient avoir su qu'ils allaient heurter le World Trade Center. 12. Sa mère ne pouvait pas toucher Snuffles. 13. Si on voulait, on pouvait faire sortir son caca en

plusieurs fois. 14. *The Powerpuff Girls* était sa série préférée. 15. Dans sa nouvelle école, le déjeuner serait servi dans un self, sans Victor. 16. Qu'est-ce que tu as, toi ? 17. De temps en temps, sa mère redressait les livres, mais ils retombaient. Son père en emportait dans la chambre. 18. Au Monty's, s'il y avait trop de sauce sur la pizza, on pouvait la renvoyer, mais Victor le faisait sans raison ; il le faisait pour prouver qu'il pouvait le faire. 19. Quand on écrasait un chewing-gum neuf entre ses dents, le jus en sortait si fort que ça faisait mal aux gencives. 20. Des remorqueurs jaunes allaient et venaient sur le fleuve à la recherche de clients. 21. Hop là, je l'ai encore fait. 22. Une mauvaise odeur qui n'était pas celle d'un caca signifiait que quelqu'un était en train de mourir quelque part dans le monde.

Viola dit : « Comment on sait ? »

Elles étaient au supermarché. Elle l'appelait en secret l'endroit de l'envie, car elle reconnaissait le désir se former en elle dans un frisson chaque fois que sa mère lui demandait de mettre ses chaussures pour y aller. Elle savait qu'elle avait désespérément envie d'une des bagues magiques du distributeur – il lui en fallait une, et seule la mauvaise conduite de Victor empêchait sa mère de la lui acheter –, et en même temps elle savait qu'avant de les voir pour la première fois elle n'y avait jamais pensé. Chaque fois qu'elles tournaient dans une nouvelle allée du côté des caisses, les bagues étaient là, étincelantes dans leur bocal magique. Sa mère ne les voyait pas. Elle fixait sa liste. Elle passa devant la nourriture pour chiens sans s'arrêter, poussant aveuglément Victor dans le chariot. Elle ne voyait pas ce qu'il faisait.

« Comment sait-on quoi, mon poussin ?

— Comment on sait.

— Comment on sait quoi ? »

Elles arrivaient au rayon crémerie. Sa mère s'arrêta pour réfléchir à ce dont elle avait besoin. Ce n'était pas sur sa liste. Elle prit son lait bleu et leur lait blanc, mais pas le lait rouge de leur père. Elle posa doucement la main sur le jus d'orange et ferma les yeux, écoutant quelque chose d'autre que la musique provenant d'en haut. Elle était immobile. Le jus d'orange lui parlait, la suppliait. Elle ouvrit les yeux et mit le jus d'orange dans le chariot. Juste à temps. Victor semblait sage comme une image.

« Comment on sait les choses.

— Quelles choses ?

— Toutes les choses. »

Sa mère examinait maintenant le beurre, hésitant à le prendre en paquet rond ou bien carré. Elle était légèrement penchée en avant, ses bras nus hérissés par la chair de poule, croisés sur la poitrine. Elle dit, sans s'être décidée : « Comment on sait ? On apprend à l'école, ma toute-petite.

— Non !

— Si. C'est à l'école qu'on apprend. Miss Naomi t'apprend...

— Non, je ne parle pas de ça. Je ne parle pas d'apprendre. Ce que je veux dire, c'est comment est-ce qu'on sait ? »

Elles étaient au bout du rayon crémerie. Le distributeur de bagues était de l'autre côté des caisses. Il suffisait d'y arriver. Sa mère s'écarta du chariot. Elle balaya sa liste du regard, puis l'ensemble du magasin, essayant de se souvenir. Quoi d'autre ? Elle avait arrêté le chariot devant les Tylenols, presque contre les boîtes. Elle aurait très bien pu voir ce que Victor faisait, seulement voilà : elle ne le regardait pas. Elle fronça très fort les sourcils, comme si elle avait été en train de pousser pour faire sortir une idée. Tu crois que je suis amoureuse. Elle murmura : « Est-ce qu'on sait quoi ?

— Les choses. Tout. Le monde.

— Le monde », répéta-t-elle. Elle dégagea le chariot d'un geste brusque. La tête de Victor partit en arrière. Il eut un petit rire. Sa mère n'en remarqua pas l'espièglerie. Il n'y avait la queue nulle part, mais elle se demanda quelle caisse choisir. Les jeunes employés faisaient semblant de n'en avoir rien à faire et regardaient vers le fond du magasin. Elle se décida pour celle qui était juste à côté des distributeurs de bagues et commença à poser ses achats sur le tapis roulant. « Eh bien, on voit les choses.

— Mais il y en a tellement.

— C'est vrai... » Le jeune caissier écoutait de la musique, mais pas celle du magasin. Une musique d'un autre monde, auquel ni les adultes ni les petits enfants n'avaient accès. Il avait le menton, le cou et le front parsemés de boutons, petites taches rondes rouges et blanches formant de mystérieux diagrammes qui racontaient, si on savait les lire, l'histoire de ses pensées. Il ne sembla pas voir la mère de Viola, pourtant le tapis roulant se mit à avancer, et le jeune garçon fit passer les paquets devant le lecteur de codes-barres. Tout en continuant à sortir ses courses du chariot, elle dit : « On apprend à faire le tri...

— On peut avoir des bagues magiques ?

— Oui.

— Et comment on apprend à faire le tri ?

— On apprend. Excuse-moi, ma chérie, pas maintenant. J'essaye de me concentrer sur ce que je fais. »

Sa mère vida le chariot, de nouveau silencieuse et calme. La liste tomba par terre. Elle serrait les lèvres de toutes ses forces, comme si elle avait eu à résoudre une énigme, pourtant vider le chariot était une tâche facile que Viola aurait pu accomplir, si elle avait été plus grande. La musique qui venait de l'étage supérieur prenait des proportions énormes. Je ne suis pas si innocente que ça. Victor se tortillait et donnait des coups de pied dans le chariot. Soudain, il voulait descendre.

« Comment on apprend ?

— Avec l'expérience. Arrête, Victor ! Écoute, Viola, on parlera de ça plus tard, d'accord ?

— Et comment on sait que ce qu'on voit est vrai ?

— On le voit. »

Sa mère se figea, un pot dans la main au-dessus du tapis roulant. Elle fixait le pot. Le jeune garçon continuait de faire passer leurs achats devant le lecteur de codes-barres. Un autre jeune garçon les mettait dans des sacs. Lui aussi écoutait ailleurs.

« Et s'il y a des choses qu'on ne peut pas voir ? Pas les choses elles-mêmes, mais ce qu'elles veulent dire ? On ne voit pas ce qu'elles veulent dire, il faut le savoir – et cela veut dire qu'il faut savoir d'autres choses. Et comment on sait qu'une chose est plus ou moins importante que les autres ? Surtout quand deux choses peuvent être le contraire l'une de l'autre. Et si on pense en même temps à une troisième chose ? Et quand on sait ce que quelque chose veut vraiment dire, est-ce qu'on peut l'exprimer totalement ? Est-ce qu'on peut le dire, même à soi-même ? C'est ça, que je ne comprends pas.

— Des piments ? cria sa mère. Je n'ai pas pris de... » Elle sortit une boîte d'anchois du chariot. « Des anchois ? Mais qu'est-ce que c'est que ça ? Arrêtez. » Elle examina rapidement ce qui restait dans le chariot. Le jeune garçon continuait sa lecture de codes-barres. Il prit une boîte de Tylenols. Le nom n'était pas du tout écrit de la même manière que sur les boîtes que sa mère achetait d'habitude, Viola ne savait pas encore lire, mais elle voyait une différence. « Arrêtez ! Arrêtez, s'il vous plaît ! »

Il ne l'entendit pas. Il ne savait pas qu'elle parlait, bien qu'il sût probablement de nombreuses autres choses.

« Arrêtez ! Je ne veux pas de ça ! Ne les passez pas ! Arrêtez ! »

Le jeune garçon finit par s'arrêter, comme l'Homme de fer sous la pluie dans *Le Magicien d'Oz*. Son visage restait vide. Il ne regardait pas la mère de Viola, qui fouillait parmi les paquets déjà enregistrés, mais fixait l'horizon devant lui. Ses yeux ressemblaient à deux pièces grises. Viola n'arriva pas à imaginer à quoi il pensait, quel souvenir lui passait par la tête, ou quelle envie. Il regarda le plafond et appela :

« Annulation ! »

Ils attendirent qu'un homme arrive et touche quelque chose sur la caisse. Tout le monde les regardait. Les jeunes garçons défirent les sacs et sa mère passa leur contenu en revue, mettant de côté ce dont elle ne voulait pas. Elle essayait de ne croiser les yeux de personne. Elle avait la figure rouge et faisait des petits bruits, pour elle-même. Elle murmura : « J'aurais dû le voir. J'aurais dû le voir. » Alors son corps se secoua et elle se mit à pleurer, sanglota très fort. Elle plongea son visage dans ses mains. Victor tendit le bras vers le tapis roulant, prit une boîte de conserve et la remit dans le chariot. Sa mère se détourna et appuya la tête contre l'étagère de bonbons et de chewing-gums dont Victor avait déjà attrapé plusieurs paquets. Ses omoplates frémissaient comme les ailes d'un ange. Chaque fois qu'elle semblait sur le point de s'arrêter, elle recommençait. On l'entendait par-dessus la musique. Monsieur Annulation et les deux jeunes garçons restaient là, impuissants, horrifiés. Ne sachant pas quoi faire. Ils ne l'avaient jamais vue à la maison. Ne l'avaient jamais vue pleurer.

Au moment de sortir, Viola lui rappela les bagues magiques, mais elle courait presque, poussait devant elle la poussette de Victor qui tapait des pieds sur le repose-pieds, à une telle vitesse que Viola peinait à suivre.

C'était comme ça maintenant : il se passait trop de choses, trop vite, et personne n'expliquait rien. Viola devait se montrer attentive, mais ça ne suffisait pas. Elle devait établir des connections, tirer des conclusions. Sa capacité de compréhension était limitée, elle en avait conscience. On pouvait identifier ce qu'on voyait, mais ce que cela signifiait restait invisible. On ne pouvait jamais être sûr de détenir suffisamment de données. Chacun agissait, enfermé dans sa coquille, défini par ce qu'il ne savait pas. La coquille de Victor était celle d'un tout-petit, définie par ses besoins élémentaires de tout-petit. Viola la voyait de l'extérieur, et la sienne avait une capacité plus grande, et celle de ses parents encore beaucoup plus – quoique limitée, elle aussi. Le langage était défaillant. On ne trouvait jamais assez de mots pour exprimer ce qu'on savait, et ce qu'on savait n'était qu'une minuscule fraction de ce qui existait, ce qui n'exprimait pas complètement ce qu'elle voulait dire.

Quelque chose se passait. Pour le comprendre il fallait réfléchir davantage, et examiner de nouveau tout ce qu'elle savait.

1. La doctoresse avec du vernis à ongles. 2. Le petit ami de la doctoresse, l'homme de loi. 3. Sa mère qui regardait la télévision sur le canapé quand Victor et elle étaient couchés. 4. Son père qui se cachait dans la chambre. 5. Sa mère qui ne pouvait pas toucher Snuffles. 6. La dispute à propos de la tente au mariage de Flora. 7. Sa mère qui était très en colère quand ils sortaient – au restaurant par exemple – et que Victor enlevait ses chaussures. 8. Sa mère qui mangeait seule. Si seulement Viola avait pu se tenir un instant à l'écart de tous ces faits et calmer l'agitation qui régnait autour d'elle, elle aurait alors été capable de considérer la situation dans son entier. De voir la coquille qui l'entourait.

Ce serait pareil que regarder la télévision, autre univers d'informations. La télévision était une coquille, si grosse qu'on ne pouvait regarder qu'une chaîne à la fois, au plus deux ou trois. Ses émissions favorites étaient *The Powerpuff Girls* et *Dexter*, et sa haine envers le dinosaure violet était exactement proportionnelle à l'amour que Victor lui portait. Le soir, après *Dexter*, sa mère mettait les informations et préparait à dîner. Viola croyait que les professeurs de sa nouvelle école, l'année prochaine, ressembleraient aux informations. Elle suivait attentivement. Elle ne comprenait pas tout ce que disaient les informations. Personne ne comprenait tout. Les informations parlaient de leurs vies d'une façon secrète, comme les boutons du jeune garçon. Les informations débordaient sur leur vie : le pantalon de son père s'était déchiré au World Trade Center, et les gens de l'hôpital lui avaient recousu le front. Les informations débordaient sur le monde entier.

Un soir, après les informations, sa mère se disputa avec quelqu'un au téléphone à propos du long vase violet qu'elle gardait dans le Coin noir de l'appartement. Elle disait que c'était une vilaine antiquité. Quelqu'un voulait l'emporter. Elle disait qu'elle l'en empêcherait. Qu'elle ne lui laisserait rien emporter. Son interlocuteur la contredisait, c'était évident. Mais si elle trouvait le vase vilain, pourquoi ne laisserait-elle pas quelqu'un l'emporter ? Viola aimait ce vase. C'était un vase qu'une princesse aurait eu dans ses appartements privés, plein de fleurs magiques et immortelles. Puis sa mère dit qu'elle rappellerait le lendemain de son bureau, et elle resta un long moment assise à côté du téléphone, les yeux tournés vers le salon, sans rien voir de la ville qui les entourait, enfermée, aveugle dans sa coquille. Du canapé où elle était assise, Viola l'observait tout en faisant semblant de dessiner. Quand elle se leva enfin, sa mère vit que Victor avait renversé la poubelle de la cuisine et qu'il shootait dans son contenu éparpillé.

Son cri fut comme de la glace et une décharge électrique en même temps. Sa main se leva et frappa Victor durement en haut du bras. Il tomba au milieu des saletés.

Viola trouvait ça bien, mieux que bien. Elle souhaitait désespérément que sa mère recommence, tout de suite. Victor était par terre, les jambes tendues, la tête au milieu des épluchures et du marc de café. Il avait la bouche ouverte. Les yeux écarquillés. Puis il se mit à hurler, et ses sanglots ne semblaient pas devoir s'arrêter, apparemment encore sous l'effet du coup et de la surprise. Sa mère devait lui avoir fait mal. Viola pensa alors à ses amies de la maternelle, Rachel et Maria, et au mystère de leur adoption, aux méchantes belles-mères avec qui elles avaient vécu, et aux orphelinats. On avait dû les frapper tout le temps.

Son père arriva. Il ouvrit la porte très vite comme si quelqu'un avait essayé de l'en empêcher, et entra. Son visage était dur et sombre, on aurait dit un masque. Même en le regardant en face, on ne pouvait pas le voir. Son visage était devenu un secret. Victor pleurait toujours. En transe, manipulé par des extraterrestres, de monstrueux robots ou peut-être Dexter. Son père alla dans sa chambre sans leur parler.

Maintenant qu'il avait été établi que Victor pouvait être facilement frappé, Viola examina son cas de plus près. Après n'avoir été qu'un simple désagrément, sa mauvaise conduite s'était révélée une ambition, et elle était devenue dangereuse pour eux tous. Il jetait au sol chaque verre, pot, assiette, plat sur lequel il réussissait à mettre la main. Il vidait sous l'évier les bouteilles de produits ménagers. Il gâchait du beau papier par ses gribouillis. Mais elle savait qu'elle ne pouvait pas rapporter tout le temps, que, au bout d'un moment, ses parents cesseraient de l'écouter. Elle devait se montrer patiente.

Eux aussi, elle les étudiait. Ils avaient des secrets, ils avaient des plans. Assez soudainement, Viola se demanda pourquoi, si elle et Victor passaient le week-end avec leur mère, ils ne voyaient leur père que le week-end suivant. Elle avait accepté ce mode d'organisation, un détail parmi d'autres dans la façon dont l'univers était construit, mais elle se força alors à regarder cet état de choses sous un angle différent, à dépasser les limites de son imagination. Elle réfléchit de toutes ses forces. Les parents de ses amis passaient chaque week-end avec leurs enfants. Cette observation fut en elle-même une révélation, et elle en entraîna une autre : Victor était trop difficile pour que son père ou sa mère le supporte deux week-ends d'affilée. Mais Viola devait rester avec lui tous les week-ends, tous les jours et presque toute la journée. La seule solution – voilà, pensa-t-elle, quelle devait être la raison des secrets de ses parents, de leurs frustrations et de leurs accès de mauvaise humeur – était de se débarrasser de lui. De le faire adopter.

Le lendemain, Victor s'empara de l'élastique passé autour de leur courrier. Il tirait dessus et riait quand l'élastique se resserrait. Il resta assis par terre pendant des heures, étudiant l'extensibilité de la chose en bavant presque, comme si la bande de caoutchouc était la plus grande invention depuis... depuis la morve, autre objet de sa fascination. Il sentit l'élastique, le mit dans sa bouche. Le regarda de près. Réussit à le faire vibrer, et exigea qu'elle l'écoute. Il le fit claquer avec son pouce plusieurs fois, mais il ne savait pas tirer, et c'était pathétique. À trois ans, elle savait déjà le faire, elle en était certaine. Ça ne s'apprenait pas.

Le Dr Nancy continuait de poser des questions. Elle cherchait quelque chose, et essayait, elle aussi, de comprendre ce qui se passait. Mais elle posait les mauvaises questions – comment te sens-tu ? Comment te sens-tu quand tu es avec ton père ? Avec ta mère ? Jamais : comment te sens-tu quand tu es avec Victor. Jamais : si tu avais des superpouvoirs, que choisirais-tu de faire ? Aussi les réponses à ces questions ne voulaient-elles pas dire grand-chose. Elle prenait des notes dans un cahier vert à spirale, les sourcils froncés. La voyant frustrée, ce jour-là, Viola lui raconta que sa mère avait frappé Victor. L'effet produit fut excellent, tout d'abord : le médecin sursauta, se redressa sur sa chaise et la regarda comme si elle la voyait pour la première fois. Mais ensuite elle voulut examiner le bras de Victor et, tout en lui murmurant des paroles rassurantes, inspecta son corps entier, ou presque, y compris son derrière. Victor commença par rire, puis il se mit à pleurer, et Viola se sentit bizarre, comme si c'était elle qui avait demandé au médecin de regarder les fesses de Victor.

Quand leur mère vint les chercher, le Dr Nancy ne lui parla de rien, et Joyce ne remarqua pas les joues rouges de Victor. Il resta tranquille tout le long du chemin jusqu'au métro, les tint par la main, marcha à leur rythme, se baissa sagement pour passer sous le tourniquet et ne se jeta pas sur les rails, mais après que le train fut arrivé et qu'ils se furent précipités sur les places assises, elle le vit frotter le devant d'une de ses baskets sur l'arrière de l'autre pour la faire tomber. Juste au moment où elle allait la prévenir, sa mère sursauta.

« Agent Robbins ! » cria-t-elle à l'étranger assis à côté d'elle.

L'homme ne réagit pas tout de suite. Il avait la peau grise, hérissée de poils, et regardait le sol avec des yeux tombants et tristes. Flora n'en revenait pas d'entendre sa mère parler à un étranger.

Il se retourna lentement, attendit encore un instant avant de la regarder. Elle rougit. Appuyée contre son bras, Viola eut l'impression de sentir sa température s'élever. Les yeux de l'homme scannèrent les visages des deux enfants aussi vite qu'un lecteur de code-barres. Il ne sourit pas.

« C'est moi, Joyce Harriman ! »

Les oreilles de Viola devinrent brûlantes. Les autres passagers les observaient. Ils entendirent sa mère prononcer son nom. Maintenant ils connaissaient son nom. Il leur appartenait, c'était un fait nouveau. Qu'est-ce que cela signifierait ? L'homme posa sur sa mère un regard soutenu, dénudant douloureusement ses dents. Il devait être profondément plongé dans ses pensées, loin d'eux et du métro.

Sa mère dit : « L'histoire du faux anthrax, vous vous souvenez ? »

Il ouvrit la bouche mais un certain temps s'écoula avant qu'un mot en sorte. « Oui », dit-il sans conviction.

« Vous avez relevé un échantillon dans mon nez. Je vous ai appelé... » Elle s'interrompit, ne sachant pas comment continuer. Le visage de l'homme restait désespérément sombre. « J'imagine que vous n'avez jamais trouvé qui a envoyé le vrai anthrax. »

Il poussa un soupir, comme un gémissement, et se retourna, fixa son reflet en face d'eux. Les murs et les piliers du tunnel défilaient à toute vitesse derrière son image fantomatique. Dans la vitre, il semblait presque beau. « Non, je crois bien que non.

— Je n'aurais pas dû dire ça, je suis désolée. Ce n'est pas de votre faute...

— Oh ! mais si, nous aurions dû le trouver. » Il appuya la tête contre la fenêtre derrière lui, faisant ressortir sa pomme d'Adam. « Cinq morts. Nous avons fait une enquête énorme, nos agents ont tous travaillé dur. Des experts sont toujours dessus, étudient les faits, les indices, les éléments matériels, emploient des techniques de pointe. Nous avons les preuves nécessaires, j'en suis certain – dans un dossier, une éprouvette, un sachet, un numéro de téléphone, un mail. Nos superordinateurs sont en train de traiter les données, tentent de mettre ces preuves dans le bon ordre. Mais il nous manque quelque chose, quelque chose d'important et d'évident...

— Je sais, je sais », dit sa mère comme s'il était un de ses enfants. Ses yeux étaient doux, compréhensifs. Elle lui offrit un petit sourire. Il ne le vit pas.

« Cette affaire m'obsède, et plus j'y pense, plus la solution me paraît hors d'atteinte. Ah ! dit-il d'un ton las en se redressant, et il agita la main comme pour chasser une mouche. Ça a été une mauvaise semaine au Bureau. Vous avez vu les nouvelles, il s'avère que nous savions beaucoup de choses sur Al-Qaida avant le 11 septembre... Notre agence de Phoenix avait signalé que des Arabes liés à Ben Laden prenaient des cours de pilotage là-bas. Dans le Minnesota, ils ont arrêté Moussaoui, mais ils ont omis d'examiner son ordinateur qui contenait le numéro d'Atta. On a laissé entrer sur le territoire américain deux autres types qui étaient sur la liste de surveillance antiterroriste. Les Français nous ont avertis. Et nous n'avons pas été capables de réunir ces renseignements, de nous les communiquer d'un service à l'autre, ni d'une agence à l'autre, ni de les faire passer de nos services à la police locale. Et tout nouveau système que nous mettons en place pour parer à ce problème, tout bureau central, de liaison ou de supervision, ne fait qu'augmenter la masse de données. Nous surveillons Al-Qaida et les autres fous furieux... Mais il y a trop de bavardage dans le système, aussi ne rendons-nous compte que du volume du bavardage, pas de son contenu. Alors ce volume devient une donnée supplémentaire... J'ai sur mon bureau des tonnes de renseignements – sur un autre complot terroriste, le trafic de drogue, un ancien soldat maniaque des armes qui vit dans l'État de Washington et peut passer à l'acte du jour au lendemain, la visite de quelques extraterrestres dans le centre commercial de Piscataway, et la Seconde Venue du Christ. Seulement je n'ai aucun moyen de savoir ce qui, dans tout cela, vaut la peine d'être examiné plus sérieusement. Je fais passer à mes supérieurs hiérarchiques, et ça s'accumule sur le bureau de quelqu'un qui est censé prendre des décisions en connaissance de cause. Et personne, au sein de l'Administration, n'a de vue d'ensemble des dégâts et ne peut en tirer des conclusions. Vous voyez ce que je veux dire ? »

Sa mère hocha la tête et dirigea elle aussi ses yeux vers la vitre en face d'eux. De là où Viola était assise, elle ne voyait ni son frère ni elle dans ce qui se reflétait. Les deux adultes étaient immobiles et ne se regardaient pas directement mais, pensa Viola, avaient conscience d'être ensemble sur la vitre. Deux personnes usées. On aurait dit que l'homme était soudain devenu leur père. Cette pensée plongea en elle comme un pic à glace. Sa mère murmura : « Oui, ce que vous décrivez ressemble à ma vie. »

Le grondement du train baissa de volume, ils arrivaient à une station. La rame frissonna et ralentit. « Oh ! cria sa mère. Nous changeons ici ! Désolée, agent Robbins...

— Appelez-moi Nathan.

— Et merde ! »

Victor avait enlevé ses deux baskets et elles avaient glissé derrière les jambes d'un homme qui dormait, un sac en papier entre les bras. Sa mère avait déjà ramassé ses affaires et pris la main de Viola. Elle s'accroupit pour attraper les baskets au moment même où le train marqua brusquement l'arrêt, et tomba contre les genoux de l'homme puis par terre. « Et merde », répéta-t-elle.

L'homme se réveilla et l'examina de ses yeux jaunes comme des feux de signalisation, mais ne bougea pas ses jambes. La porte s'ouvrit, et de nouveaux passagers arrivèrent autour d'eux, prirent leurs sièges tandis qu'elle enfilait ses chaussures à Victor. Une marque de poussière se dessina en bas de sa robe. L'agent Robbins se leva mais ne sut que faire pour l'aider. Quelqu'un s'assit à sa place. Les tenant tous les deux par la main, sa mère entraîna ses enfants sur le quai sans un regard en arrière.

Il y eut un claquement plat, un petit bourdonnement, le battement, semblable à celui d'un insecte vrombissant, sifflant, stridulant, de surfaces presque microscopiques heurtant l'air dans leur course, et elle fut piquée à la nuque. L'élastique tomba par terre, raide mort.

Assis les jambes croisées dans le coin du salon qui lui était réservé, Victor jouait aux billes, essayant, sans y parvenir, de ne pas la regarder. Ses yeux pétillaient, il retint un sourire. Elle allait se frotter le cou mais interrompit son geste, la douleur disparaissait. Elle hésita à prévenir sa mère qui était occupée à arpenter l'appartement d'un air décidé, un bloc de papier à la main. Elle s'arrêtait devant chaque objet – meuble, lampe, tableau –, le contemplait longuement, puis inscrivait quelque chose sur sa feuille. Elle était très sérieuse. Il n'y avait pas de sang, sa mère dirait que ce n'était rien. Ce n'était pas le bon moment. Viola s'étonna du contrôle qu'elle réussissait à avoir sur elle-même, c'était comme un exercice physique, comme étirer ses muscles, développer son corps. Elle se sentait déjà plus grande.

Un peu plus tard, Victor récupéra l'élastique et vérifia qu'il n'était pas abîmé. Elle pensa qu'il allait recommencer, mais il semblait ne plus s'intéresser à elle. Il poursuivit ses recherches, enroulant l'élastique autour d'un morceau de papier d'aluminium et d'une bille de verre bleu. Il semblait absolument vouloir l'utiliser pour envelopper des choses. Il ne savait pas encore s'en servir comme d'une fronde.

Cela dura des jours. Il prenait d'autres jouets et les faisait rebondir avec l'élastique : un petit soldat, une chaussure de poupée en plastique, un chewing-gum mâché et durci. Ce n'était plus qu'une question de temps, bientôt il tirerait. Elle observa son cerveau de bébé travailler à découvrir les principes opératoires de l'élastique. Le monde de Victor était composé d'éléments disparates entre lesquels il n'établissait que des liens éphémères, et arbitraires. Il appuya la chaussure contre la partie tendue, mais il tenait maladroitement ses doigts derrière, empêchant l'élastique de s'étirer. Puis la chaussure glissa, et il se retrouva avec dans les mains deux objets qui n'avaient plus aucun rapport l'un avec l'autre.

Soudain, ses parents se mirent à discuter avec une violence inouïe. Elle n'avait pas fait attention à eux, n'avait même pas remarqué qu'ils étaient, pour une fois, tous les deux dans le salon. Elle n'arriva pas à discerner les mots qu'ils se jetaient, se lançaient, se crachaient à la figure, mais sa mère s'était figée, toute raide, et son père pointait l'index vers le plafond. Il dit quelque chose, puis s'écarta brusquement, et sa mère dit quelque chose, et il revint immédiatement, se précipita pour dire quelque chose d'autre. Il repartit et revint. Ils criaient tous les deux en même temps. L'air semblait brûlant, on aurait cru que l'appartement allait prendre feu.

Son père saisit le bloc de papier. Sa mère hurla, un cri court, puissant. Il arracha les pages où elle avait écrit, jeta le bloc par terre, déchira les feuilles, d'abord en deux, puis en quatre et ainsi de suite. Viola aurait aimé qu'il soit en train de faire des confettis, mais ce n'était pas le cas. Ses mâchoires étaient tellement serrées qu'on voyait ses muscles étirer les côtés de son visage. Les yeux de sa mère étaient profondément enfoncés dans leurs orbites. Son père s'acharna sur le papier, puis jeta les petits bouts, finalement comme des confettis, au visage de sa mère. Elle ne cligna même pas des paupières, reçut l'averse sans broncher sur les cheveux et les épaules.

Il alla dans sa chambre et fit claquer la porte. Il l'ouvrit, la fit claquer encore, encore et encore, plusieurs fois. Ensuite, quand la porte s'immobilisa, les verres continuèrent de tinter et tintinnabuler dans le buffet comme un chœur d'angelots.

Sa mère s'écarta des confettis et s'assit près de la fenêtre. Viola s'était trompée en croyant qu'elle ne voyait rien au-delà de cette fenêtre. Elle voyait. Pas la ville, mais derrière le toit voisin, une tranche tendre de ciel sans nuages. Elle contempla le bleu un moment, comme s'il détenait quelque secret vital.

Le raffut ambiant laissa place au silence, puis l'élastique émit un son nouveau, une vibration aiguë, puissante, profonde, comme un bourdonnement. Le petit avion métallique qu'ils avaient eu avec un jeu auquel ils n'avaient jamais appris à jouer jaillit des mains de Victor. Il traversa le salon et gagna doucement de l'altitude. Il volait tout droit, sans à-coups. Ils le regardèrent tous les trois arriver à quelques centimètres du plafond puis commencer sa descente. Le vol se termina, en plein dans la cible, contre la partie centrale du vase de princesse.

Lorsque le jouet frappa, le verre changea de couleur de haut en bas, passa du violet à un blanc rosé brillant, et le vase rayonna avant de s'écrouler et de revenir à sa nature première, un amas d'éléments dont aucun ne pouvait être identifié. À l'instant précis où le vase s'effondra, le cœur de Viola bondit dans sa poitrine. Son analyse de l'activité de Victor avait été confuse, la forme du vase avant l'impact parfaite, sa destruction confuse, et la compréhension que Viola avait maintenant de ce qui s'était passé atteignait de nouveau la perfection. Elle n'avait jamais assisté à quelque chose d'aussi beau que cette série de transformations.

« Oh ! » dit sa mère, faiblement. Et elle mit la main devant sa bouche.

Son père ouvrit la porte et s'avança d'un demi-pas. Il avait le visage tiré, les poings serrés. Il vit tout de suite le vase cassé. Il fixa les débris un moment et se retourna, dans un mouvement incroyablement parallèle à celui que leur mère effectua en même temps, vers Victor. Victor, qui luttait pour comprendre comment fonctionnait l'élastique, n'essayait même plus de cacher son sourire fier. Bouche bée, il paraissait grandi, sans plus rien d'un bébé : il venait d'être lancé dans l'enfance. Son père et sa mère restaient tous les deux immobiles. Viola pensa qu'ils allaient le frapper, mais elle avait tort – encore une fois. Ils étudiaient le petit garçon de loin, comme s'ils s'étaient demandé d'où il venait et comment il était arrivé dans leur appartement.

Encore une fois elle s'était trompée. Elle avait pensé que la destruction du vase avait marqué la fin de quelque chose. Pas du tout. Ses parents le ramassèrent ensemble, son père à genoux, la pelle à la main, sa mère balayant les débris. Ils auraient très bien pu, l'un et l'autre, le faire seul. Il se passait quelque chose. Il y avait dans leur voix un calme, une urgence – pas exactement celle de la dispute qui, comprit-elle alors, était leur mode de communication habituel. Elle n'arrivait pas à comprendre ce qu'ils murmuraient. Ils avaient tous les deux l'air fatigué. Le visage de sa mère était doux, tendre. De temps à autre, ils jetaient un coup d'œil aux enfants. Ils semblaient être d'accord. Viola se demanda si c'était ce soir-là que ça allait se passer.

« Les enfants », commença son père. Puis il regarda sa mère, impuissant. Joyce fronça les sourcils et fit signe aux enfants de s'installer sur le canapé. Les parents restèrent debout, chacun d'un côté, raides, vacillant au-dessus d'eux comme des arbres secs.

« Les enfants, répéta son père, mais sans continuer.

— Les enfants, dit sa mère. Nous avons quelque chose à vous dire. Nous voulons que vous sachiez que nous vous aimons très fort tous les deux. Vous êtes vraiment ce qu'il y a de plus important pour nous au monde, et vous le serez toujours. Vous comprenez, hein ? Quoi qu'il arrive, je serai toujours votre maman et Papa sera toujours votre papa. »

Sa mère s'arrêta, les contempla. Victor eut encore un sourire fier. Viola la regarda dans les yeux, consciente de la gravité de la situation, et prit une expression attentive, adulte. Elle demanda : « Est-ce que Victor sera toujours mon frère ? »

Sa mère lança un regard étrange, désespéré, à son père qui se pinçait le nez et fixait le tapis.

« Oui, toujours, lui dit sa mère. Voilà pourquoi il faut être gentille avec lui et t'occuper de lui. »

Viola insista : « Ce n'était pas ma faute !

— Mais non, mais non, ce n'est pas de toi et de Vic que nous voulons parler, intervint son père d'un ton véhément. Enfin, cela vous concerne tous les deux, mais Maman et moi avons quelque chose à vous dire.

— C'est lui qui a cassé le vase.

— J'ai pas fait exprès ! » se révolta Victor.

Son père dit : « Je me fiche de ce vase, il était moche. Je ne l'aimais pas. Arrêtez d'y penser. Écoute, Viola. Écoute, Vic. Nous ne savons pas encore comment, malheureusement, nous nous organiserons, mais il faut que vous sachiez que... »

Pendant les minutes suivantes, elle cessa de comprendre ce qu'on lui disait. Ses parents parlaient en même temps, très vite, martelant leurs mots, puis criant chacun le contraire de l'autre. Sa mère parla d'une famille plus heureuse. Son père prononça plusieurs fois l'expression « de nouvelles dispositions ». Ils expliquèrent que dans le nouvel appartement ils auraient leurs jouets en double, mais que rien d'important ne changerait dans leur vie. Sa mère pleurait en silence, et sans essayer de se cacher. Son père ajouta qu'ils ne savaient pas quand arriverait ce qui allait arriver. Sa mère répondit sèchement que cela pouvait se passer dès le lendemain matin. Le bruit de leur désaccord, comme toujours, tourbillonna sur lui-même, s'embrouilla, s'accéléra. Cela dura plusieurs minutes, jusqu'à ce qu'elle entende un mot qui traversa le brouillard, un mot qu'elle comprit immédiatement, et complètement. Le mot divorce.

Rien à voir avec Rachel et Maria. Le mot divorce ne les concernait pas. Elisabeth, Roxane et Keisha, si. Viola savait ce que cela signifiait. Les autres parleraient de ses parents qui divorçaient, Victor et elle deviendraient des enfants de parents divorcés, divorce, divorce, divorce, il n'y aurait plus que ça, elle ne serait plus que ça. Elle savait par Elisabeth, Roxane et Keisha ce que signifiait un divorce. Leurs parents s'occupaient d'elles séparément, plus jamais leur famille n'était au complet, et cela les rendait elles aussi incomplètes, et elles erraient dans la cour, une seule moitié d'elles-mêmes à la fois.

Mais Victor et Viola n'étaient-ils pas déjà abandonnés ? Leurs parents se relayaient chaque weekend, exactement comme ceux d'Elisabeth, Roxane et Keisha. Leurs parents ne s'embrassaient jamais comme ceux des familles normales à la télé. Ne se câlinaient jamais, ne se prenaient jamais dans les bras l'un de l'autre. Et maintenant ils allaient avoir deux appartements. Leurs parents divorçaient. Est-ce que toute sa vie ne tournait pas autour de ça ? Le Dr Nancy, Mr Peter, sa mère qui dormait sur le canapé, son père silencieux dans la chambre, les larmes, les cris, les portes claquées... Comment avait-elle pu être si stupide ? Cela durait depuis toujours. Ses parents avaient tout manigancé. Elle se sentit aussi transformée par cette idée que le vase de princesse l'avait été par le tir de Victor.

Elle avait été idiote. Les indices du divorce s'étaient accumulés autour d'elle – posés ? suspendus ? aussi étincelants qu'une bague magique dans un distributeur ? –, attendant qu'elle comprenne. L'univers était une immense construction qui s'élevait, un fait après l'autre, et dont on ne pouvait saisir du regard qu'une fraction infime. Elle vivait entourée d'indices, il suffisait de savoir les voir. Mais elle n'arrivait même pas à imaginer ce qu'elle ne savait pas. Elle était toujours idiote. À côté de quoi d'autre passait-elle encore sans s'en rendre compte ?

Juillet

Marshall s'avança sous la voûte, traversa le hall de granite et de verre, s'éleva dans un bruissement doux jusqu'au bureau de son avocat. L'ascenseur s'ouvrit sur une large salle lambrissée au plafond haut, aux boiseries sensuellement façonnées, lourdement colorées et disjointes – comme pour dire au visiteur l'inanité des unions humaines, pensa Marshall. Ses chaussures s'enfoncèrent dans l'épaisse moquette. Ses oreilles se débouchèrent. La réceptionniste, sombre et boudeuse derrière sa console, l'accueillit froidement. Épaules nues, décolleté profond, moulée de jersey blanc, elle avait un visage aux pommettes hautes, véritable salade composée de ce qui se faisait de mieux en matière ethnique à cette époque, Europe de l'Est, Érythrée et Amérique latine. Elle fixa Marshall de ses yeux bruns satinés, avec un sourire parfaitement dosé, c'est-à-dire outrageusement lascif mais sans être engageant. Elle lui demanda son nom. Quelles dents ! Marshall eut un haut-le-cœur. Qui est-ce qui payait pour qu'elle ait de si belles dents ? Lui.

Thorpe, son avocat, ne se leva pas en le voyant entrer. Les yeux brillants, le gros homme préféra le regarder arriver de derrière la forteresse de son immense table de travail en acajou. Elle devait peser aussi lourd qu'une voiture. Tout, dans ce bureau, était énorme : les meubles, le stylo posé sur le bloc jaune format extra-large, le De Kooning accroché à sa droite. Dans le mur de verre immaculé qui s'élevait derrière Thorpe, les enfants des titans avaient élevé d'autres tours, toutes différentes, toutes quadrillées de fenêtres, et derrière toutes ces fenêtres il y avait des bureaux, et tous ces bureaux servaient à faire de l'argent, beaucoup d'argent. Thorpe jeta un coup d'œil à sa montre. Marshall avait déjà remarqué cette montre, instrument de surveillance du passage d'un temps plus que rentable pour son propriétaire. C'était un chronomètre Teslar. Marshall se demanda quel espoir de réussite, quelle stratégie désespérée, quel optimisme économique l'avaient poussé à prendre un avocat qui portait une Teslar.

Le sourire de Thorpe était laid : moqueur, cruel, carnivore. Ou bien Marshall se laissait-il emporter par son imagination ? Tandis que son client s'enfonçait dans un fauteuil d'une profondeur inquiétante, l'avocat lui demanda : « Dites-moi, cher ami, pensez-vous bien connaître votre femme ? »

Marshall répondit distraitement : « Qu'entendez-vous par là ? »

Thorpe eut un petit gloussement amusé, comme toujours. Il était si facile de prendre Marshall par surprise que c'était peut-être seulement pour ne pas perdre la main que Thorpe cherchait continuellement à le désarçonner. « Vous savez, bien sûr, que nous arrivons au bout d'un conflit juridique très délicat, très compliqué. Le moment de la décision approche. Et cette décision dépend de la façon dont vous répondrez à la question : Joyce va-t-elle se calmer ou continuera-t-elle jusqu'à ce que tout finisse très mal ?

— Ça va déjà assez mal. Mais je ne sais pas ce qu'elle veut faire.

— Je vous en prie. » Thorpe fronça les sourcils. « Vous ne me payez pas pour de simples bavardages. Réfléchissez. Depuis combien de temps vivez-vous avec elle ?

— Neuf ans. Si on peut appeler ce qui se passe maintenant vivre avec elle.

— Vous devriez donc la connaître un peu. » Thorpe tapota une pile de fax posée devant lui. « Elle fait une offre. Et la question, à laquelle il ne me revient pas de répondre, est : pensez-vous qu'elle veuille vraiment en finir ? Va-t-elle se calmer ? Est-elle au bout du rouleau ? Fatiguée, dégoûtée, ou cherche-t-elle encore à prendre sa revanche ? Pense-t-elle au bien de vos enfants ?

— Mystère...

— Je suppose que c'est la raison de votre échec. » Il poursuivit d'un ton sévère : « Chaque démarche qu'elle a entreprise dans cette procédure a été une surprise. Comment, dans de telles conditions, établir une stratégie ? Vous ne la connaissez pas. Où étiez-vous pendant toutes ces années ? Vous avez vécu dans la même maison, fondé une famille avec elle, mais avez-vous jamais regardé cette femme comme un individu à part entière, avec ses motivations personnelles ? À en juger par ses réactions à vos manœuvres – sans parler de vos erreurs, névroses et ambitions –, on dirait que Joyce n'est que votre reflet. Vous ne la comprenez pas. Mais elle, elle vous comprend. En cela, c'est elle qui a l'avantage. »

C'était absurde. Dès le début, à l'université où ils s'étaient rencontrés, Joyce avait capté l'attention et les pensées de Marshall. Ses études étaient passées à l'arrière-plan, personne ne pouvait dire le contraire. Il ne s'était intéressé qu'à ce que cette fille avait dans la tête. Elle était étrange, il l'avait trouvée immature, aussi fraîche et fragile qu'une jeune nation libérée de la férule coloniale. Elle rédigeait sa constitution, cherchait des alliés. Frappait une nouvelle monnaie affective, redécouvrait, réécrivait son passé. Marshall avait dû apprendre son obscur langage. Au cours du temps, chaque fois que quelque chose de nouveau leur arrivait, sur le plan professionnel ou familial, il avait fallu la réévaluer. Et depuis qu'elle avait pris des options révolutionnaires, il avait intensifié ses investigations. Par moments, quand il se trouvait au loin, ce qu'il voyait disparaissait derrière le souvenir de son visage, ce qu'il entendait s'étouffait derrière l'écho de ses mots. Comment pouvait-on dire qu'il ne la connaissait pas ? Et pourtant, il répondit à Thorpe : « Oui, vous avez raison », et il le croyait peut-être.

L'avocat se pencha en avant, les coudes posés sur son bureau. Ses boutons de manchettes étaient en or. Il demanda : « Pourquoi est-elle si en colère ?

— Je ne sais pas, répondit Marshall en levant ses mains ouvertes. Si, je sais, je sais tous les petits événements qui se sont accumulés au fil des années. Elle a des reproches à me faire, j'ai des reproches à lui faire... et elle me reproche d'avoir l'audace de lui faire des reproches ! Je ne suis pas parfait, mais certains de ses reproches sont dingues, ou tout au moins largement exagérés, et sa réaction disproportionnée au mal réellement infligé. » Toute l'amertume de leur divorce remonta soudain, comme quelque chose qu'il aurait eu dans le sang. « Si vous prenez chacune de nos trahisons, chacune de nos faiblesses, des méchancetés que nous nous sommes dites, de nos erreurs d'appréciation, elles sont en elles-mêmes assez horribles. Mais rien de ce que nous nous sommes dit ou fait ne l'a été en dehors d'un certain contexte. Tout le problème est là ! Voilà pourquoi je ne peux pas prétendre qu'elle ait entièrement tort. Je suis capable d'identifier les raisons de sa colère, seulement, quand je le fais, y compris pour moi-même, c'est comme si je justifiais cette colère, et cela m'affaiblit. » Il soupira et demanda : « Mais bon, qu'est-ce qu'elle propose ? »

Thorpe sourit, ravi de la question, aussi fier de lui que le ciel était bleu ce jour-là. Il passa la main sur les fax et annonça : « Vous vous faites avoir. Elle obtient la garde des enfants, l'appartement, une pension, de quoi payer les frais scolaires et universitaires... et vous vous retrouverez sur la paille. À propos, avant que j'oublie, vous êtes en retard sur vos honoraires.

— Ça, c'est si j'accepte. Et si nous continuons la procédure ?

— Il y a une différence entre se faire avoir et se faire complètement avoir. » Il gloussa. « Si vous acceptez, vous pourrez encore jouer sur vos responsabilités et dettes communes. J'ai vu pire. La pension pourrait être beaucoup plus élevée. En fait, tout dépendra du juge. Si vous pensez qu'il y a des chances pour qu'elle se calme, faites-lui une contre-proposition raisonnable, mais pas dans le cas contraire. Ne baissez les enchères que si vous pensez qu'elle est désespérée, ou si vous voulez bluffer, lui faire peur, et s'il est possible de lui faire peur. Nous avons le choix. Qu'en dites-vous ? J'ai besoin que vous me disiez comment elle est, en vrai. »

Marshall lança un coup d'œil au plafond, il ne pensait pas que l'on puisse connaître quelqu'un, en dehors de ses réactions aux stimuli qu'on lui envoyait, cela ne lui semblait pas scientifique. Qui savait comment étaient les Arabes ? Et qu'est-ce que ça pouvait foutre ? Il se demanda comment était éclairé le bureau de Thorpe : les fenêtres étaient les seules sources visibles de lumière, pourtant le visage archibronzé de l'avocat rayonnait. Marshall dit : « Je ne sais pas... Il y a de fortes chances pour qu'elle veuille juste que tout cela s'arrête, exactement comme moi. Je ne crois pas que l'argent soit important pour elle. Elle n'a jamais été quelqu'un d'intéressé. Elle me hait, ou pense me haïr. C'est la dynamique du divorce. Elle m'a aimé, je suis le père de ses enfants... » et il s'interrompit, pathétique.

Thorpe n'était pas beau, mais son nez fort et couperosé, ses grosses lèvres pleines et sa mâchoire massive et tombante rendaient son regard âprement attirant. Il en dirigea toute la force méprisante sur Marshall. Il avança vers son client sa tête chauve, lisse comme un missile.

Demanda : « Comment est-elle au lit ? Plutôt passive, j'imagine. Distraite, distante...

— Non, pas du tout », répondit immédiatement Marshall. Il sentit ses oreilles devenir brûlantes. « Évidemment, ça fait longtemps... enfin vous voyez ce que je veux dire, mais elle était très active, très inventive. Passionnée. »

Passionnée ? À quel point ? Très passionnée, se dit-il, sur la défensive. Avant de se marier, Joyce et lui avaient passé des week-ends entiers à faire l'amour, et même une fois mariés, mais avant la naissance des enfants, il y avait eu des centaines de ce qui semblait être des après-midi de « tiens, si on essayait ça », sueur et sperme à même le sol, peau trempée et muqueuses irritées, dont il aurait aimé se souvenir. Malheureusement cette époque était enfouie sous les décombres.

« Comment vous suçait-elle ? demanda Thorpe. De toutes ses forces, intensément, à pleine bouche, sincèrement ? Est-ce qu'elle faisait ensuite aller et venir son pubis avec ardeur ? Aviez-vous l'impression, pendant l'acte, qu'elle le voulait vraiment ?

— Oui, tout était normal. Nos problèmes n'avaient rien à voir avec ça.

— Jolie poitrine, j'imagine. Mais le bas du corps un peu lourd, peut-être ?

— Elle a eu deux enfants ! » protesta Marshall. Il avait le visage en feu, cet interrogatoire le désorientait. Les questions de Thorpe avaient beau être insultantes, il essayait quand même d'y répondre, sans comprendre pourquoi il le faisait. « À trente-six ans, toute la journée assise à un bureau, on ne peut pas lui demander de...

— Combien seriez-vous prêt à payer pour la baiser ?

— Je ne sais pas. Il semble que les prix soient plutôt élevés en ce moment... Mais pour moi, faire l'amour est autre chose...

— C'est cela, oui, dit Thorpe en balayant d'un revers de la main les objections de Marshall. Vous êtes un imbécile, Marshall, vous venez de le prouver. Vous l'aimez toujours ! Vous avez d'elle une image romantique ! Voilà pourquoi vous n'êtes jamais capable de savoir comment elle réagit. Écoutez-moi,

Marshall, elle veut foutre votre vie en l'air. Elle veut vous séparer de vos enfants. L'image que vous vous faites d'elle est fausse. Cette Joyce-là n'est pas celle en face de qui vous vous trouvez en ce moment. Cette Joyce-là n'existe plus. Cette Joyce-là a disparu. Si vous voulez vous sortir de ce divorce avec un peu d'argent, ou de respect pour vous-même, il va vous falloir regarder Joyce pour la première fois et voir comment elle est, maintenant. »

Marshall plongea son visage dans ses mains. Un souvenir importun remonta à la surface de ses pensées comme un nuage de vapeur d'une bouche d'aération au milieu de la chaussée. Des années auparavant, quand ils n'étaient pas encore mariés, ils étaient allés, pendant les vacances, marcher au pays de Galles, et ils avaient systématiquement fait l'amour dans chaque chambre où ils avaient dormi cette semaine-là. Sur une vieille route romaine entre deux villages aux noms aussi longs qu'imprononçables, ils s'étaient arrêtés pour déjeuner sur l'herbe en haut d'une prairie de trèfle. Des moutons s'étaient rassemblés à la lointaine lisière d'un bois, et le son métallique et arythmique de leurs cloches s'élevait dans l'air. Marshall ne se rappelait rien de leurs ébats amoureux, mais il se souvenait parfaitement de ce déjeuner. Ils avaient mangé des sandwichs au cheddar, faits dans des petits pains bruns à la croûte craquante, des olives vertes de Sicile, et pour dessert une prune avec une barre de chocolat amer. Ensuite, il s'était allongé, la tête sur les genoux de Joyce, ne voyant que le ciel. Ils avaient bavardé de façon joyeuse et optimiste – de quoi, il n'était pas question qu'il l'avoue maintenant –, tandis que Joyce enroulait et déroulait autour de son doigt une mèche de ses cheveux qui, à l'époque, étaient longs.

« D'accord, vous avez raison. Elle veut ma peau. Je ne crois pas qu'elle soit prête à renoncer. Ils jouent les prolongations. Alors, qu'est-ce qu'on fait ? »

Thorpe ramassa les fax que l'avocat de Joyce lui avait envoyés et les roula sur eux-mêmes. Déclara : « Nous répondons qu'elle peut se les mettre au cul. Nous la laissons réfléchir. Nous retournons devant le juge, on ne peut jamais savoir à quoi s'attendre avec les juges, en ce moment. Elle pourrait tout perdre. Son avocate le lui dira. Elle reviendra avec une offre plus intéressante, et nous y travaillerons.

— D'accord, dit Marshall, heureux du ton ferme qu'il avait réussi à prendre, comme si c'était lui qui avait mis au point une nouvelle stratégie. D'accord, on y va. »

Quand il se leva, son vieil attaché-case à la main, il se demanda depuis combien de temps il était là – environ un quart d'heure, probablement –, et il sentit ses genoux fléchir à la pensée de l'argent qu'il venait de dépenser. Mais l'enjeu en valait la peine. Il payait bien autre chose qu'un plan d'attaque contre Joyce : en défendant fermement ses intérêts, il investissait pour l'après-divorce. C'était à ça que servaient les avocats. Thorpe lui apportait une confiance en lui qu'il allait renforcer chaque jour, dans tous les autres domaines de sa vie.

« Dites donc, elle est plutôt pas mal, votre réceptionniste », ajouta-t-il avec un sourire chaleureux.

Thorpe ne cilla pas, il ébaucha un léger hochement de tête qui ne lui demanda pas plus d'effort musculaire qu'une respiration. Il resta assis, ses durs yeux noirs fixant Marshall. Marshall écarta vite l'idée idiote de lui demander s'il couchait avec elle. Il avait même pensé à utiliser le mot coït, qui lui était étranger, et qu'il trouvait ridicule. Il sortit, traversa la réception sans regarder la fille, puis risqua un coup d'œil dans sa direction. À cet instant, il sut de façon certaine que oui, l'avocat couchait avec sa standardiste.

Plus tard, ce matin-là, le patron de Marshall tambourina doucement sur la moquette qui recouvrait la cloison de son bureau. Plongé dans le torrent de données qui se déversait de son ordinateur, Marshall n'entendit pas. Hudson dut répéter son nom deux fois avant qu'il lève les yeux.

« Désolé.

— Aucun problème. Je ne voulais pas te déranger, dit Hudson, en relevant les mains. Tu as une minute ?

— Bien sûr, voyons. Mais assieds-toi. »

Le visage lunaire de Hudson se fendit d'un sourire discret, timide. Il entra et s'installa, sans oublier de remonter les jambes de son pantalon. Il se pencha en avant. La main sur la cravate, il chercha le regard de Marshall puis détourna les yeux.

« Comment te sens-tu ?

— Ça va, Bill. Et toi ?

— Comment vont les enfants ?

— Bien. Viola reçoit son diplôme de fin d'école maternelle demain. Toques et toges. Bientôt, elle va vouloir une bourse. »

Hudson hocha la tête, comme s'il mémorisait cette information de façon définitive. Peut-être était-ce le cas. Il ne demanda pas de nouvelles de Joyce, tout le monde au bureau savait que Marshall divorçait, et, malgré ses vagues dénégations, tous croyaient que la procédure avait commencé après le 11 septembre. Dans sa firme, le 11 septembre était l'alpha à partir duquel l'histoire se déroulait, le Big Bang, le verset un du chapitre un de la Genèse. Leur directeur new-yorkais avait été tué dans l'attaque, avec tous ceux qui étaient à leur table de travail ce matin-là. Hudson, qui dirigeait leur annexe en centre-ville, s'était jeté corps et âme dans la tourmente. Il ne dormit pas chez lui pendant trois jours, mais prit soin que chacun de ses employés rentre chaque soir dans ses pénates et trouva à loger ceux qui habitaient en dehors de la ville et ne pouvaient pas repartir. Il mit en sécurité les archives de la compagnie. Obtint et plaça lui-même dans les rues les photos et les descriptions de ceux dont on ne savait encore rien, y compris, brièvement, celles de Marshall. Hudson avait été le premier à appeler les familles. Sans qu'il en eût conscience, la rapidité et la justesse de ses décisions allaient lui valoir son heure de gloire. Quelques semaines plus tard, il fut nommé à la tête de leur nouvelle équipe new-yorkaise, un amalgame délicat de survivants du World Trade Center, comme Marshall, de leurs collègues du centre-ville et de quelques nouveaux venus qui avaient du mal à ne pas sentir des fantômes errer dans les couloirs. Le conseil d'administration avait laissé à Hudson les coudées franches pour que le travail reprenne normalement – si « normalement » veut encore dire quelque chose, avait murmuré le président général d'un air sombre.

Marshall sourit, l'esprit ailleurs. « Que se passe-t-il ?

— Il y a un bruit qui court, lui confia Hudson d'une voix douce. Pure spéculation, rien de certain, mais... Tu n'en as pas entendu parler ? Il s'agit de LuQre. »

Marshall fit preuve d'un intérêt poli. « Ah bon ? Quel genre de bruit ?

— On dit qu'ils vont engager une procédure de faillite préemballée, dit Hudson en clignant de l'œil. C'est ce qu'on raconte.

— Non-on-on-on-on-on ! » Marshall émit un gémissement sourd cherchant à exprimer l'incrédulité et la détresse. Ses yeux s'écarquillèrent. Il porta sa main à son visage. Leur firme maintenait un réseau compliqué de liens financiers avec LuQre qui comprenait des fonds et des dettes communes, et qui avait été pour sa plus grande partie mis en place par le service de Marshall. Il aurait voulu pouvoir répéter son gémissement, n'eût-ce été que par respect pour Hudson.

« Avant la fin de la journée », ajouta Hudson.

Marshall resta bouche bée et secoua la tête, comme éclaboussé d'eau glacée. « Tu es sûr ? »

Hudson haussa les épaules d'un geste impuissant. « Je les ai appelés. Ils ne répondent pas. Ils ont dû fermer leur standard. Incroyable, non ? »

Afin de compenser sa réaction trop théâtrale, Marshall déclara : « Non, ça ne m'étonne pas.

— Ça ne t'étonne pas ? » C'était maintenant au tour de Hudson de se montrer surpris, sincèrement surpris. Une expression soupçonneuse passa sur son visage. Marshall comprit qu'il s'était incriminé lui-même, et à tort, car en fait il était très surpris. La nouvelle faisait lentement son chemin à travers les diverses strates de son cerveau. Et voilà que Hudson répétait : « Ça ne t'étonne pas ?

— Si, en fait. Bien sûr que si », répondit Marshall avec emphase. Il s'arrêta pour réfléchir à ce qu'il allait ajouter. Il ne voulait ni laisser croire qu'il avait gardé pour lui ses informations, ni paraître hors du coup, ou désinvolte, alors que, pour être, comme Thorpe le lui avait conseillé, honnête avec lui-même, il devait reconnaître ne rien savoir de cette affaire, ne pas y avoir accordé la moindre attention. Il tenta d'assembler des éléments disparates. Commença : « Ce que je veux dire, c'est que même sans savoir quoi que ce soit, on pouvait déjà penser que ce n'était pas la mieux gérée des compagnies américaines, si tu vois ce que je veux dire. » Il regarda Hudson, espérant que cette explication, et la façon dont il l'impliquait dans son raisonnement, lui suffiraient. Mais le trouble qu'il avait fait naître dans le regard de Hudson ne disparut pas. Alors Marshall continua, d'un ton hésitant. « Ce n'est pas comme si nous n'avions pas été au courant de leurs énormes dettes envers Enron. Et ils étaient très liés à WorldCom et à Qwest. Ils devaient monter quelque chose ensemble en Argentine. Tu ne savais pas ? Sans parler de la claque qu'ils se sont prise avec la dérégulation de l'énergie en Californie. Je suis sûr de t'avoir envoyé leurs chiffres du dernier trimestre. Au fait, c'est Arthur Andersen qui est leur commissaire aux comptes. »

Hudson contempla ses chaussures. Il resta un moment silencieux. Il avait été beau, mais la tension des derniers mois l'avait marqué. Comme la compagnie luttait pour compenser les pertes humaines et financières dues au 11 septembre, il avait refusé de prendre des vacances en dehors des séminaires qu'il organisait et dirigeait. Il semblait épuisé. « Eh bien, ce bruit doit être fondé », dit-il d'un ton suave.

Marshall réfléchit. « Il faut tout de suite appeler nos conseillers juridiques, savoir où nous en sommes, quelles sont nos obligations. Et établir la liste des clients qui seront touchés... »

Il commença à énumérer mentalement des noms, remettant en marche des neurones qui étaient au repos depuis des mois. La liste serait longue, tout cela leur coûterait cher. « Ouaou, je crois bien qu'on va en prendre un coup. »

Hudson soupira, agrippa le haut de ses cuisses, se leva avec difficulté, comme défiant la pesanteur d'une planète. Son visage pendouillait. « Ça va aller, tout va bien », murmura-t-il. Et il retourna dans son bureau d'un pas traînant.

Marshall le regarda partir. Puis il pivota face à son ordinateur et se rendit compte qu'il n'avait même pas pris la peine de changer de fenêtre quand Hudson était arrivé. Son compte de retraite, qu'il consultait de plus en plus souvent, apparaissait à l'écran. Il s'était mis à en suivre l'évolution quotidienne deux ans plus tôt, quand le marché s'était inversé. Et cet été-là, lorsque les cours s'étaient carrément effondrés, que le Dow Jones avait plongé en dessous de 10 000, de 9 000 puis de 8 000 points, balayant les pittoresques hauteurs habitées de gros et de petits investisseurs, il s'était mis à laisser son compte ouvert toute la journée, tout en recherchant systématiquement dans d'autres fenêtres les prévisions boursières les plus perspicaces et les investissements les moins risqués. Hudson avait dû voir sur son écran qu'au moment où il était arrivé dans son bureau Marshall ne travaillait pas pour la compagnie. Mais bon, au moins ce n'était pas un site porno.

Marshall cliqua sur la touche de réactivation de la fenêtre, le regard fixé sur le total de ses avoirs. Il avait diminué. Il fit le calcul sur un bloc de papier qu'il gardait toujours près de son ordinateur. Pendant le laps de temps qu'il avait fallu à Hudson pour lui annoncer la faillite crapuleuse de LuQre, Marshall avait perdu 8,47 dollars. Merde ! Le marché se sabordait encore. L'heure qui venait de s'écouler lui avait coûté 45 dollars, une petite somme. S'il avait fermé son compte une heure plus tôt, il aurait pu échapper à Hudson, sortir manger un faux-filet arrosé d'un verre de vin, réinvestir à son retour les fonds qui lui restaient et se retrouver exactement à la même place. Sauf, Monsieur le gros investisseur mangeur de faux-filets, qu'il ne vous reste sur le marché que votre plan 401 (k), bloqué jusqu'à votre retraite.

Il avait autrefois, à l'âge du Progrès, diversifié ses investissements, ouvert des comptes financiers destinés à faire fructifier leur capital et à assurer les études des enfants, et souscrit à un fonds de prévoyance. À cette époque, dans les année 90, Marshall ne vérifiait presque jamais son portefeuille, il se contentait de laisser ses profits se multiplier comme des champignons. Selon un principe informatique bien connu, la vitesse des puces doublait tous les dix-huit mois, tandis que le Web lui-même doublait de taille tous les mois, ce qui s'accompagnait d'un développement exponentiel de la production de biens nouveaux – téléphones portables, lecteurs de

DVD, caméras numériques, Palms, qui, tous, même s'ils étaient fabriqués en Chine, contribuaient à la productivité américaine la-plus-élevée-du-monde, tiens-prends-ça-dans-les-gencives, on-vous-l'avait-bien-dit. Dans les restaurants branchés, la cuisine fusion remplaçait les spécialités étrangères bon marché. Les jeunes qu'il payait pour promener Snuffles portaient des Manolo Blahniks. New York devenait une ville tranquille où les attaques à main armée rapportaient désormais moins que les fonds de pension. Surveiller ses comptes était inutile. Le monde environnant reflétait votre richesse personnelle.

Mais à présent tout brûlait. Son plan de retraite 401 (k), autrefois prometteur d'une paisible vie près d'un vert terrain de golf baignant dans une lumière dorée peuplée de séraphins, était tombé à 34 000 dollars, malgré ses versements hebdomadaires, de fréquents désinvestissements et réinvestissements, des recherches intenses, et les séances de thérapie financière auxquelles il avait assisté au printemps. Quant à ses autres comptes, tout ce qui n'avait pas été emporté par la baisse du marché était tombé dans la panse avide de Thorpe. Le temps était de l'argent, et ces pertes un voyage dans le passé qui effaçait des années de patience boursière. Un an plus tôt, son capital avait retrouvé la valeur qu'il avait à la naissance de Victor, en 1999. Il en était maintenant à celle qu'il avait à la naissance de Viola. Il avait déjà établi la courbe qui prévoyait, selon les tendances, la date à laquelle il se retrouverait avec ce qu'il avait le jour où il s'était marié. Cette date coïnciderait peut-être avec son divorce.

Avait-il suffisamment profité de la bulle financière des années 90 ? À l'époque, tout le monde savait que le rythme de la hausse était extraordinaire, mais cette apothéose n'avait pas été un triomphe total, car la croissance était considérée alors comme le fonctionnement naturel de l'activité économique, rien qu'il ne fallût fêter. C'étaient la récession, l'inflation, la stagflation et le désespoir qui allaient à rebours de l'histoire. Le bon sens général avait voulu que les quartiers pauvres s'embourgeoisent et que la liberté de marché s'établisse dans le monde entier – il fallait pour s'y opposer être en proie à un pessimisme névrotique niant la vie elle-même. On pensait que, quelques années plus tard, le Dow Jones à 10 000 points semblerait aussi minable et dépassé qu'un microprocesseur de 20 MHz installé sur un disque dur de 1 Mo. Le caractère extraordinaire de la hausse boursière des années 90 était comparable à celui de l'existence humaine, en avoir conscience ne donnait pas envie de pavoiser. La vie, la croissance semblaient ce à quoi il était normal de s'attendre, et en même temps chacun avait honte de le croire. Il paraissait même juste d'être rétribué en échange de cette croyance, alors qu'on ne pouvait fonctionner sans elle dans le monde d'alors.

Pourtant cette ère avait pris fin, et il ne savait pas exactement ce qu'il devait faire de son capital dépérissant. Il sonda le Web afin d'obtenir un répit, chercha une valeur qui pourrait être lancée dans la stratosphère grâce à une inversion des cours, une avancée technologique, une nouvelle politique gouvernementale, innocente ou non. Il constata amèrement que les performances de son portefeuille avaient été battues par celles du livret d'épargne que les parents de Joyce avaient ouvert pour Viola dans la petite banque pantouflarde, sans succursale ni distributeurs automatiques, de leur village. Ses performances avaient même battu celles de Merryl Lynch. Il envisagea de tout transférer en obligations ou bons de dépôt. Mais Marshall avait une peur maladive de se retrouver bloqué, sans savoir exactement la valeur d'un investissement à une date donnée. En plaçant 34 000 dollars à 4,5 % sur trente ans, il aurait 130 821,73 dollars en 2032 – et soixante-six ans. Un titre fixe servait à vous rappeler que votre passage sur terre était défini à l'avance, que vous étiez emporté à un rythme régulier sur une voie à sens unique.

Les risques boursiers vous mettaient dans un état liquide à l'intérieur du temps, ils vous permettaient de voyager librement dans le continuum temporel, de faire des bonds de vingt, trente ou cent ans d'intérêts financiers classiques, et de vous emparer de votre profit sans avoir à vivre toutes ces années, sans avoir à vieillir. Il suffisait de se montrer malin. Ces derniers mois, Marshall avait appris à se servir d'outils de prévision occultes et sophistiqués. Ils montraient que la Bourse dans son ensemble n'avait pas plus de sens qu'un écran de télévision statique ou un univers sans Dieu – pourtant, si l'on suivait l'évolution d'une seule action, d'un fonds ou d'un indice, il était parfois possible de distinguer dans leurs fluctuations certaines formes récurrentes. Elles étaient assez claires et fréquentes pour qu'on leur ait donné des noms basés sur les schémas qui les représentaient, tels que « Triangle symétrique » ou « Drapeaux et fanions ». Marshall fouillait leur typologie poétique et fantasque, apprenait à distinguer les segments d'index qui, lorsqu'ils étaient rapportés au volume ou à d'autres facteurs, prenaient le profil classique « Têtes et épaules » ou « Têtes et épaules inversées », « Courbe parabolique », « Formation en coins », « Barbe d'Oussama », « Moustache de Saddam » ou « Moustache ascendante de Saddam ». Celui qui, en suivant attentivement une action ou un indice, tombait sur un de ces schémas en formation devenait capable de prédire selon le graphique établi ce qui arriverait ensuite et de parier là-dessus. Le profit se cachait derrière des formes immuables.

Les yeux humides, Marshall s'écarta brusquement de l'écran. Il se leva pour s'étirer et jeter un coup d'œil autour de lui, sur ses collègues qui travaillaient ou vérifiaient leur comptes boursiers personnels, les yeux rivés à leurs écrans, tapant des chiffres qui s'ajoutaient aux données déjà présentes dans le vaste et remuant marché global. Malheureusement, le marché était presque omniscient et presque parfaitement rationnel, et il contrebalançait presque toujours l'avantage pris sur lui par l'étude et la compréhension de son fonctionnement. Les milliards de profits qui étaient réalisés ne pouvaient l'être que dans l'espace du *presque*, dans l'ouverture momentanée de la porte gardée par des démons, qui donnait sur ses manques et ses aberrations.

Laisse tomber, se dit-il. Ce qu'il souhaitait vraiment constituait le plus ordinaire des désirs : que Dieu chuchote à son oreille le nom d'une compagnie ou d'un fonds de pension et mette ainsi fin à ses éternels et humiliants calculs. C'était un vœu désespéré, mais Marshall pensait qu'il n'existait pas un seul investisseur qui n'ait jamais prié en secret dans son box.

Marshall ne demandait pas des milliards de dollars. Des millions suffiraient. Il voulait seulement en finir avec son divorce, avoir de quoi laisser l'appartement à Joyce et lui verser sa pension, plus même que ce qu'elle demandait. Il aurait pu, par exemple, lui acheter un manteau de fourrure. Il ne lui fallait qu'un seul titre, un seul. Tout ce dont il avait besoin, c'était que le sigle de ce titre à la Bourse de New York lui apparaisse en rêve, ou dans une vision. Parfois, la nuit, il restait allongé éveillé dans son lit et il tentait de provoquer la vision, de convoquer les bonnes lettres sur l'écran velouté de l'ombre de sa chambre. Venez, allez, venez, charognes, venez ! Mais seules apparaissaient dans les ténèbres des runes et des glyphes de langues disparues depuis longtemps, mortes ou bien gardées secrètes.

Ils répondirent à la proposition de Joyce en lui disant de se la mettre au cul, et, apparemment, elle le fit. Les semaines passèrent sans que son avocate se manifeste et, ce qui était le plus exaspérant, sans que Joyce paraisse l'avoir spécialement dans le cul. Elle ne parlait jamais du divorce, n'évoqua pas son offre. Marshall et elle continuaient de vivre selon le régime matrimonial d'indépendance et de silence qu'ils appliquaient plus consciencieusement que toutes les règles qu'ils s'étaient fixées dans leur vie antérieure, n'y voyant, comme les enfants le faisaient aussi, qu'un mode de fonctionnement normal, mais, contrairement aux enfants, ils se traînaient tous les deux d'un bout à l'autre de chaque journée emmitouflés de douleur suffocante. Pendant la remise des diplômes de Viola, ils se tinrent chacun à un bout de la petite salle, ainsi que tous les autres parents divorcés ou en train de divorcer, pères d'un côté et mères de l'autre, pareils à des étrangers, ou à leurs familles, à droite et à gauche de l'allée, le jour de leur mariage. Vêtue d'un chemisier en mousseline et d'un jean rentré dans ses bottes, Miss Naomi accomplissait ses tâches, resplendissante, et souriait timidement à certains parents, en particulier à moi, pensa Marshall.

Selon les règles précises et rigoureuses qu'ils observaient tacitement, Marshall et Joyce n'avaient pas le droit de se regarder, ni de jamais montrer qu'ils avaient conscience de la présence l'un de l'autre, même chez eux. Quand ils étaient obligés de s'adresser la parole, ils détournaient modestement les yeux et prenaient un ton volontairement plat. Ils utilisaient des phrases d'une élégante concision, sauf, évidemment, quand ils hurlaient. Marshall n'arrivait pas à déterminer, à partir de quelques renseignements glanés et regards volés, si son refus de négocier l'offre de Joyce l'avait inquiétée, mise en colère, amusée ou n'importe quoi d'autre. Il commençait à se demander si son avocate l'avait mise au courant de ce refus.

La prochaine confrontation approchait, et elle serait peut-être décisive, aussi Marshall se demanda si ce n'était pas parce qu'elle était sûre d'elle que Joyce gardait le silence. Son offre avait probablement été sincère, et étant donné l'interprétation contradictoire qu'elle donnait à tout ce qu'ils avaient fait ensemble, elle devait très probablement penser s'être montrée parfaitement juste, et même généreuse. Elle croyait peut-être qu'il se serait senti autrement totalement vaincu et elle avait fait cette proposition pour se donner bonne conscience. Quand il insista auprès de Thorpe pour qu'il lui dise ce qu'il en pensait, l'avocat lui déclara joyeusement que cela pouvait très mal tourner pour lui. Après avoir raccroché, Marshall eut l'impression que, au-delà de son caractère déshonorant, ce coup de téléphone laissait entendre que c'était lui qui avait tenu, malgré les objections de Thorpe, à refuser l'offre de Joyce.

Préoccupé par son divorce, Marshall mit du temps à se rendre compte que l'ambiance au bureau s'assombrissait. Sur son passage, les murs renvoyaient l'écho de murmures. La débâcle de LuQre avait sévèrement secoué la firme et révélé ses erreurs. Des contrats furent annulés, des poursuites engagées, des citations à comparaître notifiées ! Les pertes financières étaient impossibles à évaluer précisément. Pendant leurs réunions de travail, Hudson semblait particulièrement distrait, agité, peiné. Il regrettait probablement l'époque où il affichait dans les rues les noms et les photos des disparus. Le président général vint de Floride leur annoncer qu'il n'y aurait pas de licenciements. « Nous sommes des survivants, déclara-t-il, nous nous serrerons les coudes. »

Le capital de Marshall continuait de s'amoindrir, encore plus vite que les actions de sa firme, dont il s'était débarrassé. Il cliqua sur les résultats, l'historique de son compte et les échanges en cours, afin d'analyser la situation sous tous les angles avant la catastrophe finale.

Ces recherches soutenues d'un site qu'il croyait connaître par cœur finirent par payer. Un vendredi après-midi, à la fin d'une autre semaine de pertes, il aperçut un lien « Comptes associés », signalé en minuscules lettres rouges sous le lien « Conditions d'utilisation » de la start-up. Il ne l'avait encore jamais vu. Comptes associés ? D'autres sommes d'argent ? Il déplaça le curseur et une petite main apparut sur le lien, le doigt tendu. Ou peut-être, se dit-il, tournée dans l'autre sens, le doigt légèrement recourbé pour lui faire signe.

Il cliqua, une autre fenêtre s'ouvrit, lui demandant un nouveau nom d'utilisateur et un nouveau mot de passe. Quelque chose cliqua aussi dans sa mémoire. Il avait déjà été sur cette page. Des années plus tôt, pratiquement à l'aube d'Internet, quand il avait installé le lien du plan de retraite 401 (k) de Joyce. Il lui avait montré comment faire. L'avait séduite, au plus vieux sens du terme. Alors, les doigts tremblants d'excitation, il tapa leur mot de passe : faisonslamour. Une rangée d'astérisques apparut immédiatement dans la case adéquate. Le serveur cachait le mot de passe, mais en conservait le souvenir dans les profondeurs de ses entrailles.

L'écran resta vide pendant quelques instants, avant que la nouvelle page apparaisse, et Marshall s'aperçut alors qu'il retenait son souffle. Quand il vit qu'on ne lui envoyait aucun message d'erreur, et qu'il n'était pas obligé de retaper son mot de passe, il expira. Il avait réellement accédé au compte de Joyce dont la page d'ouverture était exactement la même que celle du sien. Ses yeux exécutèrent la longue descente habituelle vers le montant total.

522 987,50 dollars.

Marshall était abasourdi. Il regarda à nouveau les chiffres, si nombreux, s'assura que la virgule et l'espace étaient bien là où il les avait vus. Plus d'un demi-million de dollars !

Il cliqua sur l'historique du compte. À l'exception du versement hebdomadaire automatiquement déduit du salaire de Joyce, le compte n'avait pas bougé depuis que Marshall avait créé ce lien Internet. Aucune transaction n'avait interféré sur les investissements d'origine. Joyce, qui faisait preuve d'un vif désintérêt pour les histoires d'argent, sauf quand il s'agissait d'appauvrir Marshall, pouvait très bien avoir oublié qu'elle possédait un plan de retraite 401 (k), ou ne même pas savoir ce que signifiaient ces trois chiffres suivis d'une lettre entre parenthèses. Cela lui aurait tout à fait ressemblé. Durant toutes les années qu'ils avaient passées ensemble, jamais elle n'avait consulté le moindre relevé de compte. Elle l'avait toujours laissé s'occuper de leurs impôts. Son refus d'élaborer un projet financier, ne fût-ce que dans les grandes lignes, ou une stratégie de minimisation de leurs charges l'avait rendu fou. Elle devait maintenant simplement déposer ses fiches de paye chez un comptable.

Marshall examina le compte de Joyce. Les actions et souscriptions qu'il avait choisies pour elle, un mélange aussi diversifié qu'il l'avait fait pour lui, avait atteint de très bons résultats. Bien qu'elle n'ait jamais possédé de valeurs phares et que ses revenus financiers aient été loin derrière le Dow Jones pendant une partie des années 90, elle n'avait pratiquement rien perdu l'année précédente. Il n'était pas seulement étonné, mais dégoûté.

Ils passaient tous les deux le week-end chez eux et devraient contrôler chacun de leurs gestes, chacune de leurs paroles. Comme d'habitude. Pensant qu'elle lui parlerait de son offre ou de leur prochaine convocation chez le juge, il avait préparé des réponses à toutes les remarques qu'elle pourrait faire, mais elle ne dit rien. Il la sentait sûre d'elle. Elle savait que tout serait bientôt fini et qu'elle allait gagner le gros lot, c'était évident.

En attendant, il pouvait penser au plan de retraite 401 (k) qu'elle semblait avoir oublié. Il eut envie de lui raconter ce qu'il avait fait, histoire de lui montrer qu'il savait tout de sa situation financière et de lui faire honte de ne pas se préoccuper de cet argent. Mais il se retint. On ne pouvait pas annoncer à quelqu'un qu'il possédait à son insu un demi-million de dollars sans lui procurer une certaine forme de plaisir.

C'était son tour d'emmener les enfants se faire couper les cheveux. Joyce avait choisi un coiffeur branché à cinquante dollars la séance, mais il préférait le salon beaucoup moins cher qu'il avait trouvé derrière Atlantic Avenue, royaume abyssal dirigé par un Poséidon déprimé aux mâchoires carrées qui tendait ses ciseaux comme un sceptre et s'appelait Dominic. Dominic était un homme qui parlait peu et se montrait peu impressionné par ce qu'il restait de leurs coupes hors de prix. Après avoir vaguement raidi les boucles de Viola et planté une sucette dans sa bouche, il mit Victor dans le fauteuil. Avec Dominic, on n'avait pas besoin de discuter pendant des heures de ce qu'on voulait. Pourtant cette fois Marshall demanda : « Dites-moi, Dom, est-ce qu'on pourrait dégager l'arrière, au-dessus de la nuque ? »

Dominic ne le regarda pas. Il ne le pouvait pas. Il avait un problème de dos qui le maintenait perpétuellement courbé. Il déclara d'un ton grave : « Oui, je peux le faire.

— Oui ! Et j'aimerais bien aussi qu'il ait ce truc que j'ai vu dans la rue sur des petits Blacks, un signe marqué à la tondeuse ? Est-ce que vous pourriez lui faire, je ne sais pas, moi, le signe du dollar, par exemple ?

— Je peux le faire, répéta Dominic.

— Papa ! protesta Viola, la sucette toujours dans la bouche. Tu es fou ou quoi ? Tu ne trouves pas que Maman te déteste déjà assez ? »

Bien sûr, qu'elle le détestait. Pourtant, comme chaque fois que cela lui était confirmé, Marshall se sentit ébranlé, et d'autant plus cette fois que c'était Viola qui le lui avait dit. Il avait toujours cru, et Joyce aussi, que les enfants n'avaient pas conscience de la situation et qu'ils accepteraient leur divorce comme une simple péripétie de leur vie, un événement banal dans un monde adulte énigmatique et surprenant. C'était en tout cas ce qu'ils avaient prévu. « Bon, laissons tomber », dit-il, et, désarçonné, il ramena les enfants.

Mais la journée leur réservait une autre surprise. Une nouvelle odeur planait dans l'appartement. Ses narines frémirent, les muscles de ses oreilles se tendirent. Les enfants détectèrent eux aussi quelque chose, reniflèrent. Il s'avança d'un pas hésitant dans la cuisine, s'aperçut que la cafetière électrique avait disparu. Et avait été remplacée, dans un nuage de fumée caféinée, par un appareil rétro-futuriste éblouissant, une cafetière expresso. C'était un objet élaboré, construit autour d'un réservoir de cuivre auquel étaient accrochés des leviers et des manettes de bois verni, ainsi qu'une buse à vapeur et un cylindre en verre plein d'eau. Il aperçut son reflet étonné dans le dôme qui la surplombait. La présence de cette machine, comme de toute nouveauté dans l'appartement, était une gifle. Les enfants poussèrent des cris enthousiastes.

Assise à la table de la cuisine, Joyce buvait dans une tasse qui faisait partie d'un service peint à la main acheté en Italie, dont ils ne se servaient que lorsqu'ils avaient des invités, ce qui n'était pas arrivé depuis trois ans. Elle était exceptionnellement détendue et semblait prendre autant de plaisir à ce café que s'il lui avait été servi sur la Piazza Navona. Avant que Marshall ait eu le temps de dire quelque chose, elle déclara, sans du tout paraître sur la défensive : « J'en avais marre du jus de chaussettes. »

Tant que le divorce était en cours, tout achat important concernant la maison était supposé être enregistré par les avocats. La cafetière expresso devait avoir coûté au moins 700 dollars. Selon la loi, tout ce qu'ils possédaient faisait partie de leur putain de communauté. Joyce ne pouvait avoir acheté cette chose que parce qu'elle était sûre de rouler Marshall dans la farine. Elle devait savoir de façon certaine ce qu'il avait toujours su instinctivement : c'était elle qui aurait l'appartement.

« Très bien, dit-il en s'étouffant. Parfait. J'espère que tu auras suffisamment de place pour l'installer dans ta future cuisine.

— Je peux en faire un ? cria Viola. Je peux ? Tu veux un café, Papa ?

— Non ! Moi ! C'est pas juste ! » dit Victor.

Marshall balbutia : « Non merci, ça m'empêcherait de dormir. »

Le lundi, il avait tellement hâte de se retrouver devant son ordinateur que, à force de courir dans les escaliers et les couloirs du métro, il eut ses correspondances plus vite et arriva au bureau plus tôt que d'habitude. Un de ses collègues le salua, étonné. Marshall se connecta aussitôt au compte de Joyce, tapa sur le clavier *faisonslamour,* et les centaines de milliers de dollars apparurent à nouveau sur l'écran, à sa disposition. Il se saisit de toutes ses actions, de toutes ses valeurs, les vendit toutes. La boîte de dialogue lui demandait chaque fois, incrédule : *Voulez-vous vraiment procéder à cette vente ? Si oui, cliquez ici.* Oui, oui, oui, murmura-t-il, en passant à la page achats où il chercha les valeurs réputées perdantes : les plus minables, les amochées, les moribondes, les oubliées, celles sur lesquelles la commission des valeurs immobilières enquêtait, un fonds commun de placement qui choisissait systématiquement les pires appels publics à l'épargne. Et il les acheta.

Puis il s'appuya contre son dossier et contempla le résultat de ce merveilleux travail qui l'avait occupé pratiquement toute la matinée. Quel bordel ! L'excitation du larcin l'avait laissé affamé et en sueur. Les prix des valeurs qu'il avait choisies étaient si bas que Joyce en possédait maintenant des milliers, toutes aussi merdiques les unes que les autres. Il résista à l'envie de racheter ce qu'elle avait avant.

Rien ne se passa immédiatement. Les nouvelles valeurs étaient complètement noyées. Après le déjeuner, Marshall dut abandonner son ordinateur à plusieurs reprises, appelé chaque fois par l'équipe de gestion de crise de la compagnie qui essayait de remettre de l'ordre dans l'affaire LuQre. Le pédé de la direction qui téléphona de Floride pour l'interroger le traita avec moins de délicatesse qu'il n'en avait eu l'habitude depuis le 11 septembre. Ce coup de téléphone fut suivi d'une triste réunion générale dans la salle de conférences. Ces derniers temps, ce genre d'événements était systématiquement accompagné d'un buffet. Cette fois, il n'y avait même pas de donuts. Quand il revint dans son bureau, après la fermeture de la Bourse, Marshall vit que le portefeuille de Joyce avait perdu environ 300 dollars.

Enfin quelque chose pour lui remonter le moral avant la prochaine confrontation. Une fois rentré, il chercha à deviner dans l'attitude de Joyce si elle avait découvert ce qu'il avait fait de son plan de retraite. Elle resta de marbre, expression qui, étant donné le manque d'intérêt qu'elle portait à sa situation financière, frisait maintenant la bêtise.

Pourtant, dès le mercredi, le portefeuille de Joyce avait repris du poil de la bête et même dépassé le niveau qu'il avait lorsque Marshall avait commencé à vendre ses placements. Il se demanda s'il avait commis une erreur en achetant des valeurs qui ne pouvaient que remonter. Il partit sur Google à la pêche aux actions surévaluées. Pendant qu'il y travaillait, une des nouvelles compagnies à trois sous de Joyce annonça avoir mis au point un système de détection d'explosifs cachés dans des semelles de baskets. Comme la valeur de ses actions augmentait de façon exponentielle, Marshall se dépêcha de s'en débarrasser, mais quand il y parvint enfin, le portefeuille de Joyce avait augmenté de plusieurs dizaines de milliers de dollars.

Alors que le compte de Marshall suivait toujours la pente descendante, ne prenant même pas part à la modeste reprise de fin de semaine, Joyce n'avait aucune conscience de sa bonne fortune – qui aurait pu être pour elle une consolation si son humeur n'avait pas été, de toute façon, de plus en plus joyeuse. Bien que se montrant toujours aussi inflexible envers lui, elle se déplaçait dans l'appartement d'un pas plus léger, plus assuré, et même avec une certaine grâce. Et les enfants étaient soudain devenus plus dociles avec elle. Oui, Maman, bien sûr, Maman, avec plaisir. Quand il rentra un soir, il la trouva devant le miroir de l'entrée où elle essayait des chaussures avec ce qui semblait être une nouvelle robe. Il ne put s'empêcher de remarquer que ces chaussures à hauts talons aiguilles avaient été elles aussi récemment achetées. Elle alla vite continuer son essayage dans la salle de bains. Thorpe appela alors, il voulait savoir si Marshall désirait faire une proposition de dernière minute. « Est-ce que ce ne sera pas pris comme un signe de faiblesse ? » murmura Marshall dans le combiné. « Si », reconnut Thorpe. Marshall entendit Joyce chantonner doucement devant la glace.

Il vendit les actifs de la semaine précédente et acheta des actions, remontant aux Trente Glorieuses, de compagnies dotées d'un passé historique et réalisant de larges opérations, mais sans avenir. Des aciéries, une société de chemin de fer. Il trouva des fonds gérés par des rigolos de vingt-six ans et des valeurs émises par des firmes qui possédaient des parts importantes dans l'industrie automobile russe. Il acheta les actions en chute libre de sa propre compagnie. Il pensait avoir vu juste – jusqu'à ce que Dick Cheney sorte de l'ombre pour aller jouer au golf avec les directeurs de la société de chemin de fer.

Marshall procéda à de nouvelles opérations basées sur des outils de prévision boursière, les renseignements donnés par les médias en ligne et les tuyaux payants du Web. Puis il revendit à nouveau l'ensemble du portefeuille de Joyce et se mit à acheter au hasard, d'abord en posant le bout de son index, les yeux fermés, sur les colonnes boursières du journal, puis, comme ces actions montaient, en investissant à la place dans des firmes qu'il choisissait pour leurs sigles, JEL, AHA et IS. Certaines firent mieux que d'autres, mais dans l'ensemble elles grimpèrent toutes, et assez vite. L'actif total de Joyce dépassa les 800 000 dollars. Marshall se rendit compte qu'il vivait une période où la Bourse ne fluctuait plus selon son désordre caractéristique, mais apparemment en résonance avec quelque facteur caché au cœur de ce qui motivait ses décisions, ou son état d'esprit. Il faisait ce qui n'était normalement pas permis par les mécanismes classiques, diminuait la valeur entropique d'un système fermé, enlevait une part de hasard d'un univers en expansion bêtement constante, froid et dénué de conscience. Même lorsqu'il vendait, il le faisait toujours au bon moment : la firme qui avait mis au point la chaussure détectrice d'explosifs annonçait maintenant que l'appareil ne marchait pas.

Un soir, assis par terre dans l'appartement, Marshall, qui avait décidé d'emmener les enfants manger une pizza, bataillait pour faire entrer les pieds de Victor dans ses baskets inexplicablement mouillées, quand Joyce passa devant eux en faisant cliqueter ses talons hauts comme une souris d'ordinateur. Marshall s'interrompit et leva les yeux, la chaussure de Victor à la main. Elle avait mis sa nouvelle robe en daim, qui enveloppait étroitement le haut de ses jambes et n'allait pas plus bas, portait par-dessus une chemise ample et devait avoir perdu au moins cinq kilos. Elle avait aussi fait quelque chose à ses cheveux. Il ne se rappelait pas comment ils étaient avant, ni même avant avant, mais elle avait maintenant une coupe effilée, très nette, et adorable.

« Ouaou », dit-il, incapable de se retenir. C'était comme si quelque chose se formait et montait en lui, un flot, une ruée, une trombe, une éruption, un boom économique. « Tu es ravissante. »

Mortifié, Marshall vit les mots sortir de sa bouche et rester suspendus entre eux dans l'air. Sous son mascara, Joyce le regarda droit dans les yeux pour la première fois depuis des mois. Son visage délicieusement maquillé – il remarqua seulement le fond de teint – devint presque aussi rouge que ses lèvres. Elle recula d'un pas et faillit trébucher.

« Va te faire foutre, cria-t-elle. Va te faire foutre. Va te faire totalement, complètement et absolument foutre. »

Elle sortit précipitamment de l'appartement, claqua la porte. Un instant plus tard, Marshall crut entendre des marmonnements angoissés dans le couloir.

« Maman a dit un vilain mot », fit remarquer Victor.

Marshall gémit et retomba en arrière, la basket de Victor à la main. La fin de la procédure approchait, chacune de leurs faiblesses et de leurs erreurs allait être exploitée au maximum, il n'avait vraiment pas choisi le bon moment pour s'écarter de leur mode d'échange habituel. Toutefois, l'éclat de Joyce constituait un sérieux recul sur le champ de bataille. Sa fureur lui semblait mystérieuse, soulignait l'ignorance dans laquelle il était de ce qui se passait dans la tête de cette femme. Il se tourna vers Viola. Elle en savait plus qu'il ne le croyait.

« Le compliment », expliqua-t-elle.

Il avait trouvé Joyce magnifique, aussi fraîche et jeune que lorsqu'ils s'étaient connus. Marshall se rappela l'époque où il pensait avoir besoin d'être avec elle à chaque instant de la journée. Il avait fait un jour trois cents kilomètres en pleine nuit uniquement pour marcher à côté d'elle entre le dortoir et la salle de cours. Quand elle avait ouvert la porte, la lumière de son sourire avait été pour lui un véritable lever de soleil. Il dit : « Je vois.

— Et elle est nerveuse. C'est un premier rendez-vous.

— Un rendez-vous ? »

Viola hocha la tête d'un air sérieux, puis laissa un sourire envahir son visage, ravie de savoir quelque chose que son père ignorait. Marshall était stupéfait. Joyce et lui n'étaient pas divorcés, ni même légalement séparés, elle ne pouvait pas avoir de rendez-vous. Il allait le dire à Thorpe. Et pendant ce temps les trottoirs grouillaient de femmes ravissantes qui, quand elles le croisaient, le regardaient du coin de l'œil, intéressées, disponibles. Marshall avait pensé qu'il serait le premier à avoir un rendez-vous.

« Avec un agent du FBI, dit Viola.

— Un quoi ?

— Un de ces hommes qui attrapent les terroristes.

— Tu parles qu'ils les attrapent ! Mais qu'est-ce que tu sais des agents du FBI ? Qu'est-ce que tu sais de ses rendez-vous ?

— Ça m'a pris du temps, dit-elle. Mais j'ai fini par comprendre. Il faut observer attentivement. »

Le lendemain matin, Marshall était dans un état d'indécision déchirante. Il aurait pu aligner le peu qui restait de ses actifs sur ceux de Joyce et faire quelques petits profits en même temps que le plan de retraite de Joyce continuait de gonfler comme une outre, mais il n'était pas certain de supporter qu'elle finisse multimillionnaire. Il pouvait aussi vendre tout le portefeuille de Joyce et placer cet argent sur un compte épargne où il se consumerait lentement, dévoré par l'inflation pendant les trente années à venir. En sortant de l'ascenseur, il perçut un bourdonnement de voix inhabituel qui envahissait leur étage. Ses collègues avaient, pour la plupart, quitté leur bureau et conféraient à voix basse par petits groupes. Il passa devant eux sans s'arrêter, fila tout droit vers son ordinateur. Mais quelque chose n'allait pas, il n'arrivait pas à ouvrir le réseau local.

« Salut, mec. »

Marshall se retourna et regarda derrière lui. C'était Eduardo, un de ses collègues, jeune glandeur dont le bureau se trouvait en face du sien, exactement comme au World Trade Center. Le matin du 11 septembre, il était allé chez le dentiste faire soigner une carie. Chaque survivant était désormais associé à ce qui lui avait permis d'échapper à la mort.

« Qu'est-ce qui ne marche pas ce matin ? demanda Marshall. Le réseau est en panne ?

— Totalement. »

Marshall sentit des picotements en bas de son cou. Il regarda autour de lui. Sur chaque écran, y compris le sien, s'inscrivait le logo de la compagnie, comme un affichage de test. Occupés à bavarder gentiment, ses collègues ne semblaient pas inquiets. Il en vit qui se serraient la main, d'autres qui s'embrassaient, d'autres enfin qui emportaient des cartons.

« Où est Hudson ?

— Ah ! Bill Hudson..., dit Eduardo pensivement. Ce très cher Bill. Viré. Jeté. Balancé. Exilé. Envoyé à La Haye.

— Mais comment ça ? demanda Marshall, si surpris qu'il eut du mal à se retenir de rire. Avec tout ce qu'il a fait pour la compagnie depuis le 11 septembre ? C'est quand même lui qui a sauvé nos archives, lui qui a mis ce bureau sur pied, lui qui a ramené cette firme à la vie. Je croyais qu'il était notre héros. Et le directeur général nous a dit que personne ne perdrait son boulot.

« Oui, lui aussi, il est viré. Comme presque tous les cadres, à ce qu'on raconte. Et pourtant l'action monte.

— Seigneur ! » dit Marshall, réfléchissant. Il ne connaissait pratiquement personne de l'équipe qui tirait les ficelles en Floride. Les liens du bureau de New York avec la direction de la compagnie avaient toujours été distants, se réduisant à des ordres tranquillement émis par des dieux invisibles que les humbles tâches humaines ne concernaient en rien. « Et où cela nous mène-t-il ? » Eduardo leva le bras d'un geste majestueux. « Va voir le bulletin d'affichage. Il est au-dessus de la Flamme éternelle. Ils ont fait le planning de nos entretiens de licenciement. »

Marshall regarda de nouveau autour de lui, personne ne semblait très ému. Ses collègues rangeaient calmement leurs affaires, enlevaient de leur bureau photos, posters et autres décorations murales qu'il n'avait jamais remarquées. Dans quelques heures, toute preuve physique de leur carrière dans cette firme disparaîtrait à jamais, perdue dans le brouillard entropique.

« L'action monte ?

— Cinq points depuis l'ouverture.

— Et nous ne pouvons pas ouvrir le réseau ? »

Eduardo sourit tristement. Quelque chose changea dans la lumière ambiante. Ainsi que dans le fond sonore derrière leur conversation. Il était trop tard maintenant, aller dans un cybercafé ne servirait à rien, pas plus que connaître le mot de passe de Joyce. L'événement avait eu lieu et il en sentit les vibrations qui résonnaient en lui. Il se rendit compte, le cœur battant aussi régulièrement qu'une horloge, qu'il recommençait à vivre dans l'espace-temps normal, dans la suite ordinaire, régulière, irrétrécissable des événements, s'y avançant aussi régulièrement que son capital diminuait. Thorpe lui avait envoyé une nouvelle facture. Marshall la réglerait sur ses réserves, puis il reculerait et regarderait, comme tout le monde, les jours, les heures, les minutes s'envoler.

Août

La nouvelle cafetière expresso de Joyce mit tout le monde en colère, son avocate, l'avocat de Marshall, le juge, et même le sténographe. Les deux parties luttaient depuis des mois à propos de détails infimes, et cet objet en allongeait la liste, bouleversait leurs calculs, remettait en cause leurs accords provisoires. L'audience décisive de l'été ne s'était absolument pas révélée décisive : le juge s'était contenté de les prévenir que n'importe quel accord négocié serait plus juste et plus facilement applicable que tout ce qu'il pourrait mettre en place, et que, de toute façon, il partait en vacances. Il les renvoya dans la salle de réunion, plus chaude et empestée que jamais. Il sembla à Joyce qu'elle avait déjà passé une partie considérable de sa vie d'adulte dans cette pièce dont le moindre détail était gravé dans sa mémoire à l'encre indélébile. Le temps s'y arrêtait : la troisième réunion qu'ils avaient eue avec leurs avocats ressemblait exactement à la dix-huitième, et aurait pu tout aussi bien la suivre que la précéder. Seule l'augmentation des heures à payer aux avocats prouvait leur non-simultanéité. De nouvelles questions furent soulevées à propos de vétilles les plus incroyablement banales de leur vie quotidienne : qui préparait le déjeuner des enfants, qui achetait la lessive ? Joyce et Marshall se demandaient tous les deux en silence si ces problèmes n'avaient pas déjà été résolus. Quand ils quittèrent le tribunal, en faisant bien attention de ne pas s'en aller au même moment ou de ne pas prendre la même rame de métro pour rentrer, ils avaient l'impression que rien ne s'était vraiment passé, que tout cela n'était que le produit de leur imagination. À propos de la cafetière expresso, Joyce avait protesté, gênée : « Elle ne coûtait que 699,95 dollars ! »

Entre-temps, Marshall avait parlé à Thorpe du rendez-vous de Joyce, mais l'avocat n'avait pas eu l'air impressionné du tout : « Vous voulez l'accuser d'adultère ? Bonne chance, mon vieux. Vous allez faire témoigner vos enfants ? L'agent du FBI ? Cela prendra encore deux ans, et je serais heureux d'être payé pendant ce temps, mais vous n'en avez plus les moyens, et à quoi bon ? Penser que les motifs sont ce qui détermine le jugement final est une erreur commune. Elle n'obtiendra pas moins, si c'est ce que vous espériez.

— Bon, d'accord, d'accord ! Je croyais simplement devoir vous le dire. »

Thorpe pencha son large torse au-dessus de son bureau, comme la proue d'un navire, et sourit : « Vous croyez qu'ils baisent ? Qu'ils baisent vraiment ? Oui, on dirait bien qu'elle s'est envoyée en l'air. Vous, en revanche... »

Pas mal de gens, dans sa branche, se montrèrent curieux de recevoir un type qui avait survécu au 11 septembre et à la restructuration soudaine de son ancienne firme. Marshall obtint plusieurs rendez-vous avec des gens moyennement haut placés qui le connaissaient de réputation et qui commençaient toujours par bavarder chaleureusement avec lui, puis le ton devenait celui plus froid, et plus officiel, d'un entretien inutile. Il aurait dû pouvoir être engagé facilement, mais quand il arrivait, sans cravate, avec ses chaussures usées, la barbe un centième de millimètre trop longue, il semblait porter en lui toute l'angoisse du monde. Assis au bord de sa chaise, les yeux fixes, il répondait aux questions avec une concision maladroite. On lui serrait la main cordialement, et il repartait. Sur le papier, il semblait très bien, mais l'économie reprenait à peine, et personne n'avait envie de l'embaucher.

Il allait quand même tous les matins à Manhattan, exactement comme il l'avait fait au cours de la semaine qui avait suivi le 11 septembre. Lorsqu'il se demandait ce qu'il ferait une fois à court d'argent, aucune réponse ne lui venait à l'esprit. L'avenir était un vide muet. Il n'avait pas de plan, pas d'itinéraire. En attendant, il se perdait dans la houle des employés de bureau et marchait aussi vite que s'il avait été en retard, en chantonnant doucement, parfois des hymnes religieux de son enfance. Les journées étaient chaudes et lumineuses, méditerranéennes. En même temps, le ciel semblait anormalement proche, une sphère de verre au ras des tours.

Ou une larme au bord de la paupière avant la chute. Ou un enfant qui, après avoir tourné sur lui-même, vacille, prêt à tomber. Ou un coup avant que la douleur devienne consciente. Et un jour où Marshall marchait vers l'est au-dessus de la 20e Rue entre Lexington et la Troisième Avenue, la matinée s'effondra dans un immense vacarme.

Ce n'était qu'un lourd rideau métallique qui venait d'être refermé brutalement à l'arrière d'un camion garé dans une zone de livraison, mais pendant les trois ou quatre secondes qu'il lui fallut pour identifier ce bruit, Marshall se retrouva en train de tournoyer, les bras arrachés, les vêtements déchirés, ensanglantés. D'autres passants ressentirent le même choc. Une vieille dame serra ses bras autour de sa poitrine. Deux employées de bureau qui marchaient l'une à côté de l'autre se prirent par la main. Un homme qui était avec une petite fille se pencha instinctivement au-dessus d'elle pour la protéger de quelque chose qu'ils ne pouvaient voir ni l'un ni l'autre. Même le livreur qui avait laissé tomber le rideau métallique tressaillit violemment.

Attentat suicide. Voilà ce qu'ils avaient tous pensé. La veille, sept fuseaux horaires plus loin, un jeune Palestinien déguisé en Juif orthodoxe était entré en courant dans une pizzeria de Tel-Aviv, avait bousculé le vigile en criant : « Dieu est grand ! » puis s'était fait sauter et avait fait sauter avec lui tous ceux qui étaient à l'intérieur. On avait compté en tout dix-sept corps, et les photos du massacre étaient depuis la veille à la une des médias. C'était la troisième attaque de la semaine, les deux autres avaient eu lieu dans des bus et fait toutes sortes de victimes : des Juifs, des Arabes, une Philippine, des soldats, deux jeunes mères et leurs bébés. Des dizaines d'autres personnes avaient été si gravement blessées qu'elles en subiraient les conséquences toute leur vie. La semaine précédente, une bombe avait détruit la cafétéria Frank-Sinatra de l'Université hébraïque, tuant neuf personnes et en blessant quatre-vingt-cinq.

La télévision new-yorkaise repassait les scènes du désastre toutes les demi-heures, aussi souvent que les bulletins de circulation routière. La pizzeria avait été dévastée, ses murs étaient noirs de suie, ses verres en carton, ses sachets d'origan, ses chaises et ses nappes en plastique à carreaux déchiquetés, écrasés et éparpillés, pourtant elle restait aussi reconnaissable que n'importe quelle pizzeria new-yorkaise. La caméra balayait la scène d'un lent mouvement panoramique. Des milliers de New-Yorkais connaissaient parfaitement bien ce carrefour de Tel-Aviv et cette pizzeria, et ils pouvaient même discuter des mérites respectifs de sa pâte et de celle de la pizzeria d'en face. La caisse était renversée. Un carton carbonisé gisait sur le sol, exhibant sur son couvercle la figure ronde et joviale d'un chef cuisinier qui déclarait : « Vous avez essayé les leurs, essayez les meilleures. » Tout le monde connaissait les visages des victimes, savait qui elles étaient : un accordeur de piano, un médecin, père de cinq enfants, qui était venu chercher leur dîner en rentrant du travail, un chauffeur de poids lourd, une baby-sitter, un employé de boutique d'électronique, un enfant unique, un professeur, et une infirmière dont le salaire faisait vivre dans les bidonvilles de Manille une famille entière. En un instant ces gens avaient été réunis pour l'éternité par un individu tout aussi ordinaire qu'eux, un lycéen de Naplouse habile de ses mains. Marshall venait de passer devant un kiosque où les journaux hurlaient leur rage et leur chagrin.

Ici, sur la 25e ou 26e Rue Est, les piétons qui avaient été effrayés par le claquement du rideau métallique se redressaient et se dévisageaient sans la moindre gêne. Ils étaient à mi-chemin entre les deux avenues, environ huit ou neuf personnes placées de chaque côté de la chaussée, comme des pions sur un échiquier. Marshall les étudiait et ils l'étudiaient, et les images de leurs visages, de leurs vêtements, de leurs chaussures et de leurs attitudes étaient enregistrées dans leur cerveau puis projetées vers un avenir sans vie. Même le livreur qui avait laissé tomber le rideau métallique resta où il était.

Ces piétons allaient tous reprendre leur mouvement individuel normal, mais l'espace d'un instant ils avaient ressenti la même peur horrible que le kamikaze et ses victimes de la pizzeria. Le jeune garçon avait probablement demandé de lui donner du courage à un Dieu dont il se faisait une idée particulière. Il avait dû avoir en même temps conscience de l'accélération du temps qui l'emportait vers le moment de l'explosion. Les clients fonçaient dans les allées de leurs pensées, drames personnels, histoires d'amour, conflits professionnels, enthousiasmes sportifs. Le jeune garçon avait probablement sentit son champ visuel se rétrécir quand il était passé devant le vigile. Ceux qui étaient à l'intérieur devaient avoir su immédiatement pourquoi un jeune homme habillé en Juif orthodoxe entrait en courant. Le vigile qui n'avait pas su l'arrêter avait été blessé par l'explosion. Lorsqu'on l'interrogea, il raconta que le kamikaze avait crié « *Allah Akbar!* ». Personne ne l'avait vu appuyer sur le détonateur. Mais il l'avait fait (à l'intérieur de sa poche, sous son manteau noir ?). Et ce geste avait été suivi d'un dernier éclair de lumière absolue où le kamikaze et ses victimes avaient vu chaque détail de chaque aspect de leur environnement cristallisé en une minute et une seconde, ce jour du mois d'août de l'an 2002. En un flash, les parties déconnectées du monde avaient été réunies et avaient pris un sens. Non, rien n'avait pris de sens. Ce monde était celui du matérialisme indifférent, de l'impiété, de la bassesse et du divorce. Il n'y avait pas de sens, il y avait le *jihad* : les parties déconnectées du monde avaient été réunies et rendues *justes*.

Puis les survivants de la 27e rue Est reprirent leur route, et l'instant se mélangea aux autres innombrables moments perdus de l'histoire. Ces piétons auraient pratiquement tous oublié l'incident – qui n'en était d'ailleurs pas un – avant le premier coin de rue.

Joyce avait, elle aussi, vu à la télévision ce qui s'était passé en Israël et, dans le métro qui l'emportait de l'autre côté de l'East River, les atrocités s'étalaient sur les pages des journaux que lisaient les autres passagers. Des photos les unes après les autres, la pizzeria dévastée, des portraits récents des victimes, le personnel d'urgence portant les blessés sur des brancards vers des ambulances marquées de lettres hébraïques penchées et fines comme des lames de rasoir. Les yeux allant et venant d'un bout à l'autre du wagon, le battement sinistre de ses roues contre les rails résonnant dans ses oreilles, Joyce ne pouvait s'arracher à la pensée de ce à quoi tout cela ressemblerait si une bombe explosait : le bruit, le feu, le verre et le métal volant en éclats, le flot grondant qui les inonderait, eau et vase de l'estuaire. Les terroristes étaient en chemin. Cela pouvait arriver avant le prochain tour de roue.

Elle baissa les paupières pour reposer ses yeux. Il lui sembla que passer sous le fleuve prenait des heures, pourtant elle n'était pas pressée d'arriver dans l'appartement suintant la haine qu'elle partageait avec son futur ex-mari. Cet endroit la dégoûtait. Il était petit et sombre, tout y était cassé, elle détestait ses voisins, en avait marre de vivre dans cette ville. Avec le même argent, elle pourrait acheter en banlieue une maison avec une cour et un jardin.

Elle aurait voulu recommencer à zéro – oui, avec les enfants, bien que pas nécessairement (tant qu'il ne s'agissait que de fantasmes). Elle s'accrocha à l'idée de quitter New York, cité violente, désagréable, où régnait l'étroitesse d'esprit et la compétitivité, où elle ne s'était jamais sentie chez elle, et qui avait fait d'elle une victime. Elle voulait un potager et passer du temps le visage au soleil, les bras nus, enfoncés dans la terre. Respirer profondément et sentir l'odeur du sol humide et fécond que l'on vient de retourner. Elle s'achèterait de confortables bottes de jardinier que leur commodité élémentaire rendrait seyantes. Manger ce qu'elle ferait pousser la transformerait, elle en était certaine. Elle deviendrait plus sûre d'elle, mieux capable de se défendre. Elle ouvrit les yeux. Seigneur ! Elle était enterrée sous l'eau dans une bombe d'acier fluorescente.

Elle arriva enfin à Borough Hall, s'extirpa du métro, se traîna de rue en rue, incertaine d'arriver à supporter les heures de lutte silencieuse qui l'attendaient. Marshall et elle s'occupaient maintenant des enfants à tour de rôle, même en semaine, mais elle n'avait pas les moyens d'aller au restaurant ou au cinéma un soir sur deux. Afin de l'éviter, et de ne pas interférer dans la façon fantasque dont il concevait son rôle de père, elle restait assise toute seule dans la cuisine, alors qu'elle aurait eu besoin d'une vraie maison à elle, sans rien, aucun objet, aucune trace, aucune odeur, qui lui rappelât l'existence de Marshall. Elle avait besoin d'être tranquille afin de se reconstruire, ou de se réinventer.

Mais Marshall n'était pas là. Quand elle entra, Sonya, la baby-sitter, l'attendait debout dans le salon, en manteau, le cabas à la main, le regard fixé sur la porte. Joyce vit qu'elle avait les yeux humides.

« Il est sept heures moins le quart ! cria Sonya. Mes enfants ont besoin de moi. Ma fille doit partir travailler. Elle ne peut pas laisser le bébé tout seul !

— Où est mon mari ? »

Sonya la regarda avec l'expression accusatrice, malheureuse et impuissante – c'est *votre* mari ! – que Joyce lui connaissait déjà. Sonya avait enseigné la physique dans un lycée de Tachkent puis émigré en Israël, juste avant la guerre du Golfe. Après dix ans de vie mouvementée, sa famille et elle étaient arrivées aux États-Unis, traumatisées et pauvres. À Tachkent, les professeurs juifs avaient été renvoyés. En Israël, un missile était tombé près de chez eux, et l'unité de son gendre avait subi de lourdes pertes à Gaza. À Brooklyn, après le 11 septembre, elle était restée couchée une semaine, persuadée que le destin qui la poursuivait la frapperait encore. Victor et Viola l'adoraient, pourtant Joyce s'était demandé un jour si le pessimisme de Sonya n'était pas dangereux pour eux. Mais, ce soir-là, elle ne trouva rien d'exagéré dans sa réaction.

« Il devait être là à six heures ! protesta-t-elle en fouillant dans son porte-monnaie. C'est ce qui était prévu.

— Ma fille risque de perdre sa place !

— D'accord, je suis désolée, terriblement désolée, dit Joyce en lui tendant un billet de vingt dollars. Prenez un taxi, je me demande ce qui s'est passé. »

Sonya se précipita dehors, sans dire au revoir. Joyce l'entendit appuyer à plusieurs reprises sur le bouton de l'ascenseur.

Les enfants réclamèrent immédiatement à dîner. Joyce alla dans la cuisine. Les lamentations de Sonya continuaient de résonner dans ses oreilles. Puis elles firent place à la colère. Marshall devait venir relayer Sonya à six heures, il n'avait jamais été question qu'il en soit autrement, jamais ! Il négligeait volontairement ses enfants. Pendant un instant, la fureur l'aveugla tellement qu'elle ne voyait rien de ce qu'il y avait dans le réfrigérateur. Elle resta là, se consumant lentement dans un nuage d'air froid. Comprenant qu'elle hésitait, Victor et Viola lui demandèrent de les emmener à la pizzeria.

« Non, pas de pizza », dit-elle, mais, conscients de sa lassitude, les enfants insistèrent tant qu'elle finit par céder. Et merde ! Elle n'avait aucune envie de faire la cuisine. Elle était tellement démoralisée qu'une fois dehors elle se laissa entraîner vers la pizzeria minable de Court Street, où ils mangeaient souvent avec Marshall, plutôt que dans celle de Montague Street, qui était équipée d'un vrai four en brique, et où l'on servait du vin et de délicieuses salades compatibles avec son régime.

Ils commandèrent, s'assirent, et elle constata alors seulement à quel point cet endroit était horrible, jonché de papiers et de verres en carton, violemment éclairé, envahi par les mouches, à peine plus grand qu'un cagibi. Le faux plafond, bas et taché par une fuite d'eau, avait été en partie enlevé, et les barres des néons apparaissaient, dénudées. Des affiches invitant au voyage en Italie étaient punaisées n'importe comment sur les murs éraflés, pourtant les hommes basanés et mal rasés qui étaient derrière le comptoir ne semblaient pas avoir de lien avec le pays de la pizza. Quand elle avait passé sa commande, ils lui avaient semblé méfiants. Les yeux profondément enfoncés du barbu qui tenait la caisse s'étaient posés sur elle, tristement. Les enfants s'étaient précipités vers une table en formica rouge. Joyce n'aperçut la sauce tomate renversée qu'au moment où Viola s'y appuya.

En attendant que leurs pizzas soient prêtes, les enfants jouèrent à se lancer des étuis de pailles, ajoutant aux saletés dont le sol était couvert. Joyce regarda ailleurs et essaya de fixer un espace-temps serein et pur quelque part, loin de la pizzeria, un lieu de verdure vierge, n'appartenant à personne, quand elle aperçut Marshall qui attendait à l'entrée, devant la caisse. Il ne les avait pas vus. Il regardait fixement le serveur sortir une pizza du four. Tenait son portefeuille d'une main, et un billet de l'autre. Elle se leva, alla vers lui.

« Tu devais être à la maison à six heures. »

Marshall tourna lentement la tête, comme simplement curieux mais peu intéressé, comme s'il n'avait pas été surpris de sa présence, comme s'il la connaissait à peine, comme si elle n'avait été qu'une pauvre SDF. Il fit pour cela un énorme effort sur lui-même. Lui jeta un bref coup d'œil et se retourna.

« Où étais-tu ? insista-t-elle. Nous avions un accord ! Sonya pleurait presque. Tu aurais au moins pu appeler ! »

En fait, comme Joyce allait s'en souvenir plus tard, l'emploi du temps de la s'emaine avait été modifié afin qu'elle puisse se rendre à un rendez-vous le vendredi suivant. Ils en avaient parlé l'avant-veille. Mais Marshall, ravi de l'aplomb exaspérant avec lequel il venait de la rejeter, ne voulait pas se laisser entraîner dans une discussion. Il avait l'avantage. Autant la laisser mariner dans son jus. « Je peux avoir d'autres serviettes, s'il vous plaît ? demanda-t-il au barbu derrière le comptoir.

— Marshall ! » Elle réussit difficilement à ne pas crier.

« Papa ! »

Les enfants se précipitèrent vers lui, entourèrent ses jambes de leurs bras. « Mange avec nous, Papa ! dit Victor. On a demandé un supplément de fromage ! »

Marshall sourit faiblement, déconcerté par la supplique de Victor. Il croyait que le petit garçon avait compris qu'ils ne mangeraient plus jamais tous ensemble. Il s'arracha à l'étreinte de ses enfants. Ce n'était vraiment pas de chance qu'ils soient là.

« Non, pas ce soir, mon chéri. Je ne peux pas. »

Joyce se pencha et lui arracha le billet des mains.

« C'est exactement ce que tu me dois, dit-elle, bouillant de colère. J'ai dû donner à Sonya l'argent de son taxi. »

Il essaya de reprendre le billet de vingt dollars dont elle s'était emparée, mais elle fut plus rapide. Elle pivota sur ses talons et retourna s'asseoir. Les enfants ne la suivirent pas, ils restèrent, incertains, à mi-chemin entre Marshall et Joyce.

« Pas maintenant, Joyce. Nous en reparlerons plus tard.

— Un dollar quatre-vingt-seize », dit le serveur d'un ton sévère. Il mit la portion de pizza dans un sachet de papier blanc qu'il posa sur le comptoir.

« Oui », dit Marshall en souriant au serveur d'un air honteux. L'homme ne broncha pas. Marshall se tourna vers Joyce. Il n'avait aucune envie de lui parler d'un bout à l'autre de la salle. Tout le monde les regardait. « Je t'en prie, Joyce. C'est tout ce que j'ai sur moi. Je te rembourserai après. »

Elle l'ignora, le visage sombre, les avant-bras et les mains posés, bien à plat sur la table.

« Joyce ! » insista-t-il.

Il se retourna vers le serveur. « Est-ce que je peux vous payer avec ma carte ?

— Pas de carte, dit l'homme, profondément offensé.

— American Express ? Visa ? Allez, vous me connaissez, je viens ici trois fois par semaine. Dès que j'aurai mangé, j'irai tirer de l'argent et je reviendrai vous payer. Je peux même manger en chemin, d'accord ? »

Mais le serveur faisait déjà glisser la pizza frugalement garnie de Marshall du sachet sur la pile où d'autres parts semblables attendaient sous verre d'être réchauffées dans un avenir plus ou moins proche. Il reposa aussi le sachet et les serviettes qu'il plia avec soin.

À cet instant, objets inanimés et êtres animés, tout ce qui se trouvait dans la pizzeria s'immobilisa. Même les enfants restèrent où ils étaient, Victor sur la pointe des pieds, incertains de ce qui se jouait au-dessus de leurs têtes. Fixés dans le vide, les yeux de Joyce regardaient quelque chose qui appartenait à un monde invisible, sur une chaîne inconnue. Aux autres tables, des jeunes gens se tenaient penchés sur leurs pizzas et leurs sodas, mais ils avaient levé les yeux quand Joyce avait pris le billet. En train de boire ou de manger, ils s'étaient interrompus, la pomme d'Adam saillant à moitié. Derrière le comptoir, les trois employés de la pizzeria se figèrent, l'un d'eux, une boule de pâte crue à la main. Dans les profondeurs des plis humides et palpitants du tissu cérébral de Marshall, quelque chose bascula. Leurs existences désordonnées, lamentables, leurs honteuses escarmouches, cet argent sale, cet avilissement, cette cruauté, cette insensibilité, cette impiété étaient devenus insupportables à Dieu. Une grosse mouche noire porteuse d'œufs plana, prête à déposer ses larves sur une boîte de parmesan. Dieu vit tout ça.

« Salope ! » explosa-t-il. Et il ressortit, fou de rage.

Est-ce que faire l'amour avec soixante-douze vierges était vraiment formidable ? En réfléchissant à cette question, plus tard, Marshall se dit que cela ne pouvait pas se passer en une seule nuit et que, une fois au paradis, le martyr serait autorisé à mettre plusieurs mois, ou même plusieurs années, pour venir à bout de la liste, si l'on pouvait, au Paradis, compter les mois, les années, ou le passage du temps en général – et sans le temps, dans un présent éternel et statique, comment l'acte sexuel aurait-il pu être concevable ? Ces considérations mises à part, il se dit que limiter la liste de ses partenaires sexuelles à des vierges devait vite devenir aussi ennuyeux que le mariage. Enfin presque. D'après sa propre expérience, qui ne comprenait qu'une seule vierge, une amie de lycée, ce genre de rapports était plutôt maladroit, frustrant et humiliant (c'était aussi la première fois pour lui). On pouvait s'attendre à ce que les célestes beautés à la vertu irréprochable se révèlent craintives et peu expertes, même dans les bras habiles d'un amant martyr. Et ensuite, après avoir fait de ces soixante-douze vierges soixante-douze ex-vierges, le martyr était-il encore autorisé à faire l'amour, ou devait-il s'en passer pour le reste de l'éternité, consumé par les mêmes idées folles, les mêmes désirs irréalistes et douloureux que lors de son passage sur terre ?

Non, les martyrs n'agissaient pas pour le sexe.

Marshall travailla assidûment toute la semaine, restant des heures d'affilée sur Internet dans l'ombre de sa chambre. Il passa en revue des tonnes de rapports et de commentaires avant de trouver ce qu'il cherchait. C'était sur un site arabe, mais il y avait un schéma imprimable. Le Web lui fournit aussi les coordonnées d'une société de Reading, en Pennsylvanie, qui vendait du matériel minier, et il alla, dans une voiture de location, acheter une boîte de bâtons de dynamite et des détonateurs qu'il paya avec sa carte de crédit.

Le système de détonation prévu par le schéma était compliqué, conçu pour être dissimulé et utilisé rapidement. Dans un magasin de fournitures électriques, il prit deux piles sèches, du câble, des pinces crocodile et des interrupteurs. À la caisse, l'employé lui demanda son nom et son adresse.

« Pour quoi faire ? » demanda Marshall, agacé.

Le visage penché vers son écran d'ordinateur, l'employé avait les yeux cachés par les boucles blondes qui recouvraient son front. Bien qu'ayant enlevé les écouteurs du MP3 auquel il était branché, il semblait encore écouter sa musique, comme si la présence de Marshall n'avait été pour lui qu'un aléa sans importance.

« Nom et adresse, murmura-t-il.

— Mais pour quoi faire ? Je vous paye en liquide, je ne veux pas de vos pubs pourries dans ma boîte à lettres, ni d'appels de vos télévendeurs, je ne veux pas que vous sachiez qui je suis. Est-ce que notre intimité n'est pas déjà assez violée comme ça ? Est-ce que tout ce qui nous concerne doit être enregistré sur un ordinateur ? Le gouvernement s'en charge, vous ne trouvez pas que ça suffit ? »

L'employé releva la tête et cligna des yeux. C'était un beau garçon aux doux yeux bleus et au teint clair. Marshall s'étonna des petites boucles blondes qui descendaient en spirale devant ses oreilles.

Le jeune homme lui dit, d'une voix presque plaintive : « Vous n'êtes pas obligé de donner votre véritable identité. Je dois inscrire un nom, c'est tout, n'importe quel nom. »

Marshall se sentit gêné devant la facilité avec laquelle le jeune homme avait réfuté son objection. Il tenta de s'inventer un nouveau patronyme. Le seul qui lui vint à l'esprit fut Yasser Arafat. Ça ne marcherait pas. Pour le laisser repartir avec ses fournitures électriques, le jeune homme avait besoin d'un nom plus anonyme. Mais qui pouvait affirmer que quiconque poserait jamais les yeux sur le formulaire qu'il remplissait ? Quel était le but de l'affaire ? Marshall s'énervait, pourtant, il était incapable de prononcer un nom qui ne soit pas déjà connu. Il faillit dire Saddam Hussein. Muammar Kadhafi. Rintintin.

Totalement désemparé, il donna son vrai nom et son adresse complète, code postal inclus, prit ses achats, et rentra.

La procédure de divorce était de nouveau en panne. Des dates furent fixées puis repoussées, les avocats continuaient de jouer les tourtereaux, et rien ne se décidait. Marshall et Joyce vivaient toujours ensemble. De temps à autre, quelqu'un d'extérieur proposait une stratégie qui leur aurait permis de sortir de l'impasse – des concessions mutuelles importantes, un compromis –, mais Joyce et Marshall serraient les rangs pour s'y opposer. Chacun campait sur ses positions, défendant ses intérêts de façon totalement incompatible avec ceux de l'autre. Pendant ce temps, Marshall travaillait dans sa chambre, manipulant coupe-câble et pinces à la lumière de son spot halogène. Il avait collé le schéma sur le mur en face de lui. Joyce et les enfants allaient et venaient dans l'appartement. Quand ils passaient devant sa porte, les ombres de leurs pieds se projetaient par terre. Le téléphone sonnait, la télévision était allumée, puis éteinte, des verres se cassaient. Chacun de ces sons assaillait son système nerveux, constituait un danger, une erreur, un mal. Leur appartement était un monde de dérèglement et de chaos.

Plusieurs jours plus tard, Marshall sortit enfin de sa chambre, le dispositif enroulé autour de lui sous son peignoir gris. Il tenait les deux pinces crocodile éloignées l'une de l'autre. Les enfants regardaient la télévision. Il resta derrière eux plusieurs minutes, contemplant leurs petits crânes fragiles. Réfléchit, sans qu'ils aient conscience de sa présence, aux effets qu'avaient sur eux les erreurs de leurs parents et à l'enfance tragique qu'ils avaient reçue en héritage. Il s'éloigna, alla dans la cuisine où Joyce préparait leur déjeuner du lendemain, des falafels achetés tout préparés. Comme toujours, elle tenta de l'ignorer.

Il s'approcha à pas lents, réguliers, les mains alourdies d'un nouveau potentiel électrochimique. Elle pelait une carotte au-dessus de l'évier.

« Dieu est grand », annonça-t-il. Il prit le temps de respirer à fond et rapprocha les pinces crocodile l'une de l'autre. Elle leva les yeux, contrariée qu'il lui ait parlé, apparemment sans que ce soit nécessaire. C'était contre les règles élémentaires de leurs accords.

« Depuis quand ? aboya-t-elle.

— Dieu est grand », répéta-t-il, et il s'occupa à nouveau des pinces. En ouvrit une et tenta de la refermer sur l'autre, mais elle glissa. Puis il serra plus fort et les enclencha l'une dans l'autre, mâchoire contre mâchoire. Elles restèrent en place.

« Mais qu'est-ce que tu fais ? Qu'est-ce que c'est que ça ?

— Une bombe humaine. »

Le peignoir de bain s'était ouvert sur la ceinture d'explosifs. Elle souleva un sourcil. « Vraiment ?

— Je l'ai fabriquée moi-même. Il y a là assez de dynamite pour faire sauter la moitié de la rue. Dieu est grand. »

Il prit les pinces entre le pouce et l'index, serra encore. Il crut, du moins pendant un instant, sentir un léger choc électrique.

« Et pourquoi n'explose-t-elle pas ?

— Je ne sais pas, répondit-il, d'un ton irrité. Ce doit être un problème de câblage.

— Tu as bien suivi les instructions ?

— Elles étaient en arabe, mais il y avait un schéma. »

Elle posa la carotte, soupira avec lassitude.

« Montre-moi.

— Je peux me débrouiller seul, déclara-t-il.

— Ne sois pas stupide.

— Trop tard. »

Elle dit : « Tu veux que je regarde, oui ou non ? »

Il grimaça, secoua la tête. Mais dit : « Si tu veux. »

Elle prit un torchon, s'essuya les mains soigneusement, puis s'approcha. Il écarta le peignoir pour lui montrer les fils qui passaient dans le détonateur et conduisaient aux deux piles sèches calées dans le creux de son dos. Les explosifs dégageaient une odeur âcre, comme celle des feuilles à la fin de l'automne.

« Où as-tu trouvé cette dynamite ?

— Chez un fournisseur de matériel minier. Tout ce qui est électrique vient de Radio Shack.

— Radio Shack, dit-elle. Voilà pourquoi, maintenant, ils nous envoient leur pub. Hmm... Le fil rouge s'est défait.

— C'est pour ça. Est-ce que ce serait trop te demander de le remettre en place ? »

Les enfants s'étaient arrachés à la télévision et glissés en silence dans le couloir près de la cuisine. Viola évalua la situation d'un air pensif. Victor ne se souvenait probablement jamais avoir vu ses parents aussi proches l'un de l'autre. Marshall se sentit intimidé.

Joyce demanda : « Et si je le fais, ça va exploser ?

— Ça devrait. »

Ils se tenaient tous les quatre dans un espace étroit à l'entrée de la cuisine, pratiquement blottis les uns contre les autres. Victor cligna des yeux, comme si la lumière de la lampe du plafond avait eu une intensité surnaturelle. Joyce raccrocha le fil rouge. Elle dit : « Voilà, tu peux y aller.

— Dieu est grand... Merde.

— Ne sois pas grossier.

— Ça ne marche pas.

— Attends, je vais vérifier l'autre », dit-elle. Il fronça les sourcils et se tortilla pour faire glisser le peignoir. Les fils semblaient aussi logiquement entrelacés que des spaghettis dans une assiette. Elle passa ses doigts sur le câble noir et rouge. Contre son gré, Marshall sentit une vague de chaleur l'envahir. L'odeur de Joyce était toujours pour lui comme une seconde nature. Il respirait fort. S'aperçut qu'elle aussi respirait plus vite. Une goutte de transpiration glissa le long de son torse. Elle murmura : « Je n'avais encore jamais vu de bâtons de dynamite. Ils sont exactement comme dans les dessins animés.

— Quels dessins animés ? » demanda Viola, dont l'intérêt s'éveilla soudain. Elle portait une adorable petit robe bain de soleil bleu marine que la mère de Joyce venait de lui envoyer.

Joyce dit : « Je ne sais pas, moi, *Road Runner*, *Powerpuff Girls*, *Dexter*. Tous, en fait.

— Hein-hein, objecta Victor. Pas *Arthur*. »

Viola lui dit : « Tu ne les connais pas tous. »

Marshall demanda à Joyce : « Tu vas y arriver ?

— Ne t'emballe pas. C'est compliqué. Et arrête de bouger.

— Tu veux que je t'aide ? demanda Victor.

— Non, mon chéri. » Joyce se mit à genoux afin d'examiner le mécanisme de plus près. Victor s'appuyait contre son père, la main sur une cartouche de dynamite. Telle était l'image que le monde avait eu un jour de leur famille : un groupe uni, plein d'amour et de confiance. Marshall se sentit soudain épuisé.

« Laisse tomber, dit-il d'un ton brusque.

— Attends, je crois que j'ai trouvé. Il y a un fil débranché.

— Aucune importance.

— Je n'en ai que pour une seconde.

— Laisse tomber, je te dis. »

Toujours à genoux, Joyce essayait de forcer le détonateur. Viola avait posé les mains sur ses épaules, complétant le circuit : Joyce touchait la hanche de Marshall, Marshall touchait Victor, le bras de Victor touchait celui de Viola. Joyce s'acharnait à resserrer le détonateur comme si cela pouvait résoudre tous leurs problèmes. Elle dit : « Tu ne vas jamais jusqu'au bout de ce que tu fais. C'est ça le problème, avec toi.

— Super. Un reproche de plus. Je devrais en faire la liste. »

Il se dégagea, la laissant à genoux. Victor faillit perdre l'équilibre.

Sans un regard en arrière, Marshall retourna dans sa chambre, enleva le peignoir et la bombe. Les reproches de Joyce étaient probablement justifiés, et il aurait effectivement dû en établir la liste. Il laissa tomber la dynamite par terre à côté de son linge sale, s'affala sur le lit. Il entendit Joyce et les enfants qui se déplaçaient, les rouages de leur vie quotidienne qui se remettaient en marche, le déjeuner qu'elle préparait, la télé qu'ils allumaient. Il enfonça son visage dans l'oreiller et sanglota jusqu'à ce que la taie soit complètement trempée.

Février, mars, avril, mai, juin

Pendant l'hiver qui précéda la guerre, la neige tomba de façon prodigieuse, épaisseurs sur épaisseurs, déjà tassées et glacées depuis une semaine, puis verglacées. Les écoles et les bureaux fermèrent, ce qui rendit encore plus difficile pour Marshall et Joyce de s'éviter. Une audience, dont on leur avait promis qu'elle serait décisive, se trouva repoussée. Le juge et les avocats n'avaient plus un moment de libre avant mars. Pour s'éloigner de Joyce, Marshall emmena les enfants passer un week-end chez ses parents. Le dimanche après-midi, il se dépêcha de rentrer à New York, avant que la tempête reprenne. Il voyait dans son rétroviseur les vagues de nuages noirs brillants qui gagnaient du terrain. Quand ils atteignirent la FDR Drive – un peu avant cinq heures –, la neige avait repris. Les voitures roulaient lentement, la nuit semblait tombée. Les enfants s'étaient endormis, mais Snuffles commençait à gémir. Il avait probablement besoin d'être promené. Marshall se sentit incommensurablement seul – pas seulement là, dans la voiture louée, mais perdu dans le cosmos. Il était, au volant, réduit à un organisme élémentaire, une paire d'yeux nyctalopes et fiévreux reliés à un pied qui appuyait sur le frein dès que scintillaient les feux arrière de la voiture qui le précédait. Les lumières l'entraînèrent enfin hors de l'autoroute. Il chercha une station d'essence pour faire le plein avant de rendre le véhicule.

Les rues étaient pires que l'autoroute, des voitures qui avaient dérapé bloquaient totalement certaines intersections. Les enfants se réveillèrent, hébétés, surpris par la tempête, et annoncèrent qu'ils avaient eux aussi besoin de faire pipi. « Retenez-vous, nous serons bientôt à la maison », dit Marshall d'un ton anxieux, conscient qu'un grand esprit se révélait par sa capacité à laisser deux idées contradictoires se développer en même temps. Dans le cas présent, il voulait croire de toutes ses forces qu'ils seraient bientôt arrivés, et il savait aussi très bien que faire le plein, déposer la voiture, et rentrer jusque chez eux sous la neige avec deux petits enfants, un chien et une valise prendrait au moins une heure.

Non, plus d'une heure. Un chaos absolu régnait dans la station d'essence. Des voitures tétaient les pompes dans tous les sens. D'autres s'amassèrent derrière elles, les empêchant de sortir. L'unique employé du self-service, qui rêvassait dans son bunker de verre, ne pouvait ou ne voulait pas intervenir. Des conducteurs klaxonnèrent. Marshall aussi, inutilement et uniquement parce que les autres le faisaient. Snuffles aboya. À la radio, c'était l'heure des informations, mais Marshall n'arriva pas à suivre ce que le journaliste disait à propos du terrorisme et de la guerre, pas plus qu'il ne comprit le récit compliqué et incohérent de Victor qui se plaignait de s'être fait avoir par Viola à qui il avait donné ses petits soldats. Pendant vingt minutes, il avança par bonds dans sa file. Quand il y eut enfin une pompe libre, il alla vite se garer devant.

Une Nissan rouge s'arrêta, son pare-chocs contre celui de Marshall. Marshall ne savait pas d'où elle venait, mais elle n'avait pas pu être dans la file dont il fallait faire partie pour avoir droit à cette pompe. Pourtant, une autre file s'était maintenant formée derrière la Nissan, exigeant la priorité. Le conducteur basané et moustachu fit une grimace. Marshall releva la tête impatiemment : *va te faire foutre*.

« Ne bougez pas, les enfants. »

Il ouvrit sa portière.

« Mais je veux faire pipi ! » dit Victor.

Marshall sortit dans le vent, et le froid huileux de New York lui glaça le cou. À cause de ce type, il n'avait pas pris le temps de mettre son écharpe. L'autre continuait de grimacer en pointant le doigt vers lui. Puis, il décrivit du doigt un demi-cercle, signe à la signification exacte incompréhensible, mais agressif. Bienvenue à New York. Bienvenue dans cette putain de ville. Marshall agita la main dans sa direction, l'écartant comme un insecte.

Il lut les instructions de la pompe. Il allait mettre sa carte bancaire dans la fente quand l'autre conducteur tapa violemment contre son pare-brise. Marshall se demanda s'il devrait se battre. Il l'espérait presque : il avait besoin de frapper quelqu'un, ce qu'il n'avait encore jamais fait de sa vie, besoin de se défouler ainsi des innombrables désagréments et frustrations de sa réalité quotidienne. Il serra son poing droit et, même à travers le gant, en sentit la dureté. Il voulait allonger ce type sur son capot. Direct. À moins, bien sûr, que le gars soit armé. Dans ce cas, il suffirait d'une balle pour mettre fin à la vie de Marshall, et laisser ses enfants seuls dans une voiture louée, sans chauffeur, par une nuit glaciale dans le Lower East Side. Cela pouvait arriver. Tout pouvait arriver. Marshall grimaça à son tour, montrant qu'il était prêt, mais le type lui sourit en pointant son doigt vers l'arrière de la voiture de Marshall, du côté de la pompe. Marshall regarda. Le bouchon du réservoir était de l'autre côté.

Marshall remonta en voiture, maussade. L'autre conducteur lui fit signe de reculer et de faire le tour de la pompe, lui expliquant par une série de gestes compliqués comment manœuvrer entre les autres voitures. Marshall l'ignora. Il aurait pu ramener les enfants et le chien à Joyce, et revenir une heure plus tard, lorsque les fous qui peuplaient la station d'essence auraient été remplacés par des gens plus sensés, mais il avait toujours les idées brouillées par la rage qui avait coulé dans ses veines quelques instants plus tôt et imbibé ses tissus cérébraux de ce mélange chimique spécifique qui produit les processus mentaux caractéristiques de la colère. Il respira à fond et appuya un instant sa tête contre le volant. Il n'arrivait pas à réfléchir. Son cerveau n'était qu'un fichu amas de cellules imprégnées de ce composé dont la moindre transformation influait sur son humeur, son mental et son identité. Dans les autres voitures, les gens attendaient. Marshall était toujours furieux. Le passage de la colère à la non-colère était retardé par la nouvelle série de particules chimiques qui traversèrent ses méninges quand son cerveau comprit sa propre erreur. Il était donc possible d'être totalement persuadé d'une chose à un moment donné, puis certain de son contraire l'instant suivant. Et de rester fou de rage. Il remit la voiture en marche, se fraya un chemin vers la sortie.

Thorpe s'était trompé à propos de Joyce et de Nathan. Il n'y avait pas eu d'histoire d'amour entre eux, ni rien qui y ressemble. Ils s'étaient simplement retrouvés pour boire un verre, ce fameux soir de l'été précédent. Malgré une retouche de dernière minute, le mascara de Joyce faisait des paquets, et la tête lui tournait. *Ouaou, tu es ravissante* – Marshall avait toujours su foutre le bordel dans ses pensées. L'agent Robbins, lui aussi, semblait préoccupé, comme si Marshall s'était également attaqué à lui. Il la remercia d'être venue et se dépêcha de lui dire que ce rendez-vous n'avait rien à voir avec l'enquête.

« Bien sûr », dit-elle gaiement, tentant de retrouver l'enthousiasme avec lequel elle lui avait répondu quand il l'avait appelée. Ils étaient dans un bar tranquille de l'East Side, ni trop branché, ni trop romantique, d'une neutralité qui n'engageait à rien. Elle avait commandé un verre de vin rouge. Il avait avalé une gorgée de bourbon, sans prendre le temps de trinquer. Elle ajouta : « Nous sommes là pour nous détendre. Je vous en prie, appelez-moi Joyce. C'est ce qu'on fait dans ces cas-là. »

Il hocha la tête devant son verre, évita son regard : « C'est vrai, quoique le Bureau nous impose certaines règles concernant nos activités personnelles. Hmm, en ce qui concerne les gens que nous rencontrons dans l'exercice de nos fonctions... »

Elle sourit chaleureusement. Elle avait un beau sourire, elle le savait et avait l'intention de s'en servir ce soir-là aussi souvent que possible : « Eh bien, dit-elle en essayant de prendre une voix séduisante, je suis certaine de la sagesse de ces préceptes, mais je suis heureuse que vous ayez décidé d'y faire une entorse. »

Il leva les mains : « Mon psy dit que je devrais sortir plus souvent. »

Joyce fut consternée. Il voyait un psy ! Encore un loser, un quadra mal dans sa peau, un peu barjot... Cela confirmait ce qu'on lui avait dit, qu'elle ne rencontrerait plus désormais que des hommes ayant quelque chose qui n'allait pas – exactement comme elle, évidemment.

« Oh ! dit-elle, incapable de mettre un nouveau sourire sur son visage.

— Il dit que je travaille trop. C'est vrai. Le FBI est toute ma vie. Je n'ai pas de famille, Joyce. Je n'ai pratiquement pas d'amis, rien que des collègues qui, tous, travaillent trop. Le 11 septembre nous accapare, et continuellement. Nous sommes submergés. Nous avons arrêté des milliers d'Arabes, mais nous ne sommes même pas capables d'écrire leurs noms correctement. Nous avons des mois de retard dans la traduction des communications interceptées, et la moitié du temps les traductions ne veulent rien dire. J'emporte chez moi des dossiers qui ne sont pas supposés sortir du bureau. Je les regarde pendant des heures, en essayant d'y comprendre quelque chose. » Il avoua : « Nous pédalons dans la semoule. Et ça me déprime. C'est pour ça que j'ai un psy. Il me dit de sortir. Il fait aussi partie du FBI.

— Je suis désolée que vous soyez déprimé, dit-elle. Ces deux derniers mois ont été rudes, pour moi aussi. Je devrais même dire ces dernières années...

— Ce sont les interrogatoires, l'interrompit-il sur le ton du murmure. Nous détenons tant de types maintenant – pas seulement des civils, mais aussi ceux que la CIA et l'armée ont arrêtés –, qu'il doit forcément y en avoir au moins un qui sait où se cache Ben Laden. Ce serait logique. Alors nous faisons venir ces types et nous leur demandons : tu sais où est Ben Laden ? Aussi simplement que ça, mais ce n'est pas si simple. Il faut, par exemple, le leur demander plusieurs fois. Sur des tons de voix différents. Dans des circonstances différentes, des endroits différents. Il faut s'emparer d'eux et les briser. Vous comprenez ? »

Les yeux sombres de Nathan étincelaient. Il était penché sur son verre, le regard levé vers Joyce comme du fond d'un puits. Elle fut effrayée de l'attention qu'il lui portait, et de ce qu'il disait des terroristes, mais se sentit en même temps excitée. Elle hocha légèrement la tête.

Il dit : « Pour briser un homme, il faut arriver à lui faire comprendre que vous contrôlez son environnement, tout son environnement. Alors, on en prend un, et on lui fait perdre la notion du temps, du déroulement de la journée, de celui de la semaine. On joue avec ses heures de sommeil, ses repas, sa toilette. Et avec ses moments de prière, afin qu'il ne sache plus s'il doit faire celle de midi ou celle du matin. Cela prend une quinzaine de jours. Ensuite, il ne sait plus en quelle saison nous sommes, ni même en quelle année – et il n'y a plus que vous qui puissiez le lui dire. Vous devenez d'abord son père et sa mère. Puis vous êtes son Dieu.

— Ça marche ?

— Non, bien sûr que non, c'est complètement absurde. »

Nathan se força à rire, et son rire était triste. « Personne ne sait où est Ben Laden. Je ne suis même pas certain qu'il ait jamais existé. Certains de nos prisonniers jurent que non. Ils le jurent sur la vie de leur mère, de leur père, de leurs fils et de leurs filles. Ils jurent de s'arracher les yeux, quand on leur prouvera qu'ils mentent. Au bout d'un moment, vous les croyez...

— Mais on l'a vu à la télé !

— Oui, c'est vrai, dit Nathan, peu convaincu. J'ai interrogé un prisonnier pendant des semaines, ou peut-être des mois, j'ai oublié. Écoutez, nous avons seize techniques d'interrogatoire approuvées par le Département de la Justice. Je les ai toutes essayées. Et devinez quoi ? Ce type-là n'est pas un terroriste, il n'a rien à voir avec ça, même s'il a contrevenu à, à peu près, toutes les lois sur l'immigration d'ici à la planète Mars. Mais nous avons trouvé dans sa voiture une caméra vidéo avec laquelle il avait filmé le pont de Brooklyn, le Lincoln Tunnel, la gare de Grand Central... Pourtant, nous savons qu'il n'est pas un terroriste. C'est un pauvre Yéménite qui est venu à New York faire le taxi. Quand il était au Yémen, il rêvait de conduire un taxi dans les rues de New York. C'est tout ce qu'il attendait de la vie. Au Yémen, il a étudié le Coran et comment aller à l'aéroport de La Guardia aux heures de pointe. C'est un homme doux, gentil, ignare, con comme un balai, non, plus con qu'un balai, les balais sont des génies à côté de lui, si je puis me permettre. Pourtant, quand je dis que je le sais, en fait je ne le sais pas vraiment. Peut-être qu'il se fiche de moi, qu'il me manipule avec ses seize techniques de résistance approuvées par Al-Qaida. Ce que je sais de son innocence est peut-être comme ce qu'il sait de l'heure qu'il est.

— Je ne comprends pas. Vous voulez le libérer ? Et vous ne le pouvez pas ? »

Il se pencha sur son verre et chuchota tout bas : « Je crois que j'ai tout pouvoir sur lui. Je régis chaque aspect de son existence – son sommeil, son alimentation, ses sanglots. Et il sait que toute sa vie tourne autour de moi. En même temps, c'est lui qui m'empêche de manger et de dormir, lui à qui je pense jour et nuit. Et peut-être le sait-il. Je crois tenir les rênes, mais peut-être veut-il que je le croie. Il est peut-être capable de me briser, moi, Joyce. Quand je me retrouve dans la salle d'interrogatoires avec cet homme, c'est comme si nous étions seuls au monde. Nous sommes assis de chaque côté d'une table en formica minable, et savoir lequel de nous deux est le prisonnier n'est pas si évident. »

Joyce sourit à nouveau. « Je ne sais pas quoi dire, Nathan. Mais je suis heureuse que vous ayez pensé pouvoir vous confier à moi. »

Il la regarda comme si elle était folle. Dit : « Vous n'êtes pas la première à qui j'en parle. J'en parle à tout le monde, à la vieille dame qui habite sur le même palier que moi, au teinturier, au livreur du restaurant chinois. Il suffit que je voie quelqu'un et j'en parle. Il faut que je parle. Il faut que je me prouve qu'il existe un monde en dehors de cette salle d'interrogatoires, en dehors du Bureau. Quelque chose de plus important que ce type et moi. »

Après cette soirée, Joyce vit Nathan de temps en temps, généralement dans un bar ou un restaurant

– et quand elle insista pour aller avec lui au Guggenheim, ils restèrent dix minutes devant un Rothko, puis il dit : « Qu'est-ce qui nous prouve que ce type ne se foutait pas du monde ? » – mais il y avait entre eux si peu d'attirance qu'elle aurait été gênée s'il avait essayé de l'embrasser en la voyant ou en la quittant, ce qu'il ne faisait pas. Il continuait de parler du FBI, probablement plus que le règlement ne l'y autorisait, et certainement plus qu'elle ne pouvait s'y intéresser. Un jour où elle arriva cinq minutes en retard au P. J. Clarke's, elle le trouva penché au-dessus du bar, cherchant à retenir le serveur : « Moins ils en savent, plus c'est dur de les faire parler. » Le garçon essayait d'apporter leurs verres à d'autres clients. Nathan mettait Joyce mal à l'aise.

Cet hiver-là, la diplomatie se réunit, les troupes militaires se mobilisèrent, et les navires de guerre firent route vers leurs positions secrètes. Une navette spatiale s'écrasa sur le Texas. Le monde se préparait à l'attaque. Joyce reçut un coup de téléphone de son avocate qui lui dit que la prochaine audience, prévue maintenant pour la fin mars, allait régler en sa faveur tout ce qui restait encore à régler. L'avocate avait pris une voix de petite fille qui retrouve son insouciance après une grosse frayeur. « Vous allez récupérer votre chambre ! » Joyce se demanda comme elle pouvait en être aussi sûre, mais, par les temps qui couraient, toute marque d'optimisme lui semblait la bienvenue.

Cet hiver-là, l'atmosphère s'électrisa tandis que, dans des studios de télévision, des hommes et des femmes brandissaient faits et principes. Joyce était à la fois pleine de respect et de crainte devant la force de leurs convictions. Ils parlaient gravement, en phrases déclaratives simples, sans hésitations ni faux-fuyants, le visage dur. Eux, ils savaient, parce qu'ils étaient plus intelligents qu'elle, ou parce qu'ils possédaient une morale mieux définie, ou encore parce qu'ils avaient accès aux renseignements militaires. La force de leur mépris envers ceux qui doutaient – Quoi, vous ne voulez pas croire que Saddam détient des armes de destruction massive ? Vous ne pensez vraiment pas que Saddam est lié à Al-Qaida ? – était elle-même un argument en faveur de la guerre. Joyce était toujours impressionnée de voir, même sur un écran, un être humain qui détenait au fond de lui une telle assurance. Elle se souvenait que Marshall avait été comme ça, un jeune homme mû par de profondes convictions. À l'époque, quand il prononçait une opinion, qu'elle fût politique ou morale, ou qu'elle concernât simplement la façon dont Joyce et lui devaient mener leur vie, les mots de Marshall vibraient au creux de ses reins. Puis, à un moment donné, ses convictions étaient devenues erronées, folles...

Colin Powell fournit aux Nations unies des photos satellite des sites où se trouvaient les armes de destruction massive, ainsi que des transmissions interceptées entre officiers irakiens prouvant qu'ils avaient l'intention de cacher ces armes aux inspecteurs de l'ONU. La Grande-Bretagne produisit un rapport affirmant que l'armée irakienne pouvait lancer des ogives à charges biologiques et chimiques quarante-cinq minutes après en avoir reçu l'ordre de Saddam. Tony Blair déclara : « Voilà ce que je crois : nos renseignements ont établi de façon certaine que Saddam continue à produire des armes chimiques et biologiques, qu'il poursuit ses efforts de développement d'armement nucléaire et qu'il a réussi à élargir sa production d'engins balistiques. » Hillary Clinton reconnut que Saddam avait « aidé, soutenu et accueilli des terroristes, y compris des membres d'Al-Qaida ». David Letterman regretta que, « même après le discours de Colin Powell, la France dise vouloir des preuves supplémentaires », et il ajouta : « La dernière fois que la France a attendu ce genre de preuve, le drapeau allemand a flotté sur Paris. »

Des gens intelligents dont elle n'avait jamais entendu parler, mais qu'elle savait respectables, des libéraux déclarés et des anciens membres de l'administration Clinton défendirent l'idée d'une guerre qui libérerait les peuples du Moyen-Orient de la dictature, de l'analphabétisme et de la pauvreté. Seul le développement de la démocratie pouvait mettre fin au conflit entre l'Islam et l'Occident, avant qu'il aboutisse à une catastrophe beaucoup plus grave que celle du 11 septembre. Dans *The New Republic* – c'était la première fois que Joyce lisait ce magazine, elle ne lisait jamais de magazines politiques, mais avait besoin maintenant de se forger une opinion –, Leon Wieseltier demandait : « Comment quelqu'un qui se réclame d'une pensée libérale et prend le parti de l'humanité pourrait-il ne pas faire partie de cette coalition de la bonne volonté ? »

Des failles restaient visibles dans les discours de ceux qui défendaient la guerre – pourquoi un régime laïque aurait-il fait cause commune avec des fanatiques religieux ? Les États-Unis avaient-ils suffisamment de soldats pour occuper un pays de vingt-cinq millions d'habitants, dans une partie du monde qui s'opposait à eux avec virulence, tant sur le plan historique et religieux que culturel ? N'allait-on pas augmenter l'antiaméricanisme d'une région où l'opinion publique dictait la politique ? – mais les arguments en faveur de l'intervention ne s'effondraient pas, car leurs scénarios effrayants menaçaient tout ce en quoi chacun croyait et espérait. Armes chimiques, bombes atomiques cachées dans des valises, vérole, Ébola, nouvelle menace dont on ne connaissait pas encore le nom... *Et si Bush avait raison ?*

On était vendredi soir, et Marshall avait besoin d'un verre, très exactement d'une vodka-Martini, mais dès qu'il entra dans ce bar d'Atlantic Avenue, il sut que ce n'était pas un endroit où commander une vodka-Martini. Tandis que la porte claquait derrière lui, il se sentit noyé dans un nuage de fumée et de rock à vous déchirer les tympans. Il se traîna quand même jusqu'au comptoir et commanda un Wild Turkey.

Les hommes étaient pour la plupart en jeans et en chemises à col ouvert ou en tee-shirt. Les femmes portaient des jeans, elles aussi, qui commençaient sous les hanches, et des hauts qui se terminaient au-dessus du nombril. Les nombrils avaient des piercings. Marshall se sentait trop vieux pour boire dans ce genre d'endroit, mais il était épuisé par une semaine de travail particulièrement difficile – il avait été récemment embauché par l'entreprise autrefois connue sous le nom de LuQre, afin de désembrouiller les liens que cette compagnie avait encore avec ce qu'il restait de son ancienne firme – et, dehors, il faisait froid. Il regarda autour de lui, les yeux plissés, remarqua que les filles étaient séduisantes et gaies, et qu'elles avaient presque toutes moins de trente ans.

Il n'avait pas mis les pieds dans un bar depuis plus d'un an. La dernière fois que cela lui était arrivé, c'était avec Roger et Linda, avant que Roger et Linda disparaissent mystérieusement de sa vie, ne donnent plus de nouvelles. Ils avaient cessé un jour de le rappeler quand il leur téléphonait. Il avait entendu dire qu'ils s'étaient séparés. Tout le monde se séparait. C'était comme un virus, une nouvelle maladie sexuellement transmissible.

Il regarda la télévision à l'autre bout du bar. L'écran était découpé en morceaux par des images intermittentes qu'il arrivait à peine à décoder, et des textes et des logos qu'il ne pouvait pas lire. Dans leur lueur abstraite et tremblotante, il but son whisky à petites gorgées. De temps à autre, il pensa voir quelque chose qu'il connaissait, des avions de chasse qui décollaient, une foule de jeunes Arabes dans une rue poussiéreuse, des soldats qui marchaient devant un véhicule utilitaire, une femme magnifique derrière un pupitre de contrôle, un drapeau américain qui se déployait au ralenti, mais ces apparitions ne faisaient pas sens. Il trouvait un certain réconfort à ce vide. Que la lumière se déverse.

Il rêvassa pendant environ deux minutes.

« Allez vous faire foutre, putain de salopards ! »

Celui qui avait parlé était assis deux tabourets plus loin, un grand type aux longs cheveux gris qui tombaient, raides, sur ses oreilles. Il était soûl. Marshall ne l'avait pas remarqué quand il était entré, ni quand il s'était demandé pourquoi les tabourets étaient inoccupés à côté de lui. Ce qui avait provoqué son éclat n'était pas évident. Son cri avait fait baisser les voix dans la salle pendant un instant, tandis que, près du bar, les gens souriaient poliment ou poussaient des rires entendus. L'homme hurla de nouveau en direction de l'écran : « Qu'est-ce que vous savez de tout ça, bande de pauvres cons ! »

Marshall écarta discrètement son tabouret de quelques centimètres, mais de toute évidence pas assez discrètement. Le type se tourna, il avait de tout petits yeux injectés de sang. Il se pencha au-dessus du siège libre et gronda : « C'est quoi, ton problème ? »

Marshall sourit de la façon la plus désarmante qu'il put. Il leva ses mains ouvertes, vides. « Il n'y a pas de problème, rien, je vous assure ! »

L'homme demanda : « Tu soutiens nos soldats ? »

Les gens les regardaient, curieux de voir ce que l'ivrogne allait faire. Marshall chercha une table où aller s'asseoir. Aucune n'était libre. Il essaya de capter le regard du patron, mais ce dernier était occupé à l'autre bout du bar, tirant sur sa cigarette, apparemment le seul qui ne s'intéressât pas à la confrontation. Marshall dit : « Bien sûr que je les soutiens. Je ne suis pas certain que cette guerre soit nécessaire, mais...

— Conneries ! Toujours les mêmes conneries des mêmes Merdeux-Unis d'Amérique. Si tu dis que tu soutiens les soldats, tu dois être d'accord avec leur mission. Autrement c'est une promesse vide, ce qui veut dire que leur sacrifice n'a aucun sens. Nos troupes servent la nation, et c'est la nation qui part en guerre. Ceux qui s'opposent à la guerre sont forcément contre les hommes qui la font. » Il secoua la tête amèrement. « C'est chaque fois la même chose. Nous donnons nos vies, nos bras, nos jambes, et les meilleurs amis que nous avons jamais eus. Et quand nous rentrons, on nous crache à la gueule. » L'homme vida son verre et lança : « T'es pas un vétéran, hein ?

— Non, s'excusa Marshall. J'imagine que vous en êtes un.

— Oui. » L'homme cracha par terre. « Un ranger de l'armée américaine. 75e régiment, 1er bataillon. »

Marshall tenta une réponse de représentant démocrate. « Je respecte profondément ce que vous avez fait pour nous. J'en suis fier. Vous étiez au Vietnam ?

— À La Grenade. »

Marshall laissa un tout petit peu d'air sortir d'une de ses narines, une infime fraction de gloussement. Le type s'en aperçut et lui balança un crochet.

Le coup passa à côté, mais Marshall se recula brusquement, glissa de son tabouret, s'étala dans la sciure – s'entendit dire *boum!* –, puis le tabouret tomba sur lui. Les autres clients s'étaient écartés. C'était assez spectaculaire et totalement ridicule. Il aurait dû rester dans son quartier. Du sol, il constata que le type se faisait sortir.

Des bras qu'il ne voyait pas le remirent sur ses pieds, des mains inconnues le dépoussiérèrent, et quand il fut évident qu'il ne s'était pas blessé, quelqu'un lui tapa dans le dos. On releva le tabouret. Des gens riaient. L'incident les avait unis, apparemment l'ivrogne était connu dans le quartier pour chercher la bagarre. Un autre verre de Wild Turkey apparut à côté de Marshall. Pendant un instant, il fut le centre de l'attention générale. Des hommes le félicitèrent jovialement de sa chute. Il sourit et avala le whisky d'un trait. Des femmes s'approchèrent, deux filles minces en jeans et jolis petits hauts de couleurs pastel lui demandèrent s'il n'était pas blessé. Il se présenta immédiatement.

Très vite, les autres clients retournèrent à leurs tables, mais les deux femmes restèrent. Avoir survécu à sa rencontre avec le vétéran donna envie à Marshall de suivre son instinct. Il commanda une tournée, pour elles et leur amie qu'il ne voyait que de dos, car elle parlait avec quelqu'un de l'autre côté du bar. Quand les verres arrivèrent, elle se retourna pour prendre le sien, sourit, et une petite bombe explosa dans le ventre de Marshall.

Elle cria : « Le papa de Victor ! »

Il aurait voulu disparaître. Il venait de se faire surprendre en train de se battre dans un bouge d'Atlantic Avenue et d'offrir à boire à des femmes inconnues.

« Bonjour, Miss Naomi. »

Elle n'avait pratiquement plus rien de l'institutrice qu'il avait saluée le matin même en déposant Vic à l'école. Les yeux soulignés d'eye-liner et la bouche peinte en brun-orange, elle portait une jupe plissée et avait remplacé ses baskets par des bottes montantes. Mais il reconnut son justaucorps rose. Elle dit à ses amies Dora et Alicia qu'il était le père de deux de ses élèves de maternelle, Victor et Viola, et un survivant du 11 septembre. Alicia porta la main à son visage d'un geste vif, plein d'inquiétude. « Ne vous en faites pas, dit-il très vite. Je vais bien. Je m'en suis sorti.

— Quand même, dit Alicia, ce doit être la chose la plus horrible qui vous soit arrivée.

— Oui, probablement », répondit-il, ne voulant pas être en désaccord avec cette fille, surtout pas avec elle, dont le ravissant visage rayonnait de sympathie. Il s'interrompit, pour s'imprégner de la beauté des trois jeunes femmes. Sous le blush, les joues d'Alicia étaient rouge satin, et elle avait des lèvres humides et pleines. Les épais cheveux noir mat de Dora tombaient en grosses boucles sur ses épaules. Elles portaient toutes les trois des tee-shirts moulants. Il compta lentement leurs six seins. Leva son verre et fêta avec elles sa présence dans ce bar. Reprit : « Mais cette soirée est peut-être ce qui m'est jamais arrivé de mieux. »

Dora demanda : « Qu'est-ce qui vous a fait venir dans ce bar ?

— Je passais par là, dit-il. J'avais besoin d'un verre. »

Les trois femmes le regardèrent, attendant qu'il continue, les yeux grands ouverts, comme pour le saisir entier.

« Il y avait du bruit et de la musique, ça m'a donné envie d'entrer. La nuit est froide, et je n'ai rien à faire », avoua-t-il. Pendant un instant, il pensa qu'il allait leur raconter combien il était seul, affreusement, honteusement seul. Auraient-elles pitié de lui ? Le prendraient-elles dans leurs bras ? Leur expliquerait-il ce qui lui était arrivé le 11 septembre ?

« Malheureusement nous devons partir », dit Miss Naomi.

Marshall eut un sourire courageux. Les filles trempèrent à peine leurs lèvres dans les verres qu'il venait de commander.

« Nous allons à une fête », expliqua Miss Naomi. Elle regarda ses amies. Un demi-sourire passa rapidement sur le visage de Dora. Miss Naomi haussa les épaules. « Si vous voulez venir...

— Avec plaisir ! » Marshall n'essaya même pas de cacher son enthousiasme. « Enfin, si cela ne pose pas de problème. Je ne suis pas vraiment habillé pour aller en soirée...

— Mais c'est dans le comté de Nassau, ça ne vous ennuie pas ? Nous sommes en voiture. Si vous voulez, je vous emmène. »

Quelques minutes plus tard et moins d'une demi-heure après que quelqu'un eut tenté de le frapper, Marshall se retrouva enfermé dans un coupé sport bas et cabossé, seul avec Miss Naomi, à demi allongés côte à côte dans les sièges baquet. « C'est la voiture de mon petit ami, dit-elle d'une voix chantante. Il nous rejoindra là-bas. » Marshall n'avait pas envie d'entendre parler du petit ami, mais ce dernier n'était qu'une déception passagère, une sorte d'abstraction. Miss Naomi était tout près de lui, son haleine chargée de gin se mêlant à la sienne, sa main fermement posée sur le levier de vitesses. La ville qui les entourait semblait aussi lointaine qu'un pays étranger.

Elle conduisait brusquement, poussait les vitesses à fond pour se faufiler entre les autres voitures. Elle était ivre. Ça plaisait à Marshall. Elle glissa une cassette dans le lecteur, un des premiers Courtney Love. Ses yeux étaient toujours grands ouverts, et, dans la lumière des phares d'en face, il voyait saillir ses lentilles de contact. Il aurait voulu parler, dire quelque chose d'amical ou de drôle, avec peut-être une pointe de drague, mais la musique, le bruit du moteur et de la route l'en empêchèrent. Alors il sourit. Elle lui rendit son sourire. Et ça lui plut aussi. Ce matin-là, elle l'avait regardé gentiment quand il avait amené Victor dans sa classe. Elle était à genoux, rangeait des oreillers dans un coffre, le visage légèrement empourpré.

Une fois dans le comté de Nassau, ils arrivèrent sur un boulevard mal éclairé, bordé de centres commerciaux et de boutiques minables et délabrées. Des jeunes s'attroupaient au coin des rues, la capuche remontée pour se protéger du froid. Marshall évita leurs yeux. Au lieu de fuir cette région infernale de poubelles en feu et de terrains vagues défoncés, jonchés de verre cassé, Miss Naomi tourna dans une petite rue pavillonnaire. Elle savait où elle allait. Ils s'arrêtèrent un peu plus loin, devant une maison individuelle d'un étage, sans allée pour garer les voitures, juste une étroite pelouse que personne ne se donnait la peine de tondre. À l'intérieur, quelques lampes brillaient. En marchant, il entendit la musique. Il se demanda ce que les voisins pensaient. « Chez qui va-t-on ?

— Chez personne. Dora a une amie qui travaille dans l'immobilier. C'est une maison qu'elle cherche à vendre. »

La porte s'ouvrit sur une bouffée de bruit et de fumée de cigarettes, et, sous l'odeur du tabac, Marshall détecta celle de la marijuana. C'était super. Le genre de fête à laquelle il n'avait pas été invité depuis son mariage. Une dizaine de personnes était déjà là, et certaines saluèrent Miss Naomi d'un signe ou d'un sourire mais ignorèrent Marshall. Il hocha quand même la tête dans leur direction. Entendit Miss Noami dire : « Il ne va pas tarder. » Puis une femme la prit à l'écart pour lui raconter quelque chose de scandaleusement drôle. Marshall plia son manteau et le posa dans le placard vide de l'entrée puis s'approcha de la table où les boissons étaient posées, attrapa une bouteille de vodka et remplit un verre en plastique à ras bord. Au centre de la pièce, une femme dansait seule, tête baissée. Sa longue chevelure brune se balançait d'avant en arrière.

Marshall se dirigea vers le côté de la pièce qui était meublé de façon basique, probablement pour les futurs locataires. Il y avait d'autres hommes seuls, mains dans les poches. Dans l'ensemble plus jeunes que lui, de grands gaillards, certains déjà bien partis, des cols bleus qui travaillaient probablement dans le bâtiment ou le chauffage central. Marshall devait être le seul à porter un pantalon de ville. Dans un des coins de la pièce, deux garçons et une fille étaient assis par terre contre le mur, prêts à se passer un joint.

La fête n'a pas encore vraiment commencé, pensa Marshall. Ils étaient arrivés trop tôt. Il resta près des boissons. Aucune de ces filles n'était aussi séduisante que Miss Naomi, décida-t-il quand la vodka lui eut donné suffisamment de détachement face à ce qui l'entourait. Malgré le temps, certaines étaient en bermuda et débardeur. Il se demanda si elles travaillaient, elles aussi, dans des écoles maternelles. Plusieurs d'entre elles avaient un papillon tatoué au creux des reins, et un serpent rampait sur une épaule, dents dénudées. Marshall sourit à la fille. Elle sembla ne pas le voir.

Il se dirigea lentement vers Miss Naomi qui se tourna pour lui dire quelque chose quand la porte s'ouvrit et que l'arrivée d'un grand type élancé aux joues creuses l'arrêta. Des cris fusèrent. « Nick ! Eh Nick ! » C'étaient des cris de joie, comme si tous ces gens l'avaient attendu impatiemment. Nick n'enleva ni ses lunettes noires ni sa veste de cuir. Il resta dans l'entrée, observa la scène avec circonspection. Il examina aussi Miss Naomi qui se tenait en face de lui, le laissant patiemment la regarder. Il dit quelque chose d'incompréhensible, et sa voix résonna comme un grondement lointain. Miss Naomi se pencha pour l'écouter. Sans bien savoir s'il devait ou non s'écarter de cette conversation intime, Marshall ne bougea pas. Lorsque Miss Naomi se souvint enfin de sa présence, elle murmura : « Je te présente Mr Victor. » Nick le salua d'un signe de tête, la cigarette pendant entre ses lèvres.

« Appelez-moi Marshall. » Nick ne dit pas ce qu'il en pensait. Pour briser le silence, Marshall ajouta : « Chouette petite fête. »

Nick le fixa. Marshall sourit. Miss Naomi ne quittait pas le visage marqué de Nick, attendant qu'il réponde. Il dit enfin : « Tu trouves ? »

Marshall regarda sa montre : onze heures et demie.

« C'est mieux que le journal de la nuit. »

Nick gloussa d'un rire franc qui l'illumina. La source de lumière qui déborda de sous ses lunettes et inonda le creux de ses joues le rendit étonnamment beau. Miss Naomi sourit à Marshall, reconnaissante de cette transformation. Nick serra l'épaule de Marshall. Marshall rit à son tour et sentit son bras envahi de chaleur. Nick lança un coup d'œil vers les autres, et fronça à nouveau les sourcils. Sa complicité soudaine avec lui permit à Marshall de voir ce qu'il voyait : des gens coincés. Presque personne ne dansait. Nick murmura du coin des lèvres : « Un vrai tas de viande avachie. » Il lança à Marshall un regard insistant, et dit d'une voix rauque : « Je vais arranger ça. » Puis il partit.

Quelqu'un pouffa. Miss Naomi gloussa. « Il fait des corrections », dit-elle, comme si cela expliquait tout. Ce qui arriverait plus tard. Marshall vida son verre de vodka, probablement le second. Quelqu'un lui glissa ensuite une pilule dans la main. Il l'avala et se resservit à boire. La fête s'était maintenant réduite à un brouhaha sourd, nerveux. Dans les haut-parleurs, la musique dansante avait fait place à un son triste et trouble.

Comme il avait en quelque sorte passé l'épreuve d'agrément, il se laissa tomber lourdement à côté d'une fille sur le canapé. « Je m'appelle Marshall », déclara-t-il. La fille se tourna, l'évalua un instant, puis lui passa un joint. Dans sa boîte crânienne, la fumée bouillonna. La fille ne lui dit pas comment elle s'appelait ou, si elle le fit, il ne l'entendit pas. Il lui rendit le joint et elle tira une bouffée, ses lèvres doucement fermées là où celles de Marshall venaient de se poser. Il se souvint qu'elle était une des deux amies de Miss Naomi, Dora. « Chouette petite fête ! » dit-il, et elle secoua la tête. Il ne sut pas comment ils avaient traversé la pièce et monté l'escalier. Quand ils arrivèrent sur le palier du premier étage, il se rendit compte qu'il la fixait en se demandant s'il devait ou non essayer de l'embrasser – elle avait le visage rouge, ses boucles retombaient sur ses yeux –, et ensuite, il la perdit. Il regarda par les portes ouvertes dans les chambres sans lumière et vit des gens fumer, comme des prisonniers accrochés à leurs cigarettes. Un type faisait sa gymnastique, accroupi, le dos et les mains au mur, luttant pour rester dans cette position. Un autre prenait un bain tout habillé, tandis que ses amis comptaient pendant combien de secondes il pouvait rester sous l'eau sans respirer. Dora n'était pas là. Peut-être n'était-elle jamais montée avec lui.

En bas, la porte d'entrée s'ouvrit, laissant pénétrer dans la maison un nimbus glacé qui monta jusqu'à l'étage accompagné de nouveaux cris de joie et extirpa Marshall, tout au moins en partie, des rêves abyssaux dans lesquels il était tombé sans s'en rendre compte. Le nom de Nick fusa encore. Suivi d'un rire aigu comme un aboiement, puis d'une sorte de bourdonnement : une nouvelle qui passait de bouche en bouche autour du salon et dans les autres pièces du rez-de-chaussée. Marshall resta un moment en haut, mais il s'aperçut qu'il n'y était pas le bienvenu. Une des portes était fermée. Il avait la tête chaude et douce. Il se demanda si c'était dû à l'alcool, au shit ou à la pilule. Il aurait au moins pu demander ce que c'était que cette pilule.

Quand il redescendit, en s'accrochant à la rampe comme si de rien n'était, il y avait de nouveau de la musique dansante, beaucoup plus fort, et beaucoup plus de monde dans le salon. Nick était à côté de la table où se trouvaient les bouteilles, avec Miss Naomi, le bras négligemment passé autour de ses épaules, et elle appuyait la tête contre lui, les yeux fermés. Nick étudiait la situation de derrière ses lunettes de soleil, sans sourire. Marshall tenta de comprendre ce qui avait changé et vit que de nouveaux invités étaient arrivés, deux jeunes Afro-Américaines, dans une fête où il n'y avait jusqu'alors que des Blancs. Elles avaient toutes les deux un verre à la main et, enhardies par leur présence, quelques personnes, dont des hommes, étaient sorties de l'ombre pour les rejoindre. L'une d'elles portait un short rouge et un lâche bain de soleil argenté qui provoquait des sifflements admiratifs chaque fois qu'elle changeait de position. Marshall vit aussi un jeune Noir en sweat-shirt, la capuche remontée. Il se tenait loin des deux filles, et ne buvait pas.

L'ambiance était plus gaie. Des couples s'étaient enfin décidés à danser. Un homme se tortillait en faisant trembler ses épaules devant une des deux Noires. Nick devait les avoir ramassées dans le quartier. Marshall pensa qu'il avait dû accepter de les payer, et sûrement moins cher que s'il s'était adressé à une agence.

Il se retrouva avec un autre joint entre les doigts. Il ne savait pas qui le lui avait passé. Il l'emporta sur le canapé avec l'intention de le fumer en entier. La présence des deux putes le gênait – il était définitivement trop vieux pour ces gens –, mais en ces premières heures du jour, la fête battait son plein. Alicia avait déboutonné sa chemise, révélant un wonderbras de dentelle rouge, et elle jouait à la poupée mécanique, immergée dans la musique. Elle tournait sur elle-même d'un mouvement lent, étouffé, et, à chaque tour, faisait face à Marshall. Il attrapa son regard, essaya d'arrêter sa rotation. Dans les coins sombres, des gens vivaient leur vie, et une des deux putes passa avec un homme de la cuisine dans les toilettes. Ils allaient baiser. Marshall eut envie de baiser dans des toilettes. Il se sentait maintenant soulevé par une énorme houle d'espoir.

Le jeune Noir, capuche toujours relevée, tirait lui aussi sur un joint. Appuyé contre un mur, il suivait attentivement des yeux ce qui se passait, tandis que l'extrémité du joint rougeoyait doucement. Alicia n'avait plus sur elle que son short rose, en travers duquel était imprimé un alphabet de courbes en forme de cimeterres et de grosses taches d'encre. Marshall se demanda si c'était pour lui faire plaisir qu'elle faisait ce numéro. Il éprouvait beaucoup de plaisir à la regarder – elle avait des jambes à la peau satinée et des fesses hautes que le short coupait d'un trait net –, mais il se savait, à cet instant précis, incapable de se lever.

Il dut s'assoupir un moment, car il ne vit pas le jeune Noir enlever son sweat-shirt. Il avait les cheveux nattés, un tee-shirt blanc, et il swinguait maladroitement avec Miss Naomi devant Nick qui les observait, les bras croisés. Miss Naomi souriait, laissait son partenaire la faire tourner sur elle-même, puis la renverser en arrière. Elle se retrouva la tête en bas, la main de son partenaire au creux des reins, le dos en arc de cercle, ses cheveux balayant le parquet. Quand ils se relevèrent, Alicia se rapprocha d'eux, espérant pouvoir entrer dans le jeu. Nick se pencha et chuchota quelque chose à l'oreille du Noir. Le Noir l'écarta.

Une autre fille avait enlevé ses chaussures et commencé à se déshabiller. Elle était en jeans et en brassière. Elle avait un corps lourd et bougeait sans grâce, incapable de suivre le rythme. Son visage était marbré de rouge comme par la fièvre. Deux types assis derrière une barricade de bouteilles de bière au bord de la piste de danse sifflèrent grossièrement, et elle se retourna vers eux en essayant d'agiter le haut de son corps dans leur direction.

« Allez, enlève-le », dit Nick. Marshall s'aperçut qu'il avait déjà dit ça deux ou trois fois, et que son ton devenait de plus en plus dur.

Marshall pensa que Nick, en accord avec les deux autres types, parlait à la grosse fille, mais Nick regardait Miss Naomi et le garçon avec qui elle dansait. Quelque chose bondit dans la poitrine de Marshall. Miss Naomi avait toujours son justaucorps rose qui moulait doucement ses seins et sous lequel ses tétons pointaient, ronds et durs. Mais c'était vers le tee-shirt blanc du garçon que Nick tendait le menton. Un tee-shirt Fruit of the Loom tout à fait ordinaire, pas très bien rempli, sauf en haut des bras.

Le garçon dit : « Non, pas ici.

— Si, ici. Deux cents. »

Les sourcils froncés, le jeune Noir murmura : « C'est vous qui payez », et quand il enleva son tee-shirt, ils s'aperçurent qu'il n'était encore qu'un enfant de quatorze ou quinze ans, et peut-être même seulement douze ou treize ans, un garçon mince dont les côtes saillaient au-dessus du long creux de l'estomac, sous une poitrine imberbe. Seuls ses bras musclés semblaient avoir de la force. Ils virent que sa peau argentée luisait, et le bourdonnement de la fête cessa comme sous un coup de massue.

D'un hochement de tête, Nick fit signe au jeune Noir de continuer. Le jeune dansa sans regarder personne. Ses mouvements étaient athlétiques, peu suggestifs. Tous ceux qui se trouvaient encore dans le salon l'observaient. Miss Naomi avait reculé, et l'autre fille s'était arrêtée de danser. Miss Naomi avait l'air hébété, comme si elle n'avait pas bien compris ce qui se passait. Nick fit un signe vers le jean baggy du jeune garçon. Le jeune garçon secoua la tête, mais sa révolte ne dura qu'un instant. Il se débarrassa de ses baskets, fit glisser son pantalon par terre. Il était en slip de coton blanc. Soudain Nick sourit – d'un sourire froid comme la mort – et se retourna vers les autres pour découvrir sur leur visage ce qu'ils pensaient du spectacle. Marshall sentit le mépris qu'il éprouvait pour eux – pour lui –, et pour le plaisir qu'ils – que lui, Marshall – prenaient à ce qu'ils voyaient.

« Le slip aussi. »

Le garçon résista encore une fois, et Nick répéta l'ordre, d'une voix plus basse. Le genre de voix qu'on peut entendre dans son sommeil. Le garçon s'exécuta et trébucha en enlevant son slip, ce qui provoqua dans l'assistance des éclats de rire nerveux. Le jeune Noir était maintenant entièrement nu, entouré de Blancs. Marshall détestait voir des hommes nus, que ce soit dans les vestiaires du gymnase ou bien au cinéma, mais il était suffisamment détendu pour se laisser aller à sa fascination. Le corps du jeune garçon était souple et lisse, aussi parfait que celui d'une statue. Il avait toujours une expression violemment boudeuse, à l'opposé de ce à quoi son sexe ressemblait : ses testicules s'étaient rétractés et son pénis non circoncis pendait tel un petit ver capuchonné.

Comme tout le monde, Nick le remarqua : « Tu appelles ça une bite ? » puis à Miss Naomi : « Je parie que les mômes de maternelle en ont de plus grosses. »

Elle secoua la tête, les yeux baissés. « Ne parle pas comme ça, Nick.

— Il est timide, intervint une des deux prostituées d'une voix traînante et protectrice.

— Bande », ordonna Nick.

S'il restait encore un air de défi sur le visage du jeune garçon, Marshall vit dans ses yeux vitreux que sa conscience était en train de se réfugier en un lointain lieu sûr. Rien ne permettait de croire qu'il avait entendu Nick, ou que son corps déshabillé puisse ressentir le froid. Il semblait à peine respirer.

« Montre-nous de quoi tu es capable, mec. Sers-toi de ta main. Tu sais faire ça, non ? »

L'enfant leva lentement la main jusqu'à son pénis et le tripota sans enthousiasme, le regard perdu dans le vide. Rien ne se passa. Nick leva à son tour la main, serra le poing et le secoua vigoureusement sous les yeux du gamin. « Allez ! » Le garçon continua de frotter l'organe récalcitrant.

Nick était dégoûté : « Tu n'arrives même pas à bander, avec toutes ces jolies filles autour de toi ? » Il fit un geste en direction d'Alicia. Elle était toujours en short, sa chemise maintenant à moitié reboutonnée, et regardait fixement les deux hommes. Nick dit encore : « T'es pas pédé, quand même ? »

Le jeune garçon fit semblant de l'ignorer, d'être totalement maître de lui-même, bien qu'incapable de se faire bander. Il se balançait d'avant en arrière sur ses talons tout en se branlant. Il avait de grands pieds, à la peau beaucoup plus claire que celle de ses jambes.

Un type apporta un sac en papier de chez Bloomingdale et le fit doucement glisser sur la tête du jeune Noir. Ce masque étrange, brun et carré, provoqua quelques gloussements, et, au fond de la pièce, un faux cri de révolte.

Nick dit : « Vas-y, Naomi. »

Miss Naomi fit la grimace et resta où elle était. De petites rides apparurent sur son front, comme si elle avait essayé de résoudre un difficile problème de math. Ses yeux avaient perdu leur éclat et son rouge à lèvres s'était estompé. Marshall se dit qu'elle devait être plus jeune qu'il l'avait cru : elle avait peut-être à peine vingt ans.

« Aide-le. »

Elle regarda attentivement Nick, afin de s'assurer qu'il était sérieux. Mais les yeux de Nick étaient toujours cachés derrière ses lunettes de soleil, la laissant seule. Marshall se demanda si elle savait encore qui étaient ces gens tout autour d'eux. Leurs visages brillaient, déformés par l'alcool, les drogues, l'heure tardive, et un désir brut, primitif.

« Ce n'est pas comme si tu ne l'avais jamais fait. »

Elle s'avança vers le jeune garçon, sans le regarder, les yeux fixés sur Nick. Elle était sur le fil du rasoir. Son regard implora puis s'éteignit. Ne rencontra que de l'attente sur les visages des autres. Le garçon avait lâché son pénis. Elle se pencha mais ne tendit pas complètement la main. Marshall remarqua que Miss Naomi et le jeune Noir tremblaient.

Les secondes passaient très vite, pourtant Marshall restait figé : tandis que le temps tourbillonnait autour d'eux, Miss Naomi et le jeune Noir étaient embarqués sur un vaisseau intemporel, elle, suspendue dans le vide, à quelques centimètres de la queue du garçon, la tête toujours tournée vers Nick, les yeux levés vers lui. Marshall sentit les mots affleurer à la surface de sa conscience ivre, droguée, brouillée. Il parla :

« Elle ne veut pas, Nick. »

Les mots rebondirent contre les murs du salon comme le son d'un fusil. Alors les invités parurent pour la première fois prendre conscience de la présence de Marshall. Nick se tourna vers lui, et Marshall vit son reflet sur les lunettes noires : un petit homme dans le salon d'une maison à louer bon marché, sombre et enfumée. Puis Nick se détourna. Les yeux de Miss Naomi se posèrent sur Marshall. Elle le regarda avec une expression d'intense irritation. Non, c'était un regard de dégoût.

Lorsqu'elle posa sa main sur le pénis du jeune garçon, il tressaillit, et le sac en papier brun émit un bref bruit sec qui provoqua l'hilarité, un rire sympathique, bon enfant, sans ironie, le genre de rire doux que l'on peut entendre dans un square où des enfants s'amusent. Le garçon serrait le poing. Le regard de Miss Naomi sur son pénis était réfléchi, clinique. Elle le prit entre deux doigts et tira dessus avec une grande délicatesse. Puis elle resserra ses doigts et l'organe disparut dans sa main.

Marshall se sentit abattu. Avoir pensé qu'en protestant il changerait le cours des choses était enfantin. Il sentait encore l'animosité des autres. Il se demanda quels fantasmes de pouvoir et de vertu l'avaient poussé à intervenir. Un geste aussi ridicule que ce qu'il avait fait le 11 septembre lorsqu'il était retourné chercher Lloyd. Pourquoi avait-il agi ainsi ? Quel bien avait-il fait ? Ça aussi, il le regrettait.

Le pénis du jeune garçon frémit et se mit à durcir, permettant à Miss Naomi de faire aller et venir sa main régulièrement, précautionneusement. Petit à petit, l'organe réagit, et chacune de ses pulsations provoquait des cris d'encouragement accompagnés de rires. Le jeune garçon gardait ses mains derrière lui, les jambes légèrement écartées, le dos doucement cambré. On entendait maintenant sa respiration laborieuse, amplifiée par le sac en papier. Quand Miss Naomi s'agenouilla, elle fut encore encouragée. Elle releva le pénis du jeune garçon et le glissa quelques instants dans sa bouche, puis s'en écarta, le laissa, luisant. Elle avança la langue contre le fourreau relevé et reprit le pénis entier dans sa bouche. Elle l'y garda, le fit doucement tourner autour de sa langue. Le pénis du jeune garçon était maintenant presque complètement raide. Elle continua. Marshall bandait.

Le flash d'un appareil photo illumina la scène. Le photographe, qui regardait l'image apparaître sur l'écran numérique, tenait son appareil aux courbes argentées, lisses et tactiles comme celles d'un sexe, à quelques centimètres de son visage. Il faisait partie de ceux qui étaient restés dans l'ombre. Prêt à appuyer de nouveau sur le déclencheur, il plia les genoux. Sa bouche s'ouvrait comme une balafre. Une bulle de salive flottait au bord de sa lèvre inférieure. Marshall ne voyait pas l'écran. Le flash fixa l'image sur sa rétine : le visage de Miss Naomi refermé sur le membre raide que le jeune garçon poussait maintenant dans sa bouche, faisant saillir sa joue. Elle avait les yeux ouverts, fixait l'appareil et savait exactement ce qu'il prenait.

Quand elle s'écarta, le jeune Noir bandait, son sexe se relevait bien au-dessus de l'horizontale. Il y eut des rires et des encouragements rauques, des sifflets et des remarques obscènes : les uns faisaient semblant d'envier le garçon, d'autres le félicitaient d'un ton narquois de si bien bander, feignaient de l'admirer de ne pas avoir déjà éjaculé, ou encore se moquaient d'une érection jugée insuffisante.

Miss Naomi riait elle aussi, et ses yeux cherchaient les verres teintés de Nick. Ils s'y posèrent, elle tendit les deux mains vers la bite du jeune garçon. Et dit : « Mission accomplie. »

D'autres photos furent prises, toutes accompagnées de cris et de glapissements, et d'explosions de lumière absolue et pénétrante. Dans l'éclairage intermittent des flashes, Marshall trouva son manteau au fond du placard de l'entrée, au milieu d'une pyramide de vêtements. Il le prit sous son bras, abandonna ses gants et son écharpe qui s'étaient séparés du manteau, ouvrit la porte de la maison, et sortit dans la lueur du petit matin comme s'il traversait le sas d'un espace interstellaire. Le froid traversa sa chemise et fit de lui un homme plus sobre qu'il ne l'avait jamais été. Il le laissa atteindre chacun de ses pores, chaque creux de son corps avant de batailler avec les manches de son manteau. Sous le ciel indigo, couvert de nuages, la lumière des réverbères rayonnait fixement. Les hourrahs qui résonnèrent alors lui apprirent que quelque chose de formidable venait de se passer dans la maison, quelque chose d'incroyable, que tout le monde attendait impatiemment. Les pas de Marshall le conduisirent doucement jusqu'au trottoir fissuré, devant des maisons aux fenêtres sombres, jusqu'à la rue suivante, puis jusqu'à celle d'après, un boulevard dont les boutiques étaient abandonnées depuis des années. Il marcha des heures. Des voitures de police et d'autres véhicules glissèrent sans bruit sur la chaussée, mais dans cette nuit qui n'en finissait pas, il ne vit ni bus ni train qui l'eût ramené chez lui. S'il y avait encore un chez-lui, où rentrer en valait le coup.

Leur divorce allait enfin être prononcé, mais c'était pourtant une saison de mauvais augure. Le premier matin de février, *Columbia* se désintégra dans l'atmosphère, après que les experts de la NASA, prévenus des risques qu'il y avait à lancer la navette alors que sa mousse isolante avait été endommagée à plusieurs reprises, eurent, le visage dur et péremptoire, ignoré ces avertissements. Triste présage. Désespéré, conscient des conséquences qu'elle aurait, le monde entier attendait l'invasion de l'Irak. Joyce reçut des mails de ses collègues européens – des Belges, des Hollandais et des Italiens élégants et cultivés qui apportaient toujours des cadeaux quand ils venaient aux États-Unis, et l'invitaient chez eux, lui faisant partager leur vie quand elle partait outre-Atlantique. Ils lui demandaient : les Américains sont-ils devenus fous ? Victimes de la propagande ? Crois-tu, comme 69 % de tes chers concitoyens, que Saddam avait quelque chose à voir avec le 11 septembre ? Ne pouvons-nous donc rien contre cette folie guerrière ?

Comme s'ils n'avaient pas eu de courses à faire pendant leurs jours de congé, pas de cheveux à teindre et pas d'enfants dont les chaussures d'hiver devenaient trop petites un mois avant la fin de la saison, les Européens manifestaient tous les week-ends. Joyce les regardait, à la télévision, envahir en foule des sites médiévaux qui avaient souffert de la guerre et connaissaient maintenant les plaisirs postnationaux, touristiques et rémunérateurs de la paix. Elle se sentit poussée, elle aussi, à se définir comme un être de paix – raisonnable, conciliante et bonne. Bien que n'ayant jamais été militante, et même pas certaine de l'inutilité d'une guerre destinée à désarmer Saddam, elle comprit que sa situation de femme-presque-divorcée exigeait une nouvelle façon de penser. Elle devait briser les contraintes qui avaient donné forme à sa catastrophique vie antérieure. Dans le processus de redéfinition d'elle-même, Joyce ne pouvait plus prétendre qu'elle n'était pas de celles qui défilaient contre la guerre. Peut-être en était-elle.

Des manifestations étaient organisées le 15 février dans le monde entier : à Berlin, Paris, Séoul, Cape Town, et même sur la base de recherches américaine de l'Antarctique. Joyce demanda à des collègues d'aller défiler avec elle dans Manhattan – il n'y avait plus personne qu'elle pût honnêtement qualifier d'ami, elle attendait que Marshall quitte l'appartement pour s'embarquer dans de nouvelles relations, même amicales –, mais personne ne voulait prendre le métro ce week-end-là. Le Département de la Sécurité intérieure avait fait passer l'alerte antiterroriste au niveau orange, et conseillé avec gravité à tous les Américains d'acheter du ruban adhésif et des bâches en plastique afin de se protéger contre une éventuelle attaque biologique ou chimique. Tom Ridge déclara à la télévision qu'il s'agissait des avertissements « les plus sérieux depuis l'avant-11 septembre ». Et que la menace était « réelle ». Il répéta : « réelle ». Les dirigeants soupçonnaient la nouvelle cassette d'Oussama Ben Laden de contenir des messages codés à l'attention de cellules terroristes dormantes. Le directeur de la CIA, George Tenet, se présenta devant le congrès en milieu de semaine. Témoignant sous serment, il déclara : « Il ne s'agit pas de simples bavardages entre terroristes, ou entre eux et leurs amis. C'est le renseignement le plus sûr que nous ayons jamais eu. »

Quand Joyce appela Nathan pour lui demander s'il fallait vraiment prendre ces avertissements au sérieux, une autre voix lui répondit, plate, avec un accent de l'Amérique profonde, tout à fait différente de celle de Nathan. « Oui.

— C'est bien le bureau de Nathaniel Robbins ? »

Son interlocuteur demanda durement : « Qui êtes-vous ?

— Une amie. »

Le long silence qui suivit fut accompagné de petits gargouillis électroniques nettement audibles derrière le bourdonnement habituel de la ligne.

« Joyce Harriman », annonça l'inconnu, incapable de cacher son triomphe. D'un ton haché, il lui apprit qu'il connaissait son adresse, à un numéro près dans la même rue, son téléphone, à deux chiffres près, et le nom de la firme pour laquelle elle travaillait six ans plus tôt.

« Oui », dit-elle en se demandant si elle devait corriger ses erreurs. Puis elle demanda vite : « Est-ce que l'agent Robbins est là ?

— C'est un faux numéro. »

Elle lui lut le numéro qui était inscrit sur la carte de Nathan.

Il répondit d'une voix cassante : « Il n'y a personne ici de ce nom. »

Alors Joyce prit le temps de jauger la façon dont cet homme s'exprimait et son manque de courtoisie. Il parlait bien plus comme un agent du FBI que Nathan ne l'avait jamais fait. Si elle n'avait pas déjà été identifiée, elle aurait raccroché immédiatement. « Je suis bien au FBI ?

— Que puis-je faire pour vous, Mrs Harriman ?

— Je voudrais joindre Nathaniel Robbins.

— Pourquoi ?

— C'est personnel. Pour des raisons personnelles. Je suis une amie. »

Après un silence, il dit d'un ton délibérément froid : « Il n'y a pas de Nathaniel Robbins ici. » Et ajouta : « Mrs Harriman.

— Bon, très bien, se dépêcha-t-elle de dire.

— Et comment connaissez-vous Nathaniel Robbins ? demanda-t-il.

— Je l'ai rencontré par hasard.

— Quelle était la nature de votre relation ?

— Ce n'était pas une relation. Nous sommes amis. Ce n'est même rien de plus qu'une connaissance.

— Vous a-t-il déjà parlé du Bureau ?

— Vous voulez dire du FBI ?

— Faites attention à ce que vous allez répondre, vos paroles peuvent être retenues dans le cadre d'une de nos enquêtes. Mais pas forcément.

— Bien sûr que non, il ne parlait absolument jamais du FBI, ni de son travail. Merci. Ce fut un plaisir », dit-elle. Cette fois elle raccrocha et fixa l'appareil un long moment, comme s'il allait réagir.

Elle avait noté le numéro de téléphone personnel de Nathan au dos de sa carte, mais elle eut peur de l'appeler. Elle se demanda si son nom avait simplement été enregistré dans un ordinateur, une donnée supplémentaire passée à la moulinette avant d'être intimement mêlée à d'autres identités pulvérisées. Elle eut l'impression que tous ses coups de téléphone étaient, depuis quelque temps, surveillés et peut-être écoutés.

Finalement elle n'alla pas à la manifestation. Elle resta chez elle avec les enfants, et ils regardèrent les informations tous les trois. Les images des manifestants du monde entier n'occupaient qu'une partie de l'écran, à côté du logo « Guerre à la terreur », de l'annonce Code orange du Département de la

Sécurité intérieure et du défilement des nouvelles. Le défilement était rapide. Il fallait des yeux rapides pour le décrypter – résolutions de l'ONU... mouvements de troupes... attaques terroristes – et suivre en même temps les histoires que les images racontaient. On ne pouvait jamais tout voir.

Quand Marshall rentra, Joyce leva les yeux et pensa un instant qu'un dangereux étranger s'était introduit dans l'appartement. Elle ne put détourner son regard. Marshall n'était pas rasé, il avait les cheveux en bataille, collés et brillants de givre, le manteau ouvert sur un pull marqué de traces de givre qui n'avaient pas eu le temps de fondre dans l'ascenseur. Il n'était pas rentré de la nuit, et elle s'en fichait, elle s'en fichait royalement, mais quand même. Il semblait sur le point de tomber. À sa vue, les enfants eurent peur, comme devant l'image d'un avenir éventuel. Leur père passa sans les voir, il puait le vomi. Il marcha d'un pas vacillant jusqu'à sa chambre, mais l'odeur resta derrière lui.

Bien que cette journée de la mi-février eût semblé prête à accoucher de la guerre, les semaines passèrent, tandis qu'à l'ONU les diplomates s'affrontaient, que d'autres plans d'action étaient proposés, débattus, rejetés et révisés. Les troupes américaines et britanniques s'enterrèrent à la frontière de l'Irak et du Koweït. Dans une interview télévisée menée par Dan Rather, Saddam Hussein nia détenir encore des armes de destruction massive ou avoir jamais eu le moindre lien avec Al-Qaida. Bush, Blair et le Premier ministre espagnol se retrouvèrent aux Açores. Des milliers de veillées aux chandelles se déroulèrent d'un bout à l'autre de la planète, protestations pour la forme, silencieuses et désespérées. Le Département de la Sécurité intérieure, qui avait fait discrètement redescendre le niveau d'alerte au jaune, le remit à l'orange. Chaque jour semblait être le dernier avant la première bataille, pourtant un autre passait qui réduisait de moitié le temps les séparant de la guerre. Malgré les coups de bluff et les feintes exécutés devant le Conseil de Sécurité, malgré l'impossibilité d'obtenir une majorité de voix en faveur des États-Unis pour une seconde résolution, et les appels de dernière minute du pape et d'autres chefs d'État contre la guerre (que Václav Havel et Elie Wiesel dénoncèrent), le conflit menaçait, aussi inévitable qu'une exécution capitale dont la date a été fixée. Chaque jour s'écoulait dans le brouillard, avec la conscience que d'autres Américains se préparaient à traverser le désert au pas de course, à sauter en parachute, à tuer et mourir, et que, ailleurs, des hommes et des femmes comme vous, avec des enfants comme les vôtres, attendaient que cette violence déchire le tissu d'une vie aussi fragile et compliquée que la vôtre. Vous pouviez regarder la télé en coupant le son. Les arguments pour et contre la guerre avaient été répétés si souvent qu'il suffisait d'observer les expressions et les gestes des commentateurs pour deviner ce qu'ils disaient.

Pris dans le même mouvement, et bien que peu convaincus par le discours du gouvernement, Joyce et Marshall souhaitaient tous les deux impatiemment mais en secret que l'invasion commence. Ils ne supportaient plus le débat politique qui désormais tournait en boucle. Personne n'avait rien dit de nouveau depuis des semaines. Le muscle militaire de la nation se contractait. Après avoir, pendant des années, agité sous le nez des États-Unis la possibilité d'une guerre, l'Irak avait fini par réveiller le patriotisme du peuple américain, son courage guerrier, et le plaisir qu'il prenait à utiliser de nouvelles technologies. La nation était prête, et même ceux qui s'opposaient à la guerre n'en pouvaient plus d'attendre. Ils murmuraient à leurs écrans de télévision : *Allez, finissons-en*. Lorsque la bataille commença enfin, avec une attaque aérienne surprise sur le bunker où Saddam était supposé se cacher, et le raid horrible, scandaleux, sur Bagdad, retransmis en direct, Marshall et Joyce ressentirent le même soulagement, chacun devant sa télévision, dans leur appartement commun.

Leur divorce, lui aussi, était imminent. Marshall savait qu'il serait prononcé contre lui, mais il l'attendait avec impatience. Quand la décision fut annoncée par mail à leurs avocats, plus rien ne pouvait le surprendre, et il ne fut pas surpris d'entendre Thorpe lui apprendre joyeusement qu'il devait renoncer à ses droits sur l'appartement, dont il payait les traites depuis sept ans. Il avait trente jours pour quitter la résidence conjugale. Trente jours lui semblaient un délai insupportablement long, une véritable excroissance temporelle à l'échelle du cosmos : il était décidé à n'en mettre que trois.

À l'idée d'avoir l'appartement pour elle, Joyce exulta, tout au moins pendant un moment, jusqu'à ce que son avocate lui explique complètement la décision du juge. Joyce la fit tout répéter, du début jusqu'à la fin, soixante pages imprimées. Il était évident que la pension de Marshall était plus élevée que ce qu'il pouvait payer, mais son montant était bien inférieur à ce dont Joyce avait besoin. Rouge, d'une voix aiguë d'enfant, l'avocate parlait comme si elle venait de remporter une grande victoire, quelque chose d'aussi important que l'arrêt *Brown contre le ministère de l'Éducation* et la fin de la ségrégation dans les écoles publiques. Lorsque Joyce souleva timidement une objection, l'avocate déclara d'une voix acerbe que les choses auraient pu beaucoup plus mal tourner.

Marshall loua un studio à Flatbush, dans une rue où l'on n'avait probablement rien à craindre tant que le soleil brillait haut et fort. Ne pouvant pas payer de déménageurs, il loua une camionnette, et ne prit que ce qu'il pouvait emporter dans des cartons. Il se dit qu'il voulait repartir de zéro.

Il fit plusieurs voyages en ascenseur, s'introduisant, sans un mot, dans ce qui était maintenant l'appartement de Joyce. Dans le salon, Joyce et les enfants regardaient les nouvelles qui, ce jour-là, étaient excellentes. Après avoir quitté leurs lignes et foncé vers Bagdad, les forces de la coalition avaient pris la ville pratiquement sans le moindre combat. Depuis, les soldats américains, accueillis avec enthousiasme par les Irakiens heureux de respirer leurs premières bouffées de liberté, consolidaient leur position. Dans le centre de la capitale, une statue de Saddam Hussein, mesurant douze mètres de haut, avait été déboulonnée. Les chaînes repassaient ces images en boucle, toujours au ralenti, accentuant leur caractère spectaculaire. Si les présentateurs précisaient que les marines américains avaient fourni et manœuvré le tank et les câbles grâce auxquels le monument s'était effondré, jamais cet équipement n'apparaissait sur les écrans : on aurait dit que les

Irakiens, jubilant, le faisaient tomber eux-mêmes. Image inoubliable.

Marshall s'arrêta un instant pour regarder, debout derrière le canapé, une boîte de CD dans les bras. La statue vacilla sur son piédestal haut de plusieurs étages, les bras grands ouverts de Saddam tremblèrent, tandis que les badauds le bombardaient de chaussures, suprême injure. Soudain, la statue se pencha à moitié, toujours reliée de l'intérieur au béton. Les bras de Saddam semblèrent l'entraîner dans sa chute. Il se balança un instant, puis ses genoux cédèrent et il s'écroula, brisé, sur le macadam. La foule gronda, envahit les débris. Puis les images reprirent au début de la scène.

« Si c'est ce que tu penses, je ne suis pas Saddam Hussein », déclara Marshall.

Il ne voyait que l'arrière de leurs têtes. Joyce ne broncha pas, ne prononça pas un mot, comme si elle ne l'avait pas entendu.

« C'est ce que tu penses ? cria-t-il. Tu y vois un symbole, hein ? Un autre vilain méchant dont on s'est enfin débarrassé. J'ai raison, non ? Dis-moi si j'ai raison ! »

Il fit le tour du canapé, et se plaça en plein devant la télévision. Les enfants froncèrent les sourcils, mais Joyce se contenta de lever les yeux au ciel, comme pour appeler à la rescousse. Pourtant, quand il repenserait à cet instant, des semaines plus tard, Marshall prendrait conscience qu'elle avait les yeux humides.

« Il n'y a aucune analogie possible ! insista Marshall. Je n'ai pas gazé de Kurdes, je ne brandis pas d'armes de destruction massive, je ne menace personne. Je suis un brave type. Je crois même qu'on pourrait déclarer que je suis un type super. Peut-être pas un mari ni un père formidables, mais j'ai fait ce que j'ai pu, Joyce. J'ai fait plus d'efforts pour sauver notre mariage que toi. J'ai plus souvent renoncé à mes droits que toi. C'est moi qui étais opprimé. Moi. Me comparer à Saddam est totalement injuste.

— Papa, dit Viola d'une voix plaintive, on ne voit rien ! Tu es juste devant ! »

Le chien. Les enfants ne s'intéressaient plus au chien, et même si Marshall s'y intéressait encore, il n'avait pas assez de place pour lui dans son nouveau studio. Il se sentit idiot de l'avoir acheté. Le nourrit une dernière fois et l'emmena dans la camionnette jusqu'à un parc d'East New York, un terrain désolé où pratiquement aucun arbre ne poussait, jonché de détritus. Marshall lui dit : « Tu es libre, Snuff. Tu n'auras plus jamais à attendre pour pisser. Plus jamais à attendre l'éternelle bouffe scientifiquement dégueulasse. Roule-toi dans la poussière, où tu veux, quand tu veux. » Le parc était riche en poussière et substances poussiéreuses, pauvre en herbe, un morceau du désert d'Arabie au milieu de Brooklyn. Il se gara aussi loin que possible d'un groupe de jeunes qui traînaient près du parc. Ils avaient interrompu leur activité en cours – vente et achat de drogue – pour s'intéresser à la camionnette.

Marshall laissa le chien descendre et fit quelques pas avec lui, mais ne voulut pas trop s'éloigner du véhicule. Légèrement penché, il lui enleva son collier et sa laisse, frotta les poils humides collés par le collier. « Allez, mon vieux, commença-t-il. Amuse-toi bien. Vis, respire, cherche... » Snuffles se contracta, apercevant avant Marshall une bande de chiens sauvages. Ils étaient à l'autre bout du terrain, à côté d'un maigre bosquet, l'observant à leur tour. Il s'arracha aux mains de Marshall qui ne le retint pas, si vite que son pelage lui frotta douloureusement les doigts. Traversa au galop le parc couvert d'ordures, courut sans laisse pour la première fois de sa vie. Les autres chiens aboyèrent à son approche, et quand il les eut rejoints, ils disparurent ensemble dans les bois. Il ne regarda pas en arrière.

Ce soir-là, Marshall se coucha sur son nouveau lit à une place, acheté avec un drap et une légère couette en polyester dans un magasin spécialisé en bas de Flatbush Avenue. Allongé la tête sur l'oreiller trop mou, il écouta les bruits de l'immeuble : égouttements, craquements, pas, cognements. À un moment de la nuit, il entendit une série de coups sourds. Sexe, violence, ou pire, impossible de le savoir. Il ne s'imaginait pas pouvoir amener une femme dans cet endroit, voilà pourquoi il avait choisi un lit à une place. Cette femme, une simple éventualité sans traits définis, à la couleur de cheveux, au parfum, au rire inconnus, devrait avoir son propre appartement quelque part, de préférence dans l'Upper East Side.

Il acheta une télévision portable et suivit sans câble le déroulement de la guerre. Malgré les parasites, il vit les foules danser dans les rues, agitant des drapeaux irakiens et américains, les fous enfin sortis de l'asile, sachant qu'ils avaient toujours été sains d'esprit. « Plus de Saddam ! Plus de Saddam ! » cria un jeune homme devant la caméra, se répétant encore et encore, comme si ceux qui le regardaient ne pouvaient absolument pas comprendre ce qu'il disait. Non, ils ne le pouvaient pas. L'un des reportages se terminait sur les images d'un GI aux joues hâves, sale, arpentant seul une petite allée, le casque sur la tête et le fusil en bandoulière. Son visage était marqué par la fatigue et une sombre détermination. Tombant de mains invisibles, des fleurs pleuvaient sur ses épaules.

Marshall s'était fait totalement avoir, de façon totalement inattendue. Cet appartement, ce lit, cette télé minable n'avaient jamais été envisagés quand Joyce et lui s'étaient lancés sur la route du divorce. Au début, il y avait bien longtemps, après avoir accepté que, pour le bien des enfants et le bonheur des parents – mais qu'y avait-il de mal à rechercher le bonheur, ou à vouloir un peu de bien-être ? –, il valait mieux qu'ils se séparent, ils étaient restés optimistes, avaient cru à un divorce raisonnable, entre gens de bonne volonté. Avant d'avoir commencé à additionner les chiffres, Marshall avait imaginé qu'ils arriveraient à une sorte d'accord sans passer par aucun avocat, qu'ils deviendraient voisins dans Brooklyn Heights, célébreraient Noël et les anniversaires ensemble, se rappelleraient de vieilles histoires familiales et riraient d'un passé vite enfui avec mélancolie, autour d'un verre. En même temps, il avait espéré que Joyce serait totalement absente de sa vie, que bien que partageant la garde des enfants, il se débrouillerait pour ne plus jamais la voir. Il n'arrivait pas à comprendre comment il avait pu entretenir ensemble ces deux aspects contradictoires et tout aussi peu réalistes de son avenir.

Marshall était parti depuis à peine quelques jours que Joyce avait déjà oublié combien ces dernières années avaient été horribles. Ce qu'elle avait vécu avec lui appartenait au passé, elle pouvait y penser quand elle voulait, mais cela ne faisait étrangement plus partie de sa vie. Son existence était définie par des paramètres nouveaux, hors mariage. Voilà : elle n'était plus mariée.

Elle n'était plus mariée. Parfois cette idée lui coupait les jambes, et à plusieurs occasions inexplicables, coïncidant probablement avec l'arrivée de ses règles, elle était prise de sanglots convulsifs. Alors elle s'allongeait et barbouillait de mascara le nouveau couvre-lit. Elle avait partagé avec Marshall les quatorze années qui venaient de s'écouler, presque toute sa vie d'adulte. Et tandis qu'ils s'adonnaient aux différentes manœuvres qui avaient conduit à leur séparation finale, elle n'avait jamais imaginé de façon réaliste vivre sans lui.

Si une (hypothétique) amie lui avait demandé pourquoi ils avaient divorcé, elle aurait été incapable de répondre. Répondre lui aurait demandé de raviver des problèmes et des discussions depuis longtemps oubliés, dont aucun ne semblait constituer une bonne raison de divorcer, ou tout au moins une bonne raison de s'appauvrir, et de se compliquer infiniment la vie pour continuer d'élever les enfants qu'ils avaient eus ensemble. Elle se demandait s'ils n'avaient pas commis une terrible erreur.

Entre-temps, la guerre d'Irak avait été gagnée avec une efficacité et une vitesse inouïes. La coalition avait, par sa simple présence, tranquillement remis le pays en ordre. À la télévision, les commentateurs de droite criaient non seulement victoire sur

Saddam, mais ils faisaient des gorges chaudes des libéraux qui s'étaient opposés à la guerre. Les libéraux s'étaient encore trompés, et cette fois à propos de questions fondamentales concernant la sécurité de la nation, les capacités de son armée et l'obligation morale de lutter contre toute tyrannie. Joyce était fière de savoir que les troupes américaines avaient gagné, et avec très peu de pertes, mais ces informations la rendaient maussade, comme si c'était de son malheur à elle que triomphaient Bill O'Reilly et Ann Coulter.

Marshall emmenait les enfants chez lui le moins souvent possible, et il avait toujours l'air soulagé de les ramener. Il semblait perdu, hagard – faisait enfin son âge –, et elle se demanda si c'était le résultat du divorce. Oui, bien entendu. Ils étaient tous les deux dans la phase postmariage de leur vie, et bien que n'ayant ni l'un ni l'autre encore quarante ans, ils avaient atteint l'âge mûr. Elle observait son visage dans la glace de la salle de bains, cherchait les rides et les bouffissures trahissant son malheur. Un jour, presque par hasard, elle se retrouva avec à la main une photo de leur voyage de noces à Antigua. Debout sur le balcon de l'hôtel, une plage immaculée s'étendant derrière elle, les yeux brillants, elle essayait de se retenir de rire. Marshall venait de dire quelque chose de désopilant. Elle ne se rappelait pas quoi. Et comme elle était mince, peut-être même un peu maigre.

Ses cousins de Tikrit révélèrent où Saddam se cachait, et il fut arrêté par une unité des Forces irakiennes libres, dans un verger à côté de la ville. Les Américains demandèrent qu'il leur fût confié, afin qu'il soit jugé, mais les Irakiens assemblés autour du verger refusèrent. Ce fut un des rares actes de rébellion irakienne contre l'occupation de velours. Dans une scène retransmise sur toute la planète, Saddam, à genoux, supplia qu'on lui laisse la vie. On dressa une estrade dans le verger où des centaines d'hommes, de femmes et d'enfants chantèrent des chants patriotiques d'avant Saddam, et, à un moment donné, l'hymne américain. Si les paroles n'étaient pas tout à fait compréhensibles, les sentiments exprimés étaient clairs. Les larmes coulaient librement. Des milliers de gens ordinaires arrivèrent pour fêter l'événement, chanter, danser, prendre dans leurs bras leurs concitoyens libres. À New York et à New Delhi, au Caire et à Téhéran, à Pékin et à La Havane, des hommes et des femmes se réunirent devant les télévisions. Face à l'assemblée électrisée, les Forces libres réunirent une cour révolutionnaire. Un jeune barbu anti-Saddam lut sobrement le verdict. Son discours – il promit la mort à tous les terroristes et la liberté aux autres – exalta des milliards d'êtres humains. Le dictateur fut pendu aux plus hautes branches d'un olivier. L'image de son corps se découpant contre le ciel, prise par un photographe de l'Associated Press alors que le soleil se couchait, devint un symbole de liberté. Elle fut imprimée le lendemain sur des millions de tee-shirts vendus ensuite dans tous les pays du monde, y compris ceux où ils étaient interdits.

Marshall s'acheta un tee-shirt et en acheta un pour chacun de ses enfants. Tout le monde en portait ce week-end-là. Il se sentit idiot, d'autant qu'il était à découvert, mais l'exécution du dictateur l'avait rendu optimiste, même quant à ses finances. Le monde baignait dans l'optimisme, ce printemps-là. « C'est un événement historique », dit-il à Victor et Viola qui s'agitaient sur son lit devant la télé posée sur une chaise. Le matin même, des inspecteurs américains avaient découvert une vaste cache d'armes nucléaires dont certaines étaient déjà chargées sur des missiles à moyenne portée. Les caméras s'attardèrent à l'intérieur de la grotte dans un lent panoramique. Victor ne regardait pas vraiment. Il découvrait le nouvel appartement : le papier peint taché de jaune qui se décollait, le réfrigérateur qui ronflait, l'odeur de moisi toujours là, les chemises pendues à la barre du rideau de douche, la douche dans la cuisine, le piège à souris posé à côté du réfrigérateur devant un trou dans le mur si noir qu'il évoquait les innombrables horreurs de la guerre.

Un autre jour commença. Marshall était de nouveau seul, avec enfin du temps pour lui, presque toute la semaine pour lui tout seul. Chaque soir, ou presque, il pourrait se demander ce qu'il voulait faire : aller au cinéma, manger chinois dans du carton ou se gratter les couilles. Il pouvait maintenant s'organiser pour rencontrer des femmes. Seulement voilà, il était fauché... Mais cette situation, comme le reste, pouvait changer du jour au lendemain. En attendant, il s'acheta de magnifiques chaussures de course et un short à la mode pour aller avec son tee-shirt « Mort aux terroristes ! ». N'ayant plus à préparer les enfants pour l'école, ou à attendre que Joyce ait fini leur toilette, il courait tous les matins avant le bureau, fonçait sur les trottoirs défoncés d'Utica Avenue, comme s'il venait de dévaliser une de ces boutiques qui vendaient de l'alcool vingt-quatre heures sur vingt-quatre. Autrefois champion universitaire, il avait oublié comme il courait bien, les jambes légères, les foulées longues, et tandis qu'il passait devant eux, les rideaux de fer des magasins se fondaient en une sorte de brouillard.

La firme pour laquelle il travaillait avait pris le nom de CeFKal, sa nouvelle direction, à la réputation sans tache, avait récemment adopté un logo qui ne rappelait en rien son ancienne identité, et louait des bureaux dans un gros immeuble d'avant guerre en bas de Broadway. La compagnie voulait ressusciter. Marshall aussi. Il se lança à corps perdu dans toutes les missions qu'on lui confiait, obtint bientôt une promotion et une augmentation de salaire (qui diminua d'environ 50 dollars son découvert mensuel de 600 dollars). Et parce qu'il voulait fuir son studio de Flatbush, il bondit sur toutes les opportunités qui lui étaient offertes pour partir en voyage d'affaires, se rendit dans les pittoresques coins perdus où les actifs réduits de la compagnie étaient planqués derrière des systèmes de protection contre les créditeurs élaborés.

Une fin d'après-midi, dans l'avion qui le ramenait d'un laboratoire du désert de Californie, il réfléchit à ce qu'il venait de voir. Du taxi qu'il prit à Newark, il téléphona pour fixer immédiatement rendez-vous à Eduardo, un de ses anciens collègues qui dirigeait maintenant le service de CeFKal où Marshall travaillait.

Quand Marshall entra, Eduardo regardait MSNBC. Il s'excusa en souriant, et pointa le doigt vers l'écran plat accroché au mur pour montrer à Marshall ce qu'il avait raté pendant qu'il survolait le pays : après les semaines de manifestations pacifiques qui s'étaient déroulées à Damas – la police avait refusé de procéder à toute arrestation et l'armée s'était défilée –, Bashar al-Assad et plusieurs de ses ministres avaient fui le pays. Un gouvernement provisoire avait pris le pouvoir cet après-midi-là et promis d'accorder au peuple la liberté de parole et de réunion, de faire la paix avec leurs voisins syriens, et d'organiser des élections dès l'automne. La foule avait envahi les places et les cours des mosquées.

« Incroyable, non ?

— Oui, murmura Marshall, momentanément fasciné par le spectacle. Une correspondante américaine, guillerette, les joues pleines et rouges, était entourée de manifestants qui agitaient des drapeaux syriens devant la caméra. « C'est un grand jour ! » cria-t-elle, puis quelqu'un tendit la bannière étoilée et elle éclata de rire. La foule se mit à scander : « USA ! USA ! »

Eduardo dit : « Bush est peut-être un mormon qui n'arrive pas à prononcer une phrase cohérente, mais regarde...

— Oui. » Marshall ne pouvait détourner son regard de l'écran. Dans la foule, une personne sur deux portait un tee-shirt « Mort aux terroristes ! » exactement semblable au sien, mais où le slogan était écrit en caractères arabes. La semaine précédente, Assad avait interdit ces tee-shirts.

« Qu'est-ce qui t'amène ? Comment ça s'est passé, en Californie ? »

Marshall ouvrit son attaché-case et en sortit une liasse de papiers. « Il y a un problème avec la production. »

Eduardo se tourna vers lui, et le regarda longuement, comme inquiet. Marshall parlait du nouveau produit le plus viable de la compagnie. Eduardo jeta un coup d'œil aux papiers, sans y toucher. « Quel genre de problème ?

— La phase trois des essais ne s'est pas révélée concluante. Mais si tu regardes les prélèvements d'échantillons partiels, tu verras que les résultats correspondent mieux à la phase un. Là, regarde, je vais te montrer où cela nous mène...

— Écoute, Marshall, va droit au but, tu sais que je ne fais pas dans la nuance. »

Eduardo avait rejoint la firme peu après qu'elle eut été réorganisée et avait assumé des responsabilités importantes dans sa remise en route. Cela ne s'était pas fait facilement. Il avait toujours les cheveux longs et une attitude dégagée, mais la tension marquait son visage et le rendait irritable. Et il était en train de rompre avec sa femme.

Marshall dit : « Ça ne marche pas. En tout cas pas maintenant, pas dans la configuration actuelle.

— Une version de démonstration a été présentée à la direction le mois dernier. J'y étais. Ça marchait parfaitement.

— Dans un environnement contrôlé, et même là, seulement à 63 %. Le labo pense que nous devrions attendre...

— Non, non, non, dit Eduardo avec véhémence. C'est trop tard. La direction l'a vu, les banques l'ont vu. Nous lançons une souscription la semaine prochaine. Si nous ne recapitalisons pas tout de suite, la compagnie est foutue.

— Mais puisque ça ne marche pas...

— Ça marchera. Il faut y croire, Marshall. »

Marshall hocha la tête, quoique peut-être pas aussi vigoureusement qu'il l'aurait dû. Eduardo serra les lèvres et le fixa un instant.

« Il faut y croire, Marshall. Croire en tous ces gens qui suent sang et eau afin de sauver cette compagnie. Ces gens qui viennent travailler le weekend, la nuit, qui ne prennent pas de vacances. Ils ne font pas ça pour moi ni pour les actionnaires. Ils le font pour leurs familles. Pour nourrir leurs enfants. Et parce qu'ils sont optimistes. Ils pensent que nous pouvons relever ces défis. Ces gens croient en l'avenir. Nous avons besoin de ce genre de gens. Tu comprends ce que je veux dire, Marshall ?

— Oui, bien sûr », répondit Marshall, cette fois sincèrement. Il remit les papiers dans son attaché-case, essayant d'oublier les mauvaises nouvelles qu'ils contenaient. Comme vers la chaude lumière vitale du soleil, Eduardo et lui se retournèrent vers la télévision. MSNBC était maintenant à Téhéran. Les Iraniens s'étaient précipités dans les rues pour fêter ce qui venait de se passer en Syrie. Les femmes arrachaient leurs tchadors.

Ce printemps-là, personne ne voulut s'écarter de la télévision. Les magnifiques combattants de la liberté qui, après avoir été entraînés à Wharton, avaient ensuite capturé Saddam prirent la direction du gouvernement provisoire irakien qui s'assura le soutien des sunnites, des chiites et des Kurdes. Marshall avait eu des petites amies juives à Wharton. Les troupes de la coalition avaient pratiquement toutes quitté l'Irak, acclamées par des Irakiens qui agitaient des drapeaux au bord des routes menant à l'aéroport de Bagdad. Les Israéliens et l'OLP étaient parvenus à un accord territorial et étaient convenus de partager la souveraineté de Jérusalem. Puis, alors que l'été allait commencer, Oussama Ben Laden fut découvert accroupi sur un tapis sale dans une grotte, au sein des territoires montagneux soumis aux seules lois tribales qui s'étendaient à la frontière de l'Irak et de l'Afghanistan.

« Ils l'ont eu ! » cria la secrétaire d'Eduardo en se précipitant dans l'espace cloisonné où travaillaient la plupart de ses collègues. Elle s'immobilisa au milieu de la pièce, les poings levés, et cria de nouveau : « Ils l'ont eu ! »

Tout le monde savait de qui elle parlait. Marshall et ses collègues se précipitèrent vers les fenêtres en hurlant joyeusement. Dans les bureaux d'en face, les gens criaient et levaient le poing comme eux. Des hourrahs s'élevèrent de la rue, dix étages plus bas, accompagnés d'un concert de klaxons.

Les collègues de Marshall s'embrassaient, se tapaient dans les mains, un grand sourire sur le visage. Une jeune femme en robe légère prit Marshall dans ses bras et l'embrassa. Elle savait qu'il avait été dans l'une des deux tours le 11 septembre. « Tu dois être drôlement content », dit-elle, et quand elle s'écarta, il sentit quelques instants encore l'empreinte de son corps. C'était la première fois depuis des années qu'une femme l'embrassait, à l'exception, disons, de sa mère.

Ils quittèrent le bureau sans prendre leurs serviettes, Marshall les suivit dans le couloir, puis, comme l'ascenseur était plein, dans l'escalier. Les gens se serraient sur les marches les uns derrière les autres, sans impatience. Ils se saluaient et se congratulaient. Sortirent sur Broadway. La foule avait envahi l'avenue. Marshall savait exactement où ils allaient.

Cette fois, ils se dirigèrent vers le sud, et cette fois ils n'étaient pas pieds nus. Les voitures étaient détournées, seuls pouvaient passer les camions de pompiers. Les héros en uniforme envoyaient des baisers aux femmes et aux hommes qui passaient devant eux. Certains pleurèrent en brandissant les photos de leurs camarades tombés au combat. Les gens se pressaient contre leurs véhicules, les acclamaient, cherchaient à les toucher. Des drapeaux américains flottaient pratiquement à toutes les fenêtres de tous les immeubles. Des confettis tombaient en brouillard coloré. La foule les renvoyait en l'air.

Ils passèrent devant City Hall, ralentissant au fur et à mesure qu'autour de Ground Zero les rues se remplissaient de monde. Venant de toutes les directions, remontant de Battery dans Park Row, ils envahirent City Hall Park. De Vesey Street, ils s'avancèrent vers le chantier, continuèrent jusqu'à Church Street, s'arrêtèrent au croisement pour contempler le vide infini qui s'élevait vers les cieux depuis la couche rocheuse du fond de l'excavation. L'espèce humaine rebondit contre Marshall puis se dispersa lentement autour des six hectares du site, poussant les chaînes qui l'encerclaient.

Au-dessus d'eux, les hélicoptères de la presse tranchaient l'air de leurs pales. On entendait des cornes résonner, et des gens, qui étaient venus du monde entier à New York, chantaient l'hymne américain. Serré entre une jeune femme en sari et un grand type coiffé de dreadlocks, Marshall chanta aussi, « God Bless America », « O Beautiful for Spacious Skies » et « My Country, ÔTis of Thee ». Tout autour de lui, des enfants se bousculaient, sac au dos, en riant. Ils chantaient eux aussi, comme ces hommes d'affaires en costumes chics et cette troupe de jeunes femmes aux cheveux épais, en talons hauts, ce vieil homme en blouson d'aviateur, ou un autre, encore un autre, ou cette vieille femme en déambulateur. Marshall se sentit envahi d'une immense émotion faite, bien sûr, de soulagement, Ben Laden ne pourrait plus nuire, mais aussi d'amour soudain pour son pays, un amour, à cet instant, violemment passionné, totalement sincère, pur, parfait. Il n'avait jamais eu conscience de connaître toutes ces paroles de chants patriotiques. Son visage était trempé de larmes.

« Papa ! »

C'était Victor, à quelques mètres de lui. Il s'arracha à l'emprise de Joyce, courut vers son père et referma ses petits bras autour de ses jambes. Joyce avait les deux enfants avec elle, tous deux vêtus de leurs tee-shirts « Mort aux terroristes ! », une glace au chocolat à la main. Surprise, gênée, Joyce trébucha, faillit tomber. Marshall faillit tendre la main pour la rattraper. « Salut », dit-il. Ils se regardèrent sans que leurs yeux se croisent.

Elle répondit : « Salut. »

Victor dit : « Ils ont capturé Oussama Ben Laden.

— Je sais, chéri, c'est formidable. »

Viola lui tendit sa glace. La foule s'était immobilisée, trop dense pour que quiconque puisse aller plus loin, trop compacte pour que Marshall et Joyce s'éloignent l'un de l'autre. Il sentit son corps contre le sien, chaud, vibrant de l'émotion ambiante. Les New-Yorkais occupaient les rues, partout autour d'eux, aussi loin que l'on pouvait voir, des visages et des corps qui scintillaient, à plusieurs blocs de là, comme une peau de serpent, les feuilles d'un arbre sous le vent, une bande de Télex. Leurs chants résonnaient contre les murs immenses des bâtiments. Des étrangers s'embrassaient. Se tapaient dans le dos, se serraient l'épaule. Jouaient du bongo. Au loin, l'écho des pétards. Marshall mordit dans la glace au chocolat. La lumière de fin d'après-midi était dorée, d'un or en fusion qui se déversait sur les immeubles de verre et de pierre dressés autour du site, surfaces incandescentes. Devant Marshall, l'immensité du trou brûlait de bruits et de désirs humains. Des hirondelles s'élevèrent au-dessus d'un toit et s'envolèrent dans le bleu de plus en plus profond du ciel, sans rencontrer d'obstacle. L'instant durerait toujours, ou jusqu'à la destruction absolue de tout ce qu'il contenait.

Table

Love histoire

(Pocket n° 13022)

Pour Paul West, sujet de sa Majesté, zigzaguer entre les crottes de chien n'était déjà pas simple. Mais comprendre le beau sexe affublé de deux parents français s'avère encore plus délicat. Quand passer des vacances en famille signifie déboucher la fosse septique et désamianter le toit, il y a de quoi en perdre son franglais. Entre apéritifs à répétitions et tentatives de matricide, Paul West a à peine le temps de penser à rentrer chez lui...

Impression réalisée par

CPI
Brodard & Taupin

50711 – La Flèche (Sarthe), le 21-01-2009
Dépôt légal : janvier 2009

POCKET – 12, avenue d'Italie - 75627 Paris cedex 13

Imprimé en France